# PORUŠENI IDEALI

# PORUŠENI IDEALI

Svetolik Ranković

Globland Books

Sunce je visoko odskočilo. Davno je diglo rosu sa pitomih dolina, koje se oštro prelivaju pod njegovim vatrenim zracima, i rasteralo sivasto-bele oblake magle, koji se dizahu iz dubokih planinskih raselina, pa se, kao široka povesma, hvatahu jedan za drugi i protezahu se tako šumovitom sredinom gorostasnog Maljena. Sad je sve jasno, svetlo i toplo.

Čini se, da se najlepše igraju i prelivaju sunčevi zraci po zelenom Rudištu, jednom premagrevku, koji se oteo gustoj borovoj šumi, pa se utrkuje s njome mekim zelenilom svoje sočne trave. On je visoko, bliže vrhu planinskom, a sa njega se gledaju kao na dlanu s leve strane podrinske, i s desne šumadijske planine.

Pri vrhu Rudišta bije ključ bistre hladne vode, a oko njega mirišu, zelene se i s nekom veličanstvenom tišinom dižu se u vis kitnjasti borovi i tankovrhe jele... Nastao je onaj obični tajac pri nastupanju jake vrućine. Ovce već pobegle sa guste paše i još pomalo tumaraju pod hladovima, čupkajući lišće sa koje retke šibljike; krave počinju češće menjati mesto, držeći se bliže hladova, samo se nestašne koze revnosno propinju uz drveće, savijaju hrapavim jezikom mlade izdanke, smotaju ih brzo u usta i motre drugi sladak zalogaj.

Pod gustom hladovinom, kraj samog studenca, nemarno se bacilo na zelenu travu mlado čobanče, dečko od svojih trinaest godina, pa sluša žubor hladna studenca i gleda čistinu plava neba, bludeći svojim poludivljim, radoznalim, zelenkastim očima po jasnom lazurnom nedogledu...

— O, Ljubo! — ču se odozgo sa planine otegnut jasan ženski glas.

Čobanče se odazva običnim uzvikom, ne mrdnuvši glavom. Zanela ga je neka neobična misao, pa se boji da ne pokvari sve, ako se mrdne.

— Paponja jednako vuče koze u Jelenac. Ništa mu ne mogu-u... — doviknu čuvarica Paponjina plačnim dečjim glasom, koji je najrečitije ilustrovao bezobzirnu neposlušnost velikog bradatog jarca, prozvanog Paponjom zbog svojih neobično dugih i oštrih paponjaka.

A dečko sluša reči i zna šta mu drugarica dovikuje, ali on ne prekida svoja razmišljanja, samo mu se nervozno trgnu retke, jedva primetne prljavo-žute obrve, u znak nezadovoljstva.

Prođe četvrt časa. Čobanče se ne mrdnu. Miriše cveće planinsko oko njega, zadiše ga blaga smolasta borovina, a studenac neprekidno šušti, klokoće i žubori...

„Ako je ono tako daleko", misli dečko, gledajući u plavo nebo, „kao što veli učitelj, onda kako sveti Aranđeo siđe tako brzo, uzme dušu i odnese je?..."

On se ne stara mnogo da razreši tu zagonetku, nego se samo zabavlja njome i predstavlja u pameti, kako svetac mora da juri otprilike kao munja. I taman da počne sad misliti kako se to vadi duša, a onaj ga glas opet prekide:

— Ama, Ljubo!... Koji ti je đavo danaske!... Evo ti kozâ, pa ih čuvaj sam.

— Dovedi Paponju ovamo, da ga vežemo — odgovori on i podiže glavu, gledajući krave, koje se približile vodi.

Posle kraćeg vremena pojavi se ozgo, kroz šumu, mlada čobanica na velikom jarcu; opkoračila ga nogama, pa bije prutićem s one strane glave, kamo bi jarac hteo vrdnuti. Paponja vidi da nema šale, pa ide poslušno, a jahačica peva neku čobansku pesmicu i žudno pogleda na studenac, gde je čeka hladna voda, torba s jelom i, po svoj prilici, igra sa njenim drugom u ovoj kitnjasto nemoj samoći.

— Ja reko' ti zaspô... a on ćuti 'nako — viknu devojče silazeći s jarca i držeći ga za rogove.

Čobanče ustade, proteže se i pođe leno k devojci, koja držaše jarca i prekorevaše ga što je namučio. Dečko beše omanjeg rasta, pognuta stasa, kratka i debela vrata. Sad, kad nije pred njim plavo nebo, njegove zelenkaste oči gledaju potuljeno, ispod obrva, kao da se kriju od koga. Kad ugleda devojče, razvukoše mu se široke debele usne u nekakav grub poluosmejak, a potuljene oči zasvetleše i gledahu pravo i jasno.

— Slave ti, zar od onda jednako ležiš! — viknu mu devojče, nagnuvši glavu u stranu, iskazujući tim svoje čuđenje.

— Jâ, što ću? — odgovori ovaj i stade vezivati jarca likom.

Čobanica ga stade zadirkivati zbog njegove tromosti, a on, kad svrši posao, dohvati je za ruke i stade se jakati sa njom.

— Čekaj, bre, da vidiš... — sevnu očima i povuče devojče k sebi. Ali se cura odupre bosim prstima o zemlju, podade se njegovom vučenju i još se sama navali, saplete ga jednom bosom nogom, a rukama ga gurnu u grudi. Junak pade na travu kao dulek, a devojče leže po njemu i pritište ga celim telom.

— A, kićane, šta ćeš sad!...

— Puštaj — zastenja muškarac i mrdnu rukama da se oslobodi ovog tereta, koji ga stegao, pa ne da disati.

— Ček' da i ja tebe zatisnem usta i nos, kâ ti mene, kad me obališ — nasmeja se odvažna pobediteljka, pa mu skide s glave mastan procepljen na vrhu fes, metnu mu na usta i pritište dobro.

Momak se najpre promeškolji, ali kad dođe teško disanje, napreže svu snagu, zabatrga se, izvuče se iz njenih ruku, pa onda on leže na nju i stade je daviti. Devojče je očajno mlatalo nogama, ne obzirući se na to, što je na njoj bila jedna prljava, sva iskrpljena košuljica i kratka iscepana suknjica. Dečko je u njoj gledao druga, kao običnog muškarca, ne znajući još jasno ni za polnu razliku. Tako se nekoliko puta prekombrljaše jedno preko drugog, dok se ne umoriše. Onda se dohvatiše torbe, iz koje izvadiše veliki komad prljave proje, soli i luka i nekoliko jabuka.

Prihvatiše se jela s pravim zadovoljstvom, kao da im je velika čast iznesena. Oboje stadoše žudno žvakati, istežući vratove pri gutanju, jer proja sporo prolazi kroz gušu.

Posle jela devojče opet ode u šumu; nemirne koze opet su se rasturile, valjalo ih je sakupiti, a dečko, koga drugarica nazva Ljubom, opet leže u hlad i obrte oči plavu nebu. Čista je i mirna plava nebesna dubina, ali taj sjajni lazur sve jače privlači meku dušu, koja je rođena samo da sanja i da treperi pred ovako lepim pojavama prirodnim...

Dečko podiže glavu. Pred očima njegovim zablistaše se talasasti brežuljci, a iza njih, tamo još dalje, treperi pod vrelom izmaglicom ravna i plodna valjevska Posavina. On gleda u nejasnu prugu, tamo gde se nebo sastaje sa zemljom, i što više gleda tu zagonetnu daljinu, ona ga sve više zanosi svojom beskrajnom čarobnošću, sve više ga obuzima svojim prostranim nedogledom.

Nešto ga vuče u tu maglovitu daljinu, u taj neizmerni prostor što se zove svet. On žudi za tom daljinom i za tim svetom kao za nekim čarobnim mestima, gde se drukčije živi, slobodnije i slađe diše. Obične su mu i dosadne ove šume po Maljenu, besmislen mu je ovaj život uz stoku, iz dana u dan, a tamo, u toj sivoj maglovitoj daljini nastaće nekakav novi, drukčiji život. On ne zna baš kakav je taj život, ali zna samo da je drukčiji od ovoga, da ljudi tamo postaju srećni, viđeni, i to je dosta da ga i on zaželi svom mlađanom dušom. Što će da živi ovako i da se zlopati, kao svi njegovi Vasići? Eno ih, četiri kuće pod Maljenom, a sve puka sirotinja.

Njegov otac ima njih tri sina i četiri kćeri, a od imanjca samo dve njive, jednu livadu i malo okućnice. Šta će podeliti među sobom njih trojica, kad odrastu i počnu kućiti svaki za sebe!... A kako lepo priča Svetozar bogoslovac, njegov seljak, kad dođe leti, o Beogradu... kako li kiti one divne priče o dobrim i zlim gazdaricama, o Čukurliji ili nekakvoj Delijskoj česmi, o mladim i duševnim kuvaricama, bez kojih bi jadni đaci polipsali od gladi... Pa druge priče o Savi i Dunavu, o Topčideru, i vazdan, vazdan...

On opet gleda u onu sivu daljinu, u onaj tajanstveni zastor, koji mu sakriva od očiju te čarobne slike njegove još siromašne i nerazvijene mašte.

„Pa što! Mogu biti i hardžija! Svetozar veli da i to mnogi rade pa lepo žive, i još poneki stekne... Samo za prvo vreme, dok me ne prime u školu... pa posle ću u posluživanje...”

— E-e-ej... Ljubomire!... — oteže odozdo, sa dna Maljena, dalek, nejasan, kao sa drugog sveta glas, od koga se dečko prenu, kao da je u vatru pao.

On zna zašto ga zovu, i ne odziva se odmah, nego smišlja kako bi se osvetio prokletoj Belavki, najvećoj štetočini u celom selu. I kad mu pre mrdnu ispred očiju!... Malo joj je ovako lepe zelene trave i hladovine, nego hoće kukuruza, pa još stričeva kukuruza... Po leđima mu pomileše trnci, kao da je Savindan. Stric je opak...

Glas se odozdo ponovi.

— Eto-o-o... eto, slava je ubila... — viknu Ljubomir, trčeći iz sve snage, skačući preko trnjaka i klada, ne gledajući gde staje.

Opet odozdo slabo odjeknu nerazgovetno vikanje i zamre u daljini... To neko psuje nepažljiva čobanina i napominje mu šta ga čeka kod kuće kad se vrati.

— A nećeš mnogo, besna mrcino, zacelo ne!... Ej da te hoće kurjaci svu raščerečiti — proklinje dečko štetočinu, istrčava na poslednju kosu, na kojoj su njive i staje okamenjen...

Sa druge kose trči, kao bez duše, njegova drugarica, Miroslava... A po stričevoj njivi plinule krave, ovce pa čak i koze... One samo gaze i kidaju...

Propala cela njiva... svršena stvar!... Njemu se samo magli pred očima, a nogama ne može više da mrdne. Stao kao okamenjen, pa gleda kako se prelivaju bela kravlja leđa pod sunčanim zracima, i kako Belavka brzo maše repom pa ga zabaci na sapi i podrži tako, pa opet mahne... i kako se jedna koza uspela uz stričev dvogodišnji kalem, od onih brežđanskih mednjaka, pa savija jezikom lastare i... i gleda kako upade u njivu stričev sin i potera stoku sa užasnom psovkom...

A sad?... Još jasnije se preliva maglovita daljina, još tajanstvenije treperi onaj daleki zastor i priziva k sebi sva meka srca, sklona maštanju... A ovde je propast, zlo... strašno zlo... Šta ga samo čeka kod kuće!... U svet!... U daleki, beli svet!...

Noga mu korači... On se ne osvrte na plavi široki vrh Maljenov, koji je treperio pod mlazovima jasne svetlosti; ne pogleda svoje omiljeno rudište i studenac; ne baci oko na kitnjastu, plavu, beskrajnu šumu, koja je okitila ceo onaj dugački planinski lanac; ne povuče jače u sebe ove mirisne borove hladovine, koja ga je zapajala i jačala kao svoje čedo...

Uplašena, uzverena pogleda koračao je mali begunac, ne znajući šta ostavlja ni kuda ide. Do sad se ređahu sve jedni isti, jednačiti dani, čas mirno, nepomično, grobno ćutanje Maljenovo, čas fijuk i zviždanje besna vetra, preko iglastih borovih grana, čas gusti pljusak iz crna oblaka... I sve to ostavlja mali begunac, kao što odraslo poletarče ostavlja staro gnezdo i vije se neveštim i slabim krilima u daleki svet... Gle, čini se da za njim setno žubore bistri potočići, što se slevaju s Maljenovih izvora, prizivajući ga da se vrati, da ne ostavlja svoju kolevku, koja ga je lepo odnjihala... da ne ostavlja ovaj prosti mirni život, u kome je zasad samo jedna briga: da su mu Belavka i Paponja uvek na očima. Jer šta li ga čeka odsada, tamo u neznanoj daljini?... Da li je tamo ovako miran, tih život, da li ga tamo svagda čeka gotovo parče hleba?...

Žubore tiho, lagano, vijugavi mlazevi bistre vode, skačući brzo s kamička na kamičak, žureći se svome utoku, a preko njih, brižno i uplašeno korača zamišljeno čobanče. Odjedared iskoči pred njega, iza jednog šibljaka, zadihano i unezvereno devojče. On htede vrisnuti od straha, zastade i — odmah se povrati, kad poznade svoju drugaricu.

— Miro!... Ih što me uplaši! A baš sam mislio da te nađem.

— I ja tebe čekam... Šta ćemo sad, nesrećnici? Pobiće nas...

— Ti se ne boj. Idi kući, pa baci svu krivicu na mene... reci što znaš... A ja... — glas mu zadrhta, oči se zacrveneše i ovlažiše. — E, moja Miro... nikad se više nećemo videti.

— Bog s tobom, Ljubo, šta to govoriš! — uzviknu devojče i priđe mu još bliže, kao da se želi uveriti: je li on to. — Kud ćeš?

— Idem u svet... One kotarice što sam opleo, znaš gde su, u onoj šupljoj bukvi... uzmi ih sve... Pa sad... skoro će da se smrkne...

Oboje stoje jedno uz drugo, gledaju se i tim pogledom kažu sve: nema više drugovanja, nema vesele igre i jakanja, nema mirnog života; nema više ničega; ode sve, sve...

— U zdravlju! — reče on i krenu se.

Niti se rukovaše, ni pozdraviše: oni ne znaju za to. Oni se samo rastadoše, ne poimajući još ceo smisao ovoga postupka.

— A hleba!... Šta ćeš jesti, bolan! — viknu devojče za njim i pođe unapred, kao da ga zaustavi.

— Torba je na studencu, a ja ću 'vako... — odgovori on preskačući jednu vrzinu.

— A kod kuće!... — priseti se Mira i viknu — Ljubo, šta ću kod kuće kazati... čiča-Živojinu?

— Kaži: otišô u svet — reče on i zamalo ga nestade u gustom šiblju, koje se pri dnu kose podiglo.

Drugi dan je kako putuje Ljubomir. Podne je davno prevalilo. On se sklonio s puta u hlad, između nekoliko velikih sena, zdenutih jedno uz drugo, pa žvaće još nezrele jabuke, ubrane jutros u jednom voćnjaku. Očni kapci mu se neki put prikupe jako, kad se nađe koja kiselija jabuka... Posle opet grize i posmatra jednog bumbara, koji obleće oko neke duplje, načinjene rukom u senu...

Umoran je i gladan neobično. Glad je već inače znao trpeti, ali ovakvu glad, koja ide uporedo sa umorom, nije nikad osećao. Od juče u podne nije ništa okusio, do vode i zelena voća. Ali se od toga još gore gladni. Seti se one proje što ostade kod studenca, pa pomisli: da mu je sad!...

A on je mislio da je za hranu najlakše: o tome se ni do sad nije brinuo, pa je držao da se to može odmah naći, čim čovek ogladni. Ta zar nije slušao toliko puta, kako ljudi putuju bez ičega, pa se uvek nađe ko im da hleba. A šta je ovo!... Istina, on bega ili se krije, čim opazi čoveka ili ženu; obilazi daleko oko mesta, gde čobani čuvaju stoku, pa opet nema hleba...

Ovako premišlja gladni putnik, a jabuke čine svoje. Stomak sve više zavija, oseća veliku neobičnu glad, i valjda usled tako jake inervacije poče življe misliti... Dosetio se: ako stane obilaziti ljude, umreće od gladi. Nego, najpre će potražiti čobane po livadama, da ako se nađe što za jelo...

Opet se kreću kratke, krutuljave, umorne noge i na njima se ravnomerno njiha, levo i desno, pogureno, zdepasto, neokretno telo. Samo je podigao glavu i gleda sa poslednjeg humića, preko koga vodi put, kako nestade talasastih brežuljaka i kako je pukla pred očima mu beskrajna ravan, i otegla se u nedogled... I tamo daleko hej, vije se i pruža u dužinu nekakva beličasta magla, a pod njom se vijuga i belasa nešto, kao kad žene na perilu otegnu dugačke komade platna. Samo je ovo mnogo šire. On stoji dugo, gleda u tu neobičnu pojavu i čudi se...

„Eto ti svet!... To je ono, za čim me srce odavno vuče... Bože, lepote!...”

— Ej, more... šta radiš tu? — viknu neko ispred njega.

On se osvrte, pogleda u čoveka, koji stajaše pred njim, naslonjen na veliki štap sa uprćenom punom torbom na leđima, poznade ga i prepade se.

— Ene-de!... Jes' ti to, Ljubomire?

On obori glavu i promumla nešto kao odgovor.

— Šta ćeš tu, bre... Otkud čak ovde?

— Et' idem... — odgovori on, zverajući oko sebe.

— Kud ideš, nesrećniče! — viknu seljak, opazivši da ovde nisu čista posla i priđe mu bliže. Ljubomir se još više zbuni, zadrhta i opet promuca nekakav odgovor.

— Vraćaj se natrag, nevoljo jedna. Ja ću te odvesti kući. Deď', dok nisam viknuo kmeta i pandure da te vežu...

Ljubomir ne sasluša sve. I ovo, što je čuo, udari ga po srcu gore, nego Belavkina pakost u kukuruzu. On klisnu ispred svog seljaka, kao zec, poteran desetinom kerova, preskoči vrzinu i nadade preko livada i njiva, kao da se odmarao tri dana.

Seljak udari u viku dokle ga god mogaše videti, pa se onda osvrte i produži put, razmišljajući, šta li je nagnalo ovo dobro i mirno dete da bega od kuće. „Vasići su svi pošteni i pobožni”, misli on idući.

„I ovo im je dete valjano; valjda nije ništa ukralo ili 'nako... neki paksijanluk uradilo?..."

A mali begunac sve bira zaklonitija mesta, preskače burumke i vrzine po njivama, juri preko pokošenih zelenih livada, provlači se kroz ogrnute kukuruze i sve čeka, svakog trenutka, kad će ga dohvatiti snažna pandurska ruka i zaustaviti. Pogleda strašljivo na svaku vrzinu, na svaki zaklon, i očekuje kad će se otud pomoliti čovek. U ušima mu još bruji vika onog seljaka, i sad mu se čini da nekoliko glasova viknu za njim... On naže kroz jedan kukuruz, istrča otud na jednu čistinu, nasred koje se viđaše veliki jasen, i stade kao ukopan.

Pod jasenom se nagnula jedna žena, pa nešto radi rukama oko lonaca, koji su se isprevrtali, nagnuli oko zagašena vatrišta, a u jednom se vidi pri dnu pasulj, u drugome sok...

Žena se trže od brza i nenadna skoka ovog begunca, koji ispade pred nju kao iz topa; ali videvši preneražena dečka, povrati se i pogleda ga pažljivo.

— Šta je, mali?... Otkud ti... Čiji si?... — stade ga zapitkivati blagim materinskim glasom, od koga se i dečko prenu. Briznuše mu suze iz očiju, noge mu zaklecaše, nešto ga guši u grudima, ne može da se nadiše, a čelo hladno kao led i po njemu se prosule česte graške znoja... Umor, strašan nečuven umor!...

Dečko se zanjiha i pade na travu kao pokošen, ne mrdnuvši ni rukom ni čim drugim.

— Kuku!... šta mu je!... Dijete!... — stade žena vikati, pa mu pritrča.

Beše sav hladan, a grudi se brzo dizahu i spuštahu. Žena uze tikvu s vodom i prsnu rukom po bledu licu. Ljubomir se strese, otvori oči, pogleda ženu pažljivo, pa prošapta nekim umornim i stidljivim glasom:

— Hleba!

— Ojađena sam drúga!... on je gladan!... — viknu ona i otrča sudovima.

Ljubomir uškiljio očima, pa gleda kroz ukrštene trepavice kako reduša naginje lonac sa gustim belim sokom, i kako u okruglu ćasu padaju, zajedno sa sokom, dobri komadi sira... I samo taj jedan pogled povrati mu snagu, te slobodno otvori oči i pokuša da podigne glavu i da je podupre rukom...

Žena mu prinese sok i proju, podiže ga da sedne i nasloni na svoju ruku, pa stade lomiti zalogaje proje, umoči ih u sok i dade mu da jede.

— Jadníče, kako je gladno! — veli ona milostivim glasom, gledajući kako mališan žudno uzima proju i guta je nesažvakanu.

— Hoćeš li vode?

— Hoću.

— A možeš sesti sam, da donesem?

— Mogu...

Nahranjen, napojen, Ljubomir se povrati sasvim, podade se onom stanju kad se pregladneo stomak napuni i počne da vari. Pogleda oko sebe zadovoljno i, samo da se hoće ova žena kud ukloniti, bilo bi mu sasvim dobro. Ovako vidi da se žena već sprema za razgovor, pa se domišlja šta da joj rekne.

Misli, a u duši mu se počinje potkradati sumnja u lepotu toga hvaljenog sveta...

„Šta je ovo?... Koliko sam se samo danas namučio i nastrahovao... Da li će to biti jednako?... A kako je mirno na Maljenu!...”

Razgovorio se sa ženom, uverio je da mora odmah dalje putovati (samo se boji da ga opet ne okupe ovčarski kerovi, od kojih je ono malopre begao) pa se uputio onamo, kamo mu dobra žena reče da će izići na put.

Pošto je putovao ceo čas, ugleda nekoliko velikih sena i oko njih dosta navučenih nezdenutih plastova.

„Daj da se odmorim", pomisli dečko, pa se zavuče među plašće. Sunce već na zarancima, a on se oseća tako umoran, tako preplašen i nesrećan, da i ne zna šta će sad. Treba da se pobrine za prenoćište (u svome selu lako je bilo) jer ga je strah da ostane sam u ovom pustom, ravnom i nepoznatom polju. Kako li će izgledati kad se smrkne?... Ali on se ne stara da predstavi sebi kako će to izgledati, jer mu se misli već mute, umor se sve više oseća, trepavice se lagano sklapaju, nastupa tvrd, umoran detinji san...

Budi ga vrućina. Kroz san oseća da ga nešto vrelo, kao usijano gvožđe, prlji po obrazu. On makne rukom da odgurne od sebe to gvožđe, ali, začudo, ruka ne može da mrdne. Pokrene je drugom rukom, i de-de naviše obema — a jȁ... ne može!... A ono ga prlji i peče sve jače, sve oštrije...

Dečko se prenu. Sunce odskočilo visoko, pa priželo pravo u njegovo lice. Istina, sad ga ne prlji kao u snu, ali on skoči. Najpre pomisli da još nije zašlo sunce, koje je grejalo kad je zaspao, ali potom, kad bolje oko sebe razgleda, poznade da je prespavao celu noć. Proteže se, trljajući sanjive oči, pa izviri iza plašća i pogleda na znak, koji je sinoć utuvio, da mu pokaže pravac puta.

Sve je dobro; i on taman poče osećati radost od toga što je sve dobro, pa se seti jučeranjeg dana. Srce mu zadrhta, obuze ga strah i neraspoloženje. „Ama da li će to jednako tako, da li je takav taj svet?...", zamisli se mališan, naslonjen na plast, gledajući kako je oživelo celo polje, po kome su se rasplinule šarene figure radnika. „Da li je tako isto bilo Svetozaru?... On se hvali mnogo... Pa ona dvojica iz Brežđa... jedan već na nekim velikim čkolama, a brat mu uči za popa, kô i Svetozar... I oni su tumarnuli u svet, pa zar su se jednako mučili!?... Nisu, zacelo nisu. A ovo sa mnom juče, to je onako... Samo dok ja nađem mesto, pa da vidiš!..."

Ohrabren ovakvim mislima, Ljubomir iziđe iz svog zaklona i pođe zapaženom znaku. Za malo nađe drum, pa pođe brže. Obilazio je sela i mehane, opet osetio i trpeo veliku glad, bojao se novih poznanika, kmetova i pandura, i kad bi oko zaranaka, ni sam ne zna kako, natrapa upravo pred mehanu. On bi se vratio odmah, begao bi, ali na doksatu mehanskom stoji jedna devojčica njegovih godina i gleda ga ljubopitno, kao što se obično gledaju stranci prolaznici. Stid ga da se vrati, a devojče tako lepo gleda, čisto ga hrabri otvorenim i, kako mu se čini, prijateljskim pogledom.

Ljubomir dođe pred mehanu s namerom, da pokuša dobiti komad proje. Ali kad stade i pogleda one plave jasne oči, ono čisto, punačko belo lice, tako čisto i belo kakvo on nije nikad video, iako su u selu mu i pop i učitelj imali kćeri, kad vide onaj blagi pogled, on se zbuni, stade ispred doksata baš prema njoj i obori glavu.

Devojče se nasmeja glasno. Pogleda ga onako krutuljava, pogurena, potuljena, kako krije oči, kako se zbunio pred njom, detetom kao i on, pa se još više nasmeja.

„Ala sam lud!... šta se bojim", misli u sebi dečko i badri se da je pogleda i progovori s njom.

— Koje je ovo selo? — promrmlja on, podižući samo dopola očne kapke i preletevši očima preko lica devojčetova.

Ona mu kaza ime sela.

— Ima li još mnogo do Beograda?

— Kažu da ima dosta — veli ona i opet se smeje njegovu izgledu.

On se ohrabri malo uz njen smeh, pa stupi u razgovor. Raspitivao je dosta i on nju i ona njega, i on je već zaboravio na svaki strah, zaboravio je pomisliti, da ona neće sama biti tu u mehani, imaće još koga, pa se dao u objašnjenja, dok iza ugla mehanskog iziđoše čovek i žena. Ljubomir ućuta, okrete leđa duvaru i spremi se da, onako đački, pozdravi ovo dvoje, dosećajući se po njihovu izgledu i odelu, da su to domaćini ove kuće. Čovek beše snizak, širokih leđa, dobro ugojen, obučen u čiste košulje od tankog platna; na glavi mu slamni šešir, na bosim nogama papuče. On zaturio čabrnjak na leđa, pa gleda na neke njive, preko od mehane i kazuje nešto ženi, koja, sa zametnutim praznim bakračem na leđima, obučena u neku cicanu suknjicu, iđaše za njim.

— Čiji si ti mali? — zapita dečka, kad mu ovaj, skidanjem kape, svrnu pažnju na sebe.

Ljubomir podiže oči i htede nešto promucati, ali ga preteče smešljiva devojčica. Ona kaza ocu ko je, otkuda je i s nekim naročitim, značajnim glasom, napomenu, da on traži službu. Mehandžiji kao da bi po volji to saopštenje, jer progovori blažijim glasom.

— Hajde gore da sednemo. Umoran si.

Kad se Ljubomir, osvrćući se plašljivo, namesti na kraj klupe, mehandžija ga pogleda pažljivo.

— Stoku znam da umeš čuvati: kod vas je ima dosta, nego znaš li što oko konja?

— Nismo ih imali... konje — odgovori dečko, gledajući ga pravo u oči.

Čovek se začudi ovom novom pogledu. Malopre mu izgledaše sumnjiv sa svojom oborenom glavom i onim neprestano sakrivenim očima.

„Kakvo je ovo čudo! Gleda kao da se moli Bogu... Oči mu nekako sasvim pokorne, poštene. Ovo će biti nekako valjano momče, kao poručeno za mene, samo da ga odvratim od Beograda", misli mehandžija i kašljuca, spremajući se da počne opsadu...

Uveče, docne, dobro nahranjen i odmoren, Ljubomir pristade da ostane kod mehandžije za određen mesečni ajluk. Posle svršene pogodbe odvede ga novi mu gazda na tavan od štale, gde ga zadahnu sveže suvo seno, i preporuči mu da pazi noću da se ko ne uvuče u štalu, jer su u njoj zatvorena dva dobra konja.

Namestio se, sad je miran, i to mu zasad, posle tolikih neprilika, beše dosta. Čak mu se činilo da mu je sve ovde, u ovoj kući, po volji, ali iz dubine duše govoraše mu drugi glas, da on nije napustio svoj Maljen radi toga, da bi postao mehanskim momkom. „Nije to, nije!... drugo je!", uzvikuje mu taj glas, i on zna da je to drugo mnogo lepše, svetlije... i da će on, u svoje vreme, poći za njim... Miriše suvo mlado seno, šušti pri svakom njegovom pokretu i čisto ga opija taj miris, a ispod njega vrušte i grickaju detelinu konji, frknuvši poneki put širokim nozdrvama ili lupnuvši potkovanom kopitom o hrastovu dasku...

III

Ala je teško u tuđoj kući! Pa još kad si sluga, kad si vezan kao konopcem, ne smeš se mrdnuti po svojoj volji, nego sve činiš po tuđoj naredbi. Hteo bi se dečko neki put zabaviti čime, hteo bi sesti na onaj sniski humić više mehane i večito gledati ono široko vijugavo čudo, što se belasa, preliva i odsjajkuje na suncu, po kome prođe jedared neka velika dugačka naprava sa odžakom koji se neprestano dimi. Rekoše mu da je to Sava, a ono po njoj plovi lađa. Hteo bi gledati dugo, dugo u onu beskrajnu ravan, što se pružila preko Save i nad njom neprestano visi i kotura se siva magla; vele mu da je to neka druga, „švapska" zemlja, i on bi je onda gledao još s većim čuđenjem, i ona nejasna žudnja za daljinom, za svetom, sad bi se u većoj meri pojavila. Hteo bi koji put stati uz Milku, gazdinu kćer, slušati njena zanimljiva pričanja i osećati pri tom takvu nasladu, takvo zadovoljstvo... Hteo bi još mnogo šta učiti, ali svemu tome stoji na putu gazdina volja.

Kad pođe nekim poslom, može mu se desiti da uzgred vidi Savu, da gleda lađu i „švapsku" zemlju, ali to ne može učiniti onda, kad bi on sam zaželeo.

Milka mu dosta puta priđe, kad je zaludan, pa bi odmah poveli razgovor. Jednih su godina, mehana je udaljena od sela, pa drugog društva nemaju. Ali je gazdino oko vazda pazilo da on ne bude zaludan. I ako sedi, nađu mu šta može i tako raditi.

A kako beše na Maljenu! Slobodan je kao ptica u gori, slobodan i sve... samo — da ne mrdne kud Belavka...

„Sad se jadna Mira muči sama. Ako pođe za kozama, odoše krave u štetu... Valjda joj pomaže moj Sveja, ali je mnogo mali...", misli mališan i oseća kako ga poduzima neka setna tuga za onim mestima, koja tako naglo ostavi.

Najpre je čuvao stoku u livadi, koja je bila blizu mehane. To mu je bio najmiliji posao, prava zabava. Tada se sit nasanjao, ređajući razne planove u glavi. Ne behu to, istina, baš pravi planovi, jer je kod njega bila samo jedna misao o budućnosti: mora se ići u Beograd, u školu, a planovi su se sastojali u raznim oblicima, kako je on maštao o daljem putovanju, o dolasku u Beograd...

A kad ima više posla u kući, onda Milku pošlju da čuva goveda, a njega odvedu u štalu, dadu mu lopatu i vile i pokažu kako to treba očistiti. Siroče, onako nejako, malo, mučilo se po ceo dan, pa ipak nije moglo dovršiti posao.

Najvoleo je kad, oko deset časova, dotera napašenu stoku, pojede hleba, pa mu gazdarica da asuru, dva džaka s vunom, pa sedne u hlad pod lužnikom, blizu bunara, da češlja vunu. To mu je bio skoro svakodnevni posao, ali mu je u poslu vazda pomagala Milka. A on je tako voleo da je gleda i da sluša njeno otvoreno detinje ćeretanje... I za čudo mu: on se sa Mirom igrao, prevrtao, preskakao, pa nikad ništa ne pomisli onako... o devojci; a eto sad sa Milkom baš ne bi smeo onako. Nije stoga, što je gazdina kći, nego baš onako... što je... što je takva devojka.

Evo ih, sede u hladu i češljaju. On se podupro leđima o hrapavo deblo lužnikovo (sa onog istog uzroka, sa koga svaki težâk gleda da podupre leđa kad sedi ili stoji) pa brzo čupa i rastresa bela, oprana, nežna kao svila vunena vlakna; sagnuo glavu, ali mu ispod obrva sjakte zelenkaste oči, a usne se razvukle u veseo, radostan i glup smeh.

— Kako si se igrao sa tom tvojom Mirom? — pita ga devojče. — Koje igre znate?...

— The... znam one školske sve, ali nas dvoje sami to ne možemo. Nego 'nako... jarca, ili jakanja...

— Kako to jarca?

— Deremo jarca... — On se osvrne oko sebe pažljivo, pa videvši da ih niko ne gleda, ustane brzo i pokaže joj na dugačkoj lužnikovoj grani kako se to radi. — Et' 'vako...

— Znam to. I kod nas muškarci rade. Ali Mira?...

— I ona dere žestoko.

— Kako, zar kao i ti!? — uzvikuje začuđeno devojče, i na usnama se već kupe crte, koje će preći u stidljiv i začuđen smeh.

— More-e-e... — oteže pripovedač — kak'i ja!... Ne umem ja ni maknuti... A ona kad počne — i on se sa nekom gordom hvalisavošću nasmeši... — moj brate, sevaju joj butine kâ onogaj...

— A kako se to jakate? — prekide ga Milka baš kad se on oduševi pričanjem, pa joj htede sve potanko objasniti.

— E, to je mnogo lepše. Dohvatimo se za ruke, pa vuci jedno drugo, omahuj, rvi se dok jedno ne padne. Posle se ono odozdo iskobelja, pa uzjaše ono što ga je obalilo. Pa... trista čuda!... Tako se samo prevrćemo po travi... — dovršuje dečko, a na usnama mu treperi čitavo blaženstvo. Njemu je već u pameti cela i jasna slika bezbrižne zabave i plandovanja po Maljenu.

— To je bolje! — veli dete, pa se plašljivo osvrće i pogléda na kuću; zatim, spuštenim glasom, gotovo šapatom nastavlja — i ja bih to probala... da vidimo baš ko je jači. A može li Mira tebe da obali?

— Uha!... tresnem pod njom kâ dulek. Đavo je, pa ume da saplete.

Devojče već nestrpljivo. Kad njega Mira obaljuje, onda sigurno može i ona. „Ala bi to bilo!... Ali da je negde u zaklonu, da nas ne vide iz kuće.”

— Da mi je da se mi pojakamo — veli ona i razgleda oko sebe, tražeći zgodno mesto. — Ali gde bi... da nas ne vidi nana?

Ljubomir je pogleda zaprepašćen. Ona je u njegovim očima tako visoko stajala, da nije smeo ni pomisliti na tako intimnu zabavu sa njom. Ono što je bilo obično sa Mirom, ovde mu se činilo nedostižno; upravo on nije na to nikad ni pomišljao.

— Ha, eno iza štale, pokošena detelina... Onde je zgodno — uzviknu devojče i ustade, pa onako lopovski i obešenjački stade poglédati na kuću. — Nana sad kroji košulje, neće izići. Hajdemo!

Ljubomir se diže plašljivo, poguri se i pođe za devojčetom, koje veselo skakutaše pred njim.

Čim stadoše na mesto, devojče ga odmah napade. Ona beše živa i odlučna, kao i Mira. A Ljubomir se zbuni, oseti se nezgodno kad uhvati one meke i čiste ruke, pa se podade prvoj navali. Klecnu jedared i devojče već naže na njega, ali on se reši da se ne da još. Istina, čim je pošao od lužnika, on se već unapred rešio da joj se pokori; jer kako bi on nju obalio!... A posle toga, u svakoj je seljačkoj duši skriveno pomalo podlosti: ako u čemu zavisi od tebe, on će se sam uniziti pred tobom na sto načina, samo da te umilostivi. I Ljubomir je mislio takvim postupkom da učini po volji Milki.

Tako je i bilo. Ali kad je već pao, Milka ne hte da ga pritisne.

— E, pa sad da se jakamo... mogu li se iskobeljati, kad me pritisneš — veli on, ležeći na otavi i gledajući je blaženo.

— Neka... — povlači se devojče stidljivo. — I ovo je dosta. Sad znamo da sam ja jača — reče ona veselo, pa okrete ka lužniku, obzirući se usput pažljivo.

Za njom stupa Ljubomir, teškim nezgrapnim korakom, a na licu mu neopisana milina, sreća, radost...

„To je ono što priča Svetozar, kad se potrevi duševno živinče... Samo će mi nje biti žao, kad odem odavde...”

Jedne mlade nedelje spremi se Milka da ide u crkvu s majkom. Ljubomir taman poterao stoku na pašu, a Milka iskakuta pred njega. Obučena u novu cicanu haljinicu, otvorene boje, htela je, kao i svaka ženska, da se pohvali svome vršnjaku, misleći da izgleda bogzna kako lepo u novoj opremi. Ali se prevarila. Ljubomiru ne bi palo ni na kraj pameti da gleda na opremu, ali se iznenadi kad je ugleda ovakvu. Došla mu nekako drukčija, sasvim drukčija... ukočena, spletena, nekako onako... A kako joj je lepo stajalo juče prosto jeleče, od prugaste ćitajke, opervaženo crnim gajtanom.

— Ja ću u crkvu — reče ona, stavši uz njega i zagledajući oko sebe da se ne uprlja.

— Blago tebe — odgovori on, gledajući je kao s nekim snebivanjem, tj. sa pogledom, koji je govorio: ja uviđam svoje ništavilo pred tobom, pa eto...

— Što, zar voliš ići u crkvu?

— Nô!... ’Naka lepota!.. Sjakte se one odežde na popu, kâ samo sunce, a đaci ukarare, pa bruji sva crkva. Ih!... Ja ti onda ništa ne znam za sebe.

— Lepo je, i ja volim. Ali dugačko, brate... zabole noge, pa jedva čekam da iziđem.

— Mene jok. Ostao bih, vala, ceo dan.

Mehandžika viknu, a Ljubomir brzo podiže svoj dugački prut, zamahnu njime veselo i potera stoku. Tek kad se smiriše gladna goveda u livadi i stadoše pasti, on se osvrte i gledaše dugo, sa zavišću, upravo sa zlobom, za dvema bogomoljkama, koje sve dalje odmicahu, dok se ne izgubiše blizu seoskih kuća, iza kojih se, još dalje tamo, dizaše visoka sjajna zvonara.

„A kako li je tamo, u Beogradu?!... Pa još kad se obuče sam mitropolit... Kažu, na glavi mu kapa od dvadeset oka žežena zlata i dragog kamena. Da mi je samo to videti... kad se zasija!... A sa njim, kažu, sto popova. Bože, kako li to izgleda... u jednoj gomili, sto popova!...

Neka, neka, još malo…", misli dečko i ne dovršuje celu misao, jer se već zna sve dalje… Sve je to smišljeno i utvrđeno.

A dan za danom prolazi brzo, neosetno. Nije još dobro ni razgledao okolinu, a izračuna da je već prošao mesec kako služi ovde. Čudio se što nikoga nema iz njegova kraja, da prođe ovuda. Prolaze razni putnici, krče kola ceo dan, pa i noću; po drumu samo se vije gusta prašina, ili se raskalja posle kiše, pa se samo giba žućkastocrno blato. Dolaze seljani u mehanu i već počinju nešto govoriti o školi. Ko je god inokosan, a ima dete odraslo, obilazi oko kmeta i pita ga šta će da pije. Vidi se da se približilo školsko vreme.

Jednog dana dojaha pred mehanu neki konjanik, a za njim pandur sa puškom o ramenu. Mehandžija, kako ugleda putnika iz mehane, prenu se, izmeni lice i postara se da na njemu iskaže veliko poštovanje i pokornost prema nenadnom putniku. Baci purenjak, koji je do sad, sa slašću, žvakao, skoči sa stolice, tresnu rukom po košulji spreda i, sagnuvši glavu toliko, da je morao gledati ispod obrva, iziđe, upravo istrča pred gosta.

Ljubomir seđaše na doksatu, čisteći trešnjevu boraniju, koja će se kuvati za večeru, pa se i sam trže od nenadnih jahača. A kad vide pandura i neobično učtivo lice mehandžijino, doseti se da će to biti neka vlast iz sreza. Nešto ga odjednom obuze trema, bi mu nezgodno od ovoga dolaska, iako on nije ništa imao sa sreskom vlašću. „Ko zna zašto je on došao!", misli u sebi i stara se da umakne sa doksata neopažen.

— Gde ćete sesti, gospodin-kapetane?… — izvodi mehandžija kapetana na doksat i pokazuje mu jednu uzvišicu, podignutu od dasaka, opkoljenu retkim žućkastim lišćem ladoleža, koji se penje naviše uz plavobele konce fula, oparane sa stare čarape. — Ovde će moći, samo da prostrem čaršav… Dijete!… — viknu, ugledavši Ljubomira. — Trči… gazdaricu… Kapetan došô… kaži.

Ljubomir jednim korakom uskoči u mehanu, istrča u hodnik gde su sobe i preplašenim glasom viknu:

— Kapetan!... trči... Gazda zove — pa zatim izleti napolje i sakri se na tavan štalski, svoje omiljeno prenoćište.

— Čudne budale, majko! — viknu gazdarica za njim. — To ga je onaj naplašio... i on se tako boji kapetana. Čudna mi čuda, ako je i kapetan! — viče sama sa sobom, osvrćući se zbunjeno i tražeći nešto, ne znajući ni sama šta traži. — Ono istina zna se: kapetan može da odere nas mehandžije, ali opet...

A Ljubomir se zavukao u seno, ćuti i premišlja kako je strašan kapetan. I to mu se učini tek od onda, kad mu gazda onako zbunjeno viknu: trči!...

„Kako su mu bele ruke”, premišlja dečko u senu, sećajući se šta je mogao opaziti na kapetanu. „I vrat... sve kao sneg... Od čega to tako čovek pobeli? Naša Jerina, kad bude uoči vašara, gotovo raskrvavi vrat od trljanja peskom i sapunom, pa ništa: opet se šareni kâ detlić. Sve se žute pege po vratu dokle sunce greje... Aha, sigurno kapetana nikad ne greje sunce, jednako je u hladovini...”

Prekide mu misli lupnjava od potkovanih konjskih nogu, koja se približavaše štali. To pandur uvodi konje. Čuje dečko kako se otvoriše štalska vrata, kako vičan pandur uvede konje, govoreći sa njima i prebacujući kapetanovu Beljcu kako je poklapan i nestrpljiv.

— Ti si kao i tvoj gazda... svi ste jednaki... — mrmlja pandur, vezujući povodnike za jasle i gledajući prekorno kapetanova Beljca, koji odmah zavuče dugačku njušku u jasle.

„Ene de... To meni govori...”, misli Ljubomir, slušajući pandurovo mrmljanje. „Otkud me ugleda, slava ga ubila!...”

— Samo da ti je da zavučeš njušku u seno, a ne gledaš na nas, mrcino — nastavlja pandur oštrijim glasom — da li ima mesta i za nas, iako smo pandurska sorta...

„Kuku, jâdo!... I on hoće ovde kod mene... A ja?...”

— I 'nako... da stanemo barabar, pa da podelimo ljudski što je Bog dao... da grizemo zajedno...

„On misli ja ovamo nešto jedem!... Da se bega!... Eto zla!...“

Dečko stade plašljivo prelaziti preko sena, koje ga odavaše svojim šuštanjem. Pandurov monolog odjedared prestade, čega se on još više uplaši, pa pretrča preko sena i ripnu s tavana pravo na zemlju, nemajući kad silaziti niz stepenice. U onom letenju na zemlju oseti, da je košuljom nešto lako zakačio, i kad pade na zemlju i dočeka se na ruke, ispod njega se iskotrlja nekakav slamni šešir, a nad samom njegovom glavom nastavi se pandurski monolog.

— E, tako li vi znate!... Krijete se po tavanu, da špijunišete šta će reći kapetanov pandur!... Umalo mi glavu ne odnese... samo da me zakači butovima!...

— Nije, slave mi... ja 'nako... — drhće Ljubomir i muca plašljivo pred njim.

— Šta „'nako“ bre!... Otkud na tavanu?

— Pobegô od kapetana, sunca mi! — previja se dete i odjednom zaplaka.

Pandur omekša. I on se bio uplašio da to nije kakva podvala, da njega ogovore kod kapetana... Ko zna! S velikom lukavošću i prepredenom veštinom utiša dete, pa ga uze na ispit. Uplašen dečko sve mu o sebi iskreno ispriča, rekavši samo da ga je otac poslao u službu, kao što je i drugima govorio.

— A 'nako... nije te ovi gazda nikako dovodio u srez, kod nas? — upita pandur, praveći pri tom lice kao da je njemu sasvim svejedno: dolazio il' ne dolazio u srez. A ovo on pita tek onako... iz radoznalosti.

— Jok — odgovori Ljubomir, čudeći se i odgovorom i pogledom što ga to pita.

„A, nije ga upisao!“, pomisli pandur veseo. „Tu ćemo mecko da štrbucnemo gazda Cvijana... He-he...“

Kad se Ljubomir, ohrabren pandurom, vratio u kujnu, tamo ga dočekaše s psovkom i velikom praskom. Traže ga otkad sebe, pune im ruke posla, sprema se velika večera. Napolju se čuje graja, razgovor i poneki glasniji smeh. To su podolazili kmetovi, odbornici, seljani... larmaju i gledaju da propipkaju odmah: radi čega li je sam kapetan tako nenadno došao.

U poznu noć, pošto se večera davno svršila i ljudi gotovo poizodlazili, mehandžija zovnu Ljubomira u jednu sobu, pa ga tajanstveno, sa polušapatom, zapita:

— Šta je to bilo s tobom i s onim... — tu mehandžija krupno opsova pandura.

Ljubomir mu sve ispriča, pa i pandurov monolog, onako kako ga je on razumeo.

— Ej, crnjane, propali smo!... — viknu uzbuđen mehandžija, koji je u takvim prilikama voleo sve da uvećava, pa i opasnost, koja ga očekuje. — Nisam te upisao, vidiš... Pa sad će...

Ljubomir se prepao, pa samo steže uzdrhtalom rukom butinicu, trepće i odjednom mu grunuše suze na oči.

— Nego pazi: sutra da kažeš... kad te kapetan pozove, da mu kažeš: ja sam, reci, gospodine, đak; idem, reci, na veće škole u Beograd. Pa dok staše vreme za školu, primio me ovi, reci, dobri čovek da me prihrani, a i ja njega, reci, zato slušam. Nipošto da ne kažeš, da smo se pogodili da me služiš!... Propao si! Jesi li razumeo?

— Jesam — odgovori dečko, brišući širokim prljavim rukavom uplakane oči i gledajući mehandžiju plašljivo.

— E dela sad meni reci, kako ćeš sutra kapetanu kazati.

Ljubomir ponovi zadani mu odgovor gotovo od reči do reči. Gazda mu ostade zadovoljan, pa ga posla da spremi sve, što treba za čišćenje cipela.

Crni se i tajanstveno ćuti visoko nebo, crni se tamna letnja noć; ne vidi se ništa, samo sevaju pred očima nekakve tamne nejasne slike: približiš se kakvom žbuniću, učini ti se čitavo strašilo... raširilo se, razjapilo čeljusti, pa ide na tebe, ide, ali uviđaš da se rastojanje između tebe i čudovišta ne menja...

Ljubomir seo na vrata od svoga tavana, okrenuo lice tamnoj pomrčini i, kao da se rešava kud će... Hteo bi se krenuti na put odmah, ali ga zadržava ovakva noć... Preko neba preleti jedna padalica. On se strese i, krsteći se plašljivo, zavuče se u seno...

IV

„Đak beogradske gimnazije... Bože, je li ovo istina ili san!... Ja, Ljubomir Vasić, gimna... kako ono kažu: gim-na-zist!...", misli dečko i osvrće se oko sebe, gledajući ogromno veličanstveno zdanje, koje se sa sve četiri strane unaokolo sklopilo i opkolilo ovu šarenu, mnogobrojnu gomilu dece, dečaka, mladića ćosavih, mladića s brčićima i bradicom, koja se talasa, ljulja i komeša bez ikakva reda, od koje se čuju uzvici, smeh, a nad celom gomilom rasplinulo se brujanje i žagor...

Naš planinac se naslonio na neku gradinicu od tàčâka, podignutu u sredini dvorišta okolo nekakva duguljasta kamena sa limenim poklopcem, za koji mu rekoše, da je ta sprava — sunčanik, pa gleda taj veliki, do sad neviđeni, mravinjak od dece, kako se šareni raznovrsnom odećom, koje ne može dovoljno da se nagleda. Bilo je tu dece u prljavim i čistim, pocepanim i novim, zatvorene i otvorene boje kaputima; bilo ih je u takvim istim i još kratkim i dugačkim pantalonama. Ljubomira začudiše ovi prvi, koji su svi, mahom, čisto odeveni. „Što im to majka okrati pelengirice? Mora da nije imala više ovakvog sukna..." Bilo ih je u čistim i belim kao sneg, tankim seoskim košuljicama, sa išaranim srmom čohanim jelečićima; bilo ih i u tankim suknenim čakširicama, a bilo ih nekoliko, kao i on, u masnim, prljavim, iskrpljenim košuljama od debela kudeljna platna...

I svu tu šarenu masu gleda uzbezeknuto, začuđeno seljače, a u ušima mu još bruji odsečan, strog glas malog, čistog, sedog direktora, koji pročita imena primljenih učenika u prvi razred gimnazije, i još tamo nešto stade govoriti, ali on od uzbuđenja ne sasluša ništa više, posle svog imena...

„Ljubomir Vasić, učenik Velike gimnazije...", mrmlja dečko u sebi (rekli su mu da se ova zove Velika, za razliku od drugih dveju — Palilulske i Terazijske), gotovo glasno izgovara celu svoju novu titulu i čudi se kako se to lepo sročilo, da bude baš „Velike gimnazije".

Gleda u ove neme i strahovite, za njega, zidine, kako se dižu veličanstveno u visoko plavo nebo, kako trepere pod sunčevim zracima, i poluglasno, bludeći malenim očima, ponavlja u sebi: „Ljubomir Vasić, učenik Velike gimnazije..." I oseća kako mu se tada grudi nadimaju jače, kako srce zakuca živo, živo, brzo... i zna, da je sad na Maljenu, samo bi poleteo kosom... Usput bi se preturao glavački, odrao bi koga jarca, i opet bi trčao i trčao dokle ga noge nose... A ovako samo podskoči od zemlje, kao da ga električna struja baca, i gleda u decu oko sebe tako blaženo, kao da bi se sad sa svima grlio i ljubio... I opet ponavlja: „Ljubomir Vasić, učenik Velike gimnazije..."

Otišao je zatim na Kalimegdan, zavukao se među zidine gradske i predao se dugom, zanosnom maštanju...

Dakle, svršeno je: postigao je glavnu želju. A koliko se muke videlo, koliko se nezgoda pretrpelo, dok se do toga došlo!... I stadoše se ređati pred njim svi događaji od njegova begstva...

Najmučnije beše kad stiže u Beograd, osvrćući se putem jednako, bojeći se kapetanove potere. Sad, kad uđe među ove beskrajne gomile kuća, kad pođe krivim nepoznatim ulicama, kad ugleda toliki svet, što neprekidno vrvi tamo i amo; kad poznade da je to svet drugi, sasvim drugi, tuđi svet, ne onakav kako ga je on zamišljao; kad vide da se nikome tu ne sme obrnuti ni za što zapitati, jer njega neće niko, ama baš niko da pogleda... Svaki prolazi pored njega, kao da ga i nema tu na ulici, ili ga obilaze ravnodušno, ne gledajući ga, kao da je on kakav panj, izrastao na ulici... Kad ga poklopi i uvuče u svoje čeljusti ta čitava gora od kuća, velikih i malih, prljavih i okrečenih, i on se nađe kao stegnut, zaklopljen tom gromadom... Kad sve to vide i oseti, Ljubomir se prepade i zažali što ga ne uhvati kapetanova potera, jer bi mu sad i onaj pandur bio tako drag... ili što ga ne uhvati onaj njegov seljak i ne odvede na Maljen. Ah, on je tako jadan, tako sam!...

Šta li će biti sa njim?... Da li će propasti, izgubiti se u ovom šarenom svetu, i umreti od gladi među kakvim zidinama?...

Smišljao je u pameti najstrašnije slike muka, koje ga čekaju, a ono izišlo sve tako prosto i tako obično. Lutao je, gladan i neispavan, jednom usamljenom ulicom, naišao na nekakva dobroćudnog, kako se njemu učinilo, čičicu. Čiča ga još izdaleka ocenio i ko je i šta je i šta traži. Brzo su se objasnili, naredili, i on je odmah našao mesto, našao krov i zaklon, za čim mu je najviše stalo... Od tada je neprekidno trčkarao po nekakvim porukama i radio u kući kao rob, radio bez odmora, bez sna... iz sata u sat, tako neprekidno. Ali se to njemu nije nimalo teško činilo. Ta on ima svoje mesto, zna gde je i, što je glavno, nije više sam.

Tek posle, kad je s teškom mukom našao svog seljaka, Svetozara bogoslovca, koji se tek vratio iz sela, tada je razumeo da mu je ovo mesto nezgodno i teško, da se tu ne može ništa učiti, i da ima mnogo boljih mesta, gde se manje radi i više koristi.

O, kako ga je obradovao sastanak sa Svetozarem!... Hteo je poljubiti svaku krpu na njemu, koja je još mirisala maljenskom borovinom. Nije znao šta će pre da ga pita...

— Šta vele moji... tata, Vujica, stričevi? — pita ne dišući.

— Brinu se, znaš sam... Sestre ti plaču i pominju majku... ona bi mnogo žalila, da je živa. Čuli su da si ovamo otišô. Čiča Živojin veli: „Kaži mu, ako ga vidiš, neka se trudi na svakom poslu. Nije on otpao od mene, kao iver od klade. Boli, kaže, mene srce za svom decom”.

Tužne, teške suze obliše Ljubomira; on stade jecati neutešno, dugo... sećajući se svojih najmilijih, koje je tako grubo ostavio i koji su ga tako mnogo voleli. Ali dečja tuga nije velika i dugotrajna.

Od ovog srećnog dana, kad se sastade sa Svetozarem, okrete se sve u njegovu životu nabolje. Dosadanje mesto napusti, nađe mu Svetozar mnogo bolje, upravo najbolje, o kakvom on nije ni sanjao. Zatim nastade spremanje za upis u školu.

— Daj mi svedočanstvo — reče mu Svetozar jednog dana — da te prijavim za ispit.

— Kako... šta to?! — začudi se dečko, ne razumevajući šta ovaj traži.

Noge su mu se presekle, živ je umro, kad mu zemljak objasni, da bez toga ne može biti primljen, a danas počinje upis... Dakle sve propalo, sve muke i nade uzalud!... Ali sreća, koja mu se jednom nasmejala, nije ga tako lako htela ostaviti.

Našlo se svedočanstvo začas, i sasvim prosto, bez muke. Zabrinuti bogoslovac progura se nekoliko puta kroz gomile dece, koja stajahu pred školskim vratima, sa previjenim tabačićem, očekujući red da uđu. Razgleda on dobro desetinu tih tabačića, vidi da su to štampani blanketi, koje su dobroćudni i bezazleni učitelji ispravno popunili i svojeručnim potpisom utvrdili. Druge mu tvrđe u ono vreme nije ni trebalo. „Pa i ja umem tako popuniti... još lepše!", pomisli bistroumni Valjevac, i kroz pola časa njegova srećna misao postala je delo. U to srećno doba ni „krštenice" ne behu potrebne odmah — verovalo se učitelju.

Istog dana Ljubomir je bio prijavljen, a posle nekoliko dana ispitan i primljen u prvi razred gimnazije.

Tako se svršile sve nezgode, koje su ga do sad udarale ljuto. Šta li ga očekuje od sad... kako li će biti dalje?... Plašljiva zebnja nailazi mu na dušu, ali je on odmah odgoni svojom čarobnom rečenicom: „Ljubomir Vasić, učenik Velike gimnazije..."

V

Novo mesto Ljubomirovo bilo je od retkih mesta. Za takvo „posluživanje" đaci su dobro plaćali onome ko im ga nađe. Bila je to jedna manja i, po izgledu, siromašna kuća, kakvih je bio prepun Beograd u ono vreme. Ali čim otvorite vrata, odmah vas iznenadi sve što vidite unutra. Ne vidite nikakve bogaštine, ali je ipak sve unutra tako solidno, čisto, uredno... na vas zaveje otud nekakav naročiti duh uljudnosti, čestitosti, duh lepoga, i vi se odmah gledate niza se, cenite je li sve na vama uljudno i u redu. U kući živi samo jedna baba sa sinom. Baba je rođena u Vojvodini, ali je sve do sad sačuvala one lepe osobine kućevnog reda, koji je nasledila od svoje matere. Sin joj je velikoškolac, u poslednjoj godini.

Ljubomir ne može očiju da odvoji od svoga gospodin-Nikole. Prikovao ga mladi velikoškolac svojim neobičnim držanjem... nekakvom gordom uljudnošću, dostojanstvenim pogledom i pokretom, pa ne može dečko da ga se nagleda. Najviše ga bune one male, žućkaraste pa se prelivaju u crno, pametne gospodske oči, kojima nikad ne gleda pravo, nego nekako ukoso, i opet gleda čoveka u oči. Pa hod gospodin-Nikolin!... I on je bio manjeg rasta, skoro ćosav. Samo po donjoj vilici probile ga meke, žućkastocrne malje. Pa kad izdigne ramena nekako njegovski i pođe, Ljubomir samo blene i misli u sebi: „Badava, ovaj će nekad biti ministar!..."

— Imaš li, more, kakva odela? — pita ga gospodin Nikola uoči dana, kad će poći u školu.

Ljubomir obara oči i stidljivo gleda svoju jedinu, skoro pocrnelu košulju.

— Nisam poneo... 'nako, iznenada pošô...

— Kako iznenada?

Reč po reč, i Ljubomir poveri svome obožavanom ljubimcu celu tajnu svoga begstva.

Nikola je bio neobično bistar mladić, od onih starih velikoškolaca, koji svaku zanimljivu pojavu duboko anališu. On poznade odmah ko je pred njim, i kako je i sam raspolagao nežnim blagim osećanjima, i uz to, u priličnoj meri, maštao i pisao stihove, zainteresova se dečkom i stade mu u mislima ređati razne položaje, koji ga u budućnosti očekuju.

— Dobro. Ja ću se zauzeti za tebe, ali da budeš valjan — reče mu kratko.

Istog dana Ljubomir dobi od svoga gospodina čiste preobuke, celo staro odelo i obuću.

Bože, kad je video sebe u pantalonama i kaputu!... Osvrtao se, zagledao se dugo sa sviju strana, i nikako mu nije padalo na um da je to staro, iznošeno, iskrpljeno odelo, u kome on izgleda smešan.

„Baš pravi gospodin, pa to ti je... Ih, da me sad vide Milka i Mira!...", misli i razgleda svoj dugački žuti kaput, što se preliva kao kruškov list u septembru, koji je nekad bio dobar „ibercig", pa će i sad lepo poslužiti siroto đače.

U školi mu rekoše, da je upisan u prvo odeljenje. Išao je u školu tri dana mirno — tiho, kao senka... Posmatrao je sve oko sebe radoznalo, gledao kako se menjaju učitelji svakog časa i s gordošću računao: koliko će imati učitelja ove godine. Seo je u poslednju klupu, među drugove odevene kao i on, od kojih jedan imađaše i bradu. Četvrtog dana pozvaše ga u kancelariju...

Kad je saslušao čika-Jocin poziv, ustao je, prebledeo i nije znao ništa za sebe.

— Ljubomir Vasić! zovu te u kancelariju — odsečno i službeno viknu služitelj.

Njemu samo zaigra neka tama pred očima, stade ga čak dole, ispod grudi, nešto stezati, i on nekoliko sekunada stajaše kao kameni kip.

„To je ono... svedočanstvo!... Propast!... Svršeno sve!...", sevaju mu misli kroz glavu kao munje, i on se lagano provlači pored drugova, krijući oči od ljubopitnih pogleda cele škole. Nešto mu rekoše dva njegova suseda, on je čuo reči, ali mu one ne ostaše u pameti.

„Doznali!... Da se bega!... A moji... šta će oni?... U svet!...", misli dečko, ulazeći obamrlim nogama u prostranu sobu, u kojoj samo ugleda mnogo, mnogo ljudi... i svi se nekako crne, kao da su u tami.

Iz te magle iziđe i stade kraj njega jedan mali, krutuljav, u naočarima, čičica, koga je on dobro znao i već se nasmejao nekoliko puta čičinoj šali, koju vodi sa đacima. Čiča mu metnu ruku na rame i kao s nekom hvalisavošću uzviknu:

— Aha... to je! Kažem ja... — reče i pogleda u jednog natmurenog druga, koji kao da nije do sad verovao onome, što mu je govorio.

— Jest, bogobojažljivo dete! — progovori popa, veroučitelj gimnazijski, pošto ga pažljivo promotri.

„Uhvatili!... to je. Sad će da priviknu: napolje!..."

— Ljubomire, boga-ti-si — progovori odnekud iz tame njegov profesor računa, koga poznade po glasu, ali ga još ne ugleda — idi u drugo odeljenje, pa me čekaj, sad ću ja...

On se ispe lagano u drugo odeljenje, koje je bilo baš nad profesorskom kancelarijom, uđe i stade blizu table, ne gledajući nikoga; stade kao čovek, koji čeka da mu se očita smrtna presuda. Škola se utaja... Deca gledaju, začuđena neobičnom pojavom, pa ne stižu još ni da se nasmeju njegovom izgledu. Ali njega sad podsmevke ne bi dirale...

„Mora da je potkazao neko od ovih!... Video Svetozara kad je pisao..."

Profesor uđe. Đačke oči samo prelću sa profesorovih očiju na ovoga čudnog pogurenog dečka u dugačkom žutom kaputu, sa prekrštenim rukama na grudima.

— Ovaj će vam biti cenzor — reče profesor, gledajući redove nestašnih živih očiju, koje se sve uprle u njega. — Tako ste krasni svi u celom ovom razredu, da gospoda profesori nisu mogli naći nijednog, ko bi mogao održavati red... A ti Petre, boga-ti-si, bolje da ideš za govedima po tvom Zlatiboru...

„Cenzor... ja?!... Šta ovo svanjuje... Šta je ovo lepo oko mene!... A svedočanstvo!... ne znaju...”

Kad je pošao kući, posle časa, dečko gledaše oko sebe skromno, bojažljivo, ali u sebi radosno ponavljaše: „Ljubomir Vasić, cenzor Velike gimnazije!”

A cenzorsko pitanje u drugom odeljenju zadavalo je velike brige profesorima. Spreman je predlog direktoru: da se premeste ovi okačenjaci iznad naših glava...

Prvog školskog dana, ovaj isti profesor, koji dovede Ljubomira, razgleda odraslije đake i postavi za cenzora pomenutog Petra Užičanina, koji je visom nadvisio ceo razred. Drugog časa Petar preduze novu počasnu dužnost: uze kredu, stade uz čistu tablu i videvši bezbroj nestašnih mališana, ne znajući im još imena, raskreči se, podiže obe ruke u vis i, koliko beše snage u plućima i grlu, podviknu:

— M-e-e-e-r!... Ćutite-e-e!...

Posle nekoliko sekunada pojavi se na vratima čika-Joca, sa preplašenim licem, kao da je paljevina u školi.

— Šta je?! — pita on i gleda po školi, čudeći se što još ne vidi krv ili vatru.

Za Jocom istrča jedan profesor.

— Šta je? — pita Jocu, gledajući po svima školskim uglovima. — Ko je vikao?

— Cenzor — odgovoriše nekoliko glasova.

Cenzor stidljivo obori glavu, i sa onim snebivljivim užičkim smešenjem protepa:

— Ehe... A da ja: umirujem đavole... Kâ da je udario obad u sve...

Profesor prsnu u smeh i strča niz stepenice.

Za dva dana izređaše još petoricu cenzora u drugom odeljenju, i najzad svi profesori dođoše do uverenja, da su se u ovom razredu, sasvim slučajno, sastala tako nemirna deca, kakve nije upamtila Velika gimnazija.

Ali onom malom profesoru u naočarima dođe na um pametna misao: „Zar baš mora, recimo, pisme ljudi biti u prvom odeljenju?” Tražeći podesno lice, ugledao je skromna Ljubomira...

Tako se svrši teško cenzorsko pitanje u drugom odeljenju, i naš Ljubomir postade „cenzor Velike gimnazije”.

VI

Ljubomir je odlazio često i vrlo rado svome seljaku — bogoslovcu. Pored toga što se osećao kao pile pod krilom majčinim, kad je uz njega, još ga je tamo vuklo i nešto drugo. On se zanosio gledajući, kad udari zvono na večernje, kako iz onih mnogobrojnih vrata, koja sva gledaju u dvorište, povrve mnogobrojni mladići, pa laganim korakom, razgovarajući se polako usput, primiču se crkvenim vratima tako celom gomilom, krste se i ulaze u crkvu. A za njima dostojanstveno stupa nekakav dugačak bradat pop u dugačkoj, neobična izgleda, kapi. Kad ga je prvi put video, prošapta Svetozaru sa strahom:

— Je l' to mitropolit?

— Idi, bre... To je profesor.

— Kakva mu je ono kapa?

— Kamilavka, što nose kaluđeri.

Kad god je mogao, i on je odstojao sa zemljakom večernje, zamišljajući toga časa da leti pravo na nebo, kad zagrme dvesta bogoslovskih glasova: *Gospodi vozvah k tebje, usliši mja...* Grme odjeci složnog mnogoglasnog pevanja i prolamaju se pod ogromnim tamnim svodovima hrama, tresu se i drhću prozori crkveni, koluta se mirišljavi dim izmirne i zveckaju sitni praporci na srebrnoj kadionici... A divljače maljensko blene, sluša, i zaboravlja gde se nalazi i šta se to zbiva oko njega.

Ona velika žudnja za svetom, za dalekim prostorom, utaloži se kod Ljubomira i sad stadoše da se javljaju nove težnje, upravo novi ideali. Još kod studenca je najradije mislio o školi, ali tadanje misli behu nejasne i neodređene. Sad, kad je postao čak „cenzor Velike gimnazije", nije mogao poželeti sebi veće slave i radosti, do da ostane sve ovako kako je, dok god on ne izuči sve škole. Sad se škola istakla napred, pred svima njegovim željama, zauzela mu celu dušu i ispunila je najlepšim osećanjima... Ali su i odlasci do Svetozara postepeno činili svoje: i oni ne ostadoše bez uticaja na ovu meku, nežnu i naivnu dušu. Posle čestog stajanja na večernji, najradije je preturao knjige, koje ležahu rasturene u skrinji Svetozarevoj.

— Ih, kolika je ova! — reče jedared, razgledajući knjige. — Kakva ti je ovo?...

— Pročitaj. Vidiš da piše: *Sveto pismo* — odgovori mu seljak, preturajući listove nekakva udžbenika, koji beše sav išaran krupnim crkvenoslovenskim slovima.

— Aha, *Sveto pismo*! — ponovi đače glasom, koji kazivaše da nije nikad čulo za takvu knjigu.

Otvori nekoliko prvih listova i pročita jedan stih, koji mu prvo pade u oči. Čitaše: *i izmahnu rukom svojom i uze nož da zakolje sina svojega...*

Nešto nejasno, tamno, ali poznato mu, proveja pred očima mu pri čitanju ovih redaka. On nastavi dalje: *ali anđeo Gospodnji viknu ga s neba i reče: Avrame!...*

„Aha, znam... To je ono, kad je Avram hteo zaklati Isaka... Otkud to ovde?"

Vrati se očima i stade čitati celu Glavu od početka. Dopade mu se. Lepše je ovo napisano, nego što im je učitelj pričao. Ali pri kraju zape: stadoše se ređati nekakva nerazumljiva imena i reči; on obrte nekoliko listova — opet poznata priča o Josifu. Čitaše je, a kad naiđe na reči: *sina je mojega haljina; ljuta ga je zvjerka izjela... i razdrije*

*Jakov haljine svoje, i veza kostrijet oko sebe...* Ljubomir se zaplaka i krišom obrisa suze, koje mu poleteše iz očiju. U ovome pričanju nađe on nekakvu sličnost sa svojim begstvom od kuće, i teško mu pade na srce tuga Josifova oca... Zamisli se, hteo bi da misli o kući, ali mu te misli nekako brzo iščezavaju iz pameti, a na njihova mesta doleću nekakve druge — nejasne, maglovite, ne razume ih baš nimalo, ali oseća nekakvu toplinu, nekakvo zadovoljstvo od njihova prisustva. Pod uticajem toga osećanja, on otvara knjigu skoro na polovini i čita: *Ne bilo dana u koji se rodih, i noći u kojoj rekoše: rodi se djetić! Bio taj dan tama, ne gledao ga Bog ozgo, i ne osvjetljavala ga svjetlost!...*

Obuze ga strah... Kakav li je to crn život, koji se ovako proklinje! U isto vreme on beše načisto s mišlju: da mu se ne može duša smiriti, dok ovu knjigu ne pročita.

— Je l' tvoja ova knjiga? — zapita on Svetozara, posle duga čekanja dok ovaj svrši čitanje predmeta. Ali nije pogodio vreme, jer je bogoslovac baš sad preduzeo poslednje „slišavanje" iz pročitane zadaće.

— Moja — progovori on, ne gledajući ne samo u knjigu no ni u šta; oči mu bluđahu neodređeno po zidu i prozoru, kao obično kad se čovek duboko zanese jednom mišlju.

— Daj mi je da čitam... ako ti ne treba — prozbori dečko bojažljivo.

Svetozar samo baci oko na knjigu i, kao da govori nekom drugom, reče:

— Nije to za tebe još. Nećeš je razumeti.

— Eve puno priča, slave mi!... sve što smo učili u školi. A kad naiđe ono nerazgovetno, ja preskočim.

— Dobro, uzmi — odobri mu ovaj, samo da ga ostavi na miru.

Ljubomir brzo ustade i ode, bojeći se da se Svetozar ne predomisli.

Sad je imao samo jednu brigu: da udesi svoje poslove tako, kako će mu bar svako drugo-treće veče ostajati vremena za čitanje ove zanimljive knjige. To je bilo, kod ovakovih ljudi, gde je on stanovao, lako udesiti. Rada školskog još ne beše mnogo, posao u kuhinji bude brzo gotov, jer ga je malo: oprati nekoliko tanjira, očistiti „gospodinove" cipele, to je sve. Pa posle sedne za čist, veliki kuhinjski sto, primakne bliže malu lampicu, uzme onu čudnu knjigu sa crnim sjajnim koricama, poguri se onako seljački i nasloni bradu na pesnice, pa se zanese, prateći blagosloveni Izrailj u njegovom dugom, mučnom i zanimljivom lutanju po pustinji...

Na Petkovaču beše red drugog odeljenja za crkvu. Ljubomir je taj dan očekivao s velikim nestrpljenjem, jer je doznao od bogoslovaca, da će mitropolit služiti toga dana. Još mu je ostala ta želja: da vidi mitropolita, i to baš kad služi. Do sad nikako nije mogao ugrabiti priliku da ga vidi, pa je često pomišljao od raznih ljudi: da ne bude to mitropolit. Čak je jednom od nekakva hadžije sa Terazija, za koga mu posle rekoše da pravi ćevapčiće, pomislio: da li je to mitropolit?...

Ulazeći u crkvu s đacima, Ljubomir se odvoji iz reda kad dođoše blizu ikone za celivanje, stade pobožno pred ikonu, prekrsti se i naže čelo da ga sveštenik pomaže, pa izvuče iz žutog kaputa, koji od masti i drugih sastojaka već dobio zatvoreniju, kafenu boju, svoju malu i neobično prljavu maramicu, odreši nekakav zavezak, izvadi bakreni marjaš i spusti ga na ikonu. Svi ga drugovi posmatrahu sa čuđenjem. I pre im njegovo lice beše neobično, ali sad... sad je mnogo neobično. Ona pređašnja skromnost, onaj tih, bojažljivi pogled, sve se utrostručilo i prešlo u nekakvu pobožnu zbilju, koja izgleda smešna na dečjem licu.

— Ovaj će u svece! — reče jedan dečko sa podsmehom. Mnogi mu prihvatiše šalu i nasmejaše se; ali ih beše koji gledahu začuđeno i ozbiljno: da je to čovek, nasmejali bi se i oni, ili žutom kaputu, ili prljavoj maramici, ili tako nečemu... A ovako: dečko kao i oni... pa se uprepodobio... Čudno... čudno!...

— Stiga mom ocu! — reče popov sinčić, smejući se sa njima, koji je znao kome pripadaju novci sa ikone.

Ljubomir, pognute glave, gledajući samo pred noge, stade skraja do svojih drugova. Prekrsti se pobožno, podiže glavu i odjedared raširi oči, kao da je najveće čudo ugledao... Pravo pred njim, na uzvišenom, pokrivenom crvenom čohom, amvonu, okrenut njemu leđima, stajaše neko, obučen isto onako, kao što je naslikan sv. Sava u njegovoj školi. Njega teknu neka prijatna, slatka radoznalost...

„To je on!...", pomisli đače i stade sa čuđenjem i nasladom posmatrati, kako prinesoše tome nekakve sveće i dadoše mu u ruke. On stade mahati svećama i obrte se narodu...

Ljubomir sakri oči rukama... Bi mu neobično strašno i veoma slatko od te pojave, i on skide ruku i pogleda... Lepše, mnogo lepše no što je naslikan sv. Sava... sjajnije, svetlije, čudnije i življe preliva se, treperi i blešti ova nova i vanzemaljska slika pred njim...

Tu, u toj svetloj zlatotkanoj odeći, u onoj neobičnoj kapi, za koju je i sad držao da meri dvadeset oka, u svemu tome što se vidi očima i što je tako svetlo, zamišljao je dečko da su smeštene sve osobine svetitelja, o kojima je slušao nešto u školi a najviše od pokojne majke. Tu je svemoguća sila, koja obara, ništi, stvara, oduzima život, daje zdravlje i sreću... Pred takvom pojavom Ljubomir je ostao skrušen, zbunjen i zanesen. Zaboravio je da se krsti i moli Bogu, samo je gledao, gledao... i osećao kako se lagano neka nova, sasvim neobična žudnja uvlači u njegovu dušu. On je još nije umeo jasno shvatiti, ali se ona ticala ovoga sjaja...

Dečko je već zamišljao sebe u tim sjajnim odeždama, ali tako da to nije on, nego opet onaj starac, jer kako bi mogao biti on takav!... Pa opet je on to nekako u svojoj glavici pomirio, i opet je ostalo: da i on i onaj čiča budu u tim odeždama... i on da je isto što čiča, i čiča da je on ili kao on... tako nešto...

Od ove službe Ljubomir stade još brižljivije čitati *Sveto pismo*, ali nije zaboravljao ni školu. Već je znao dosta lekcija o nekakvim mineralima, o kristalima, o tvrdoći i hemijskom sastavu soli, zlata i budi bog s nama!... što on nije nimalo razumevao niti znao zašto će mu takvo znanje. Znao je dosta lepih stvari iz zemljopisa, jer je to profesor lepo pričao. Beležio je kako se izgovaraju nemačka pismena *aj*, *ui* itd. i pljuckao od muke sa svojim profesorom, jer mu je ta nauka teško išla u glavu. Slušao je monotona đačka pričanja pred popom, naučena iz knjige napamet, ali je on sve to znao daleko lepše i življe ispričati...

Tako se, postepeno, teklo malo-pomalo znanja, i korisnoga i beskorisnoga, i on je napredovao u školi.

Jedared, preturajući *Sveto pismo*, zagleda se u *Pjesmu nad pjesmama*. Odmah na drugoj strani naiđe na nekakve reči, koje mu se učiniše nezgodne za ovu svetu knjigu, a jedna mu se baš učini sramotna. Dugo je premišljao o ovim nezgodnim rečima, čitao ih po nekoliko puta i sve više se bunio njihovim smislom, koji mu se ponekad učini zanošljiv... onako mladićski. Utom naiđe njegov gospodin.

— Gospodine, šta je ovo?... Da vidite... nekako drukčije...

— Ama ti jednako tu tvoju knjigu! — veli mu gospodin, smejući se i prilazeći k stolu.

— Tek 'nako... zaludan!... Nego gledam šta mu je ovo: do sad sve beše 'nako...

— Hm... — promrmlja mladić i zagleda se u redove, koje mu Ljubomir pokaza. Pri prvim redovima podiže knjigu i stade pažljivo čitati. Ljubomir opazi kako se menja lice „gospodinovo", kako mu igra nestašan osmeh na usnama, kako mu oči neobično plamte, kako mu se nozdrve jako šire i skupljaju...

— Hm... đavolja posla! — promrmlja on u sebi, a glasno reče — Nego znaš, nije ovo za tebe... Čudni su ovi sveti književnici: neki put se i oni prođavole...

— Je li to svetac, gospodine... što ovo piše?

— Hm... svetac!... — „Otkud ću mu, vraga, znati... Solomonova *Pjesma nad pjesmama*, veli se ovde". I on se stade sećati šta zna o Solomonu: „Solomonov hram... mudrost..." i odnekud mu dođe na pamet — Solomonovo slovo!... — Jest, jest... mora da je svetac. Nego kažem ti: ostavi ti ovo, ne razumeš ti ove stvari... A ja ću ti doneti, ako hoćeš da čitaš, što lepo.

Ljubomir se obradova takvoj ponudi. Posle dva dana dobio je *Robinzona*. Za decu sa jakom maštom ova je knjiga pravi hipnotista, koji ih sugestuje i zauzme sve njihove misli na dugo vreme, a mnogi celog života ne mogu da zaborave osećanja, koja su imali pri čitanju pojedinih scena...

U Ljubomirovoj glavi nastade haos: pomešaše se slike Avrama, Lota i njegovih plemenoljubivih kćeri, Navina, Jova i drugih sa slikama Robinzona, Petka, papagaja... I on se sam nađe u rasputici i stade se osvrtati oko sebe. Prvo što ugleda sad bolje, beše suseda, sredovečna žena, udovica, koja je stanovala baš do njegove kuće. Ona ga je češće zivkala, ali mu je gazdarica rekla da se ne odziva toj ženi, koja samo jedan posao ima: odmamljuje „mlađe" iz susednih kuća i namešta ih na druga mesta.

Ali Ljubomir sad stade misliti: „Kad znam šta ona hoće, onda je se ne bojim. Daj da vidim baš... da čujem šta će reći".

Izlazio je od opasne susede sa punom glavom priča o njegovoj gospođi: kako je to zla žena, cicija, pomreše mlađi od gladi, pa hoće i da se tuče... A tamo, gde mu je ona našla mesto, živeće kao bubreg u loju; sve će mu se gotovo doneti, i on će biti kao pravi gospodin. A za vreme može i kod nje posedeti i može mu dolaziti svaki dan onaj bogoslovac...

Na vratima dočeka zbunjena dečka sluškinja susedina, devojčica, starija od Ljubomira. Odmah se na njoj moglo opaziti, da je to već prekaljena prava beogradska sluškinja, sa svima porocima i nedostacima svojih drúgâ.

— O, gospodin-đače, dakle smo se smilovali da učinimo posetu mojoj gospođi! A molićemo, što smo mi tako gordi?

— Ja ne bih rekô — odgovori Ljubomir naivno. — Ti vala baš nisi takva... a i gospođa...

— Ha-ha-ha... Ama ti, *ti* mladi gospodine — ona pogleda ironično njegov žuti kaput i nekakvu izveštalu šubaru — što si ti gord, te se ne može s tobom ni reči prozboriti?... Mustra i jesi: đak!...

Ljubomir se zbuni i nekoliko puta premesti težinu tela s jedne noge na drugu... Utom se seti smelih Lotovih kćeri, oslobodi se i pogleda ovu jezičnu curu pravo u oči.

— The... nisam baš tako, kako veliš... Ali što: đak, jâbogme!... Mene je dika, a ti se potprduj koliko hoćeš — dovrši on uvređenim glasom.

— Juf, naljutio se! A da nisi gord, ti bi bar svako veče stao sa mnom pred kapiju, da malo porazgovaramo. Pa ako se bojiš tvoje gospođe, ja imam moju sobu, gde smem primati goste... Pa bi mogao dovesti i onog tvog kudravog bogoslovca. Ja bih vas lepo dočekala...

Posle tako lepo i jasno iskazanih želja, Ljubomir ode pravo Svetozaru, pa mu stade naivno pričati, kako su dobrodušne i suseda i njena sluškinja. To su, bez sumnje, one „dobrodušne", o kojima mu je on pričao?

Mladić se prenu i stade potanko raspitivati o celom razgovoru, naročito o jednodušnoj želji susedinoj i njene sluškinje.

— Pita ona, znaš — odgovara mu Ljubomir — kakvi ti je ono mladić, što ti dolazi? Ja kažem već tako i tako... Dobar neki mladić, veli ona, i vazdan tamo... Zaboravio sam... Tek kaže: da ja budem kod nje, a ti da dolaziš uveče.

— Tako, brate, tako mi kaži. A sluškinja?

— I ona to isto. Veli: onaj grguljavi... Dobro će nas počastiti...

— Ljubo, kažem ja: biće ćara!... Samo ti mene slušaj — reče veselo i stade nameštati svoju kudravu kosu. Tu on odmah izloži dečku ceo program, po kome će se on upoznati sa susedom i već gledati dalje... a Ljubomiru pada u deo sluškinja. On se postara i da objasni dečku njegovu zadaću, ali Ljubomir na polovini razgovora plašljivo zamaha rukama.

— Neću... nemoj ti mene!... Očiju mi ne mogu, strah me!...

— Ama dobro, Srbine, razumi se: ti zalaguj sluškinju kako god znaš nekoliko dana, dok se ja dobro upoznam s gazdaricom, pa posle ću ja i kod sluškinje u goste. Biće tu časti!... A ti čuvaj tvoje mesto...

— No, znam ja da ona sve laže... Zar ja ne vidim kako je mene!...

Svetozar ostvari svoj plan, i posle nedelju dana Ljubomir se naslušao hvalisavih priča o provođenju i uživanju svoga seljaka. I ove priče i dalje posmatranje ovih događaja uneše u njegovu čistu dušu neka nova osećanja, koja stadoše dolaziti u sukob sa njegovim dosadanjim težnjama.

Ljubomiru se odjednom otvoriše oči: on stade razumevati da se u njemu javlja neka nova, još nejasna, ali već obeležena težnja, koja ga goni da češće izviruje na vratnice, kad tamo na drugim vratnicama stoji đavolasta sluškinja; da na času veronauke premišlja: što ga onda ne pritisnu Milka, kad ga obori u jakanju, ili: što on nju ne obori, pa da je pritisne... da u svojoj posteljici noću, kad namakne žuti kaput na glavu, stvara sliku Solomonom opevane lepotice i posle ispreda razne događaje, u kojima bi on i ta lepotica igrali glavne uloge.

Ali sve te slike i maštanja behu veoma naivne, čiste, detinje... „Ona Solomonova...", misli dečko u mraku, „već mora da je neka carica... a lepa! Pa se ja sa njom oženim... zna se: ko bajagi, nije od istine... Pa pravo mojoj kući. Hintov carski sav od zlata, i već sve se blista... carska posla!... A ona sve tako uza me... pa toplo, slatko...

Pred selom, kraj puta, baš uz njegovu livadu, stoji Veselin Đurić, onaj što me žestoko u školi šamarao. Stoj, bre, sad da te pitam!... A on kad vide kako smo se zagrlili ja i carica i kad ugleda sva ona carska čuda, pade u prašinu... Neka ga... A tamo stric... gleda i ne veruje... A i ja se krijem iza carice, da me on ne vidi... Posle: oću baš i ne moram... gotovo i ne smem tako ići...” I sad otpada iz dalje radnje carica, nego sam on useo u hintov, pa tako veličanstveno izlazi pred oca, kao „cenzor Velike gimnazije”...

VII

Prođoše dve nepune godine. Ljubomir već momče. Duva ljuta mećava sa Maljena, pa zatrpava celo selo snegom i mrazom, a on mora čak na livadu, da položi stoci seno i lisnik. Obuče svoj stari žuti kaput, jedini ostatak prošlih srećnih dana, koji ga odmah, čim ga obuče, navije na maštanje, pa stane gaziti po prtini ili celcu — kako se desi — poguri se i sagne glavu, a misli se stanu kolutati i ređati, sve jedna za drugom, sve brže i brže... On ne oseti kako dođe do kotara, oko koga se okupila gladna i premrzla stoka; ne oseti kako mu je čelo sleđeno, kako ne može da obuhvati rukama ledene rogulje, kako s velikim naprezanjem prebacuje plasku po plasku sena preko vrljika... Ide, vrši posao, vraća se, a jedna stalna misao, koja se već odavno utvrdila u njemu, zauzela ga svega, pa vrti, vrti...

Kad je sebe ostavio Beograd! Već se poseljačio sasvim, nestalo je i poslednjeg znaka beogradskog „polira", samo ga žuti kaput opominjaše, da je i on nekada bio nešto — cenzor Velike gimnazije!... Ali sad, ovako zanesen, pretrpan grubim i teškim seoskim poslovima, čisto ne verovaše svome nekadanjem blagovanju. A sve nalete odjednom, kao vihor na vreloj vedrini, i preseče, poruši, odnese sve njegove težnje, njegove detinje nejasne ideale...

Srbija povede rat za nezavisnost. Ljubomir beše u drugom razredu. Jednog dana raspustiše školu, rekoše da prelaze u starije razrede svi oni, koji imaju dobre godišnje ocene. Pročitaše njihova imena: i Ljubomir prelazi u treći razred. Izišao je iz škole prazna sleđena srca, sa nekom zlom slutnjom na duši. Da li će još ikad prekoračiti ovaj značajni prag, preko koga se ulazi u nauku?...

Beograd opusti. Odoše svi ljudi na zavetnu svetu dužnost; odoše i profesori, odoše i stariji đaci, i Svetozar ode sa nekakvom „legijom", ode i „gospodin"... Ljubomir se osvrta jedan dan po Beogradu, pa se i on reši da ide svome rodnom Maljenu, koga već dve godine ne gleda očima.

Davno je to bilo, čini se Ljubomiru. Tek je leto bilo oslavilo, a evo zime na izmaku. Šta se tereta, za to vreme, preko glave preturilo, koliko se muke videlo. Ode mu brat na granicu i za njim i otac. Ostade sva kuća na leđima nevešta momčeta. Radio je mnogo za svoju kuću i to mu ne beše teško, ali je još više radio pod kuluk, za tuđe kuće, gde su ostala sama deca i po jedna žena, i to mu beše veoma teško.

Ali prođe sve. Nastade primirje, pa zatim mir; vratiše se njegovi sa granice i nastupiše izgledi za bolja vremena. Svet se namučio do najveće mere, do vrhunca, pa je svaki mislio da se više ne može izdržati i da posle kiše i mećave mora jednom ogrejati jasno sunce... Tada će i škole početi, nastaviće se u celoj zemlji prekinuti rad.

Sve beše kako treba i obećavaše da će se nastaviti srećni dani za Ljubomira. Ali odjednom dođe *ono*.

Nikako ne može da se seti kad je to počelo. Sve misli o tome nekako počinju od Beograda, ali on ipak ne može da se seti kad je to bilo, kad se javila u njemu prva misao. A u samoj stvari to nije počelo jednog dana, ni meseca, pa ni godine... I sada, kad je već u njemu sama misao, kad ga je ona zauzela svega, on i sada nije načisto ni sa sobom ni sa svojom mišlju.

Jedno samo on razume dobro i jasno, i to je početak od *onoga*: zna da više neće ići u školu, to je sam smislio i to će tako biti... Zna još, da neće ostati ni kod kuće — tu nema nikakva posla, tako je još onda, kod studenca, odlučio... Zna da će ići u svet... I sad nastaje *ono*...

Ne zna kad i zašto mu je to palo na pamet... Tek onako dođe mu u glavu: „Da provedem neko vreme u manastiru... 'nako samo... Nije zbog čega... neću ja tu ostati. Nego tek, da vidim i to..."

I od kada mu je došla ta misao u glavu, od tada on ne misli ni o čem drugom. Najčudnije je, kako se reši da napusti školu, a i on sam ne zna kako mu to dođe, niti žali za školom. Ako hoće, može sutra ići u Beograd, ali on neće i zna zašto neće. I sad, vraćajući se od stoke, sprema se da utvrdi sa ocem sve, jer mu je još ranije pomenuo za svoju nameru.

— Sinko — reče mu otac — ti odavno radiš na svoju ruku. Šta ću... mi smo prosti ljudi, a ti si tolike čkole učio... Radi kako znaš. Ali te samo jedno svi molimo: nemoj se kaluđeriti.

Ljubomir uzdrhta; kao da ga munja ošinu po srcu, nešto se u njemu smrze, sledi... Otkud to, ta misao!... A njemu to nikad nije ni na um padalo...

— Jok, more... — promuca on gledeći kako se starčeve oči zavodnjiše, kako iz njih kanuše dve suze. Pa prenese oči u drugi kraj — tamo brat Vujo otire oči pesnicama, a dve sestre, uz njega, pokrile lice širokim rukavom... — Kažem vam... šta vi je danas?!... — dovrši uzdrhtalim glasom, pa i sam briznu plakati.

— Svi trojica ste moji — nastavlja starac kroz plač — svi ste mi jednaki. Ako smo i sirotinja, možemo živeti...

Jedva se utišaše.

Ljubomir sede na tronožac uz pročevlje, sa koga se dizaše, vijugajući se, veliki plamen uz odžak, raširi se prema njemu i stade gledati kako se diže u vis para sa ugrejanih mokrih čarapa i dizluka. U kući nastade dugo nemo ćutanje, koje, kako izgleda, ne htede niko prekidati. Sestre odoše za poslom, a oni, otac i sinovi, seđahu gledajući u plamen, premišljajući svaki za sebe jednu istu, tešku, sumornu misao...

„Šta je njima palo na pamet... Budi bog s nama!...", premišlja momak i smeši se ironično i usiljeno. Još mu drhću usne i kupe se na krajevima, i on oseća da mu još stoji na srcu sva ona težina, što se navali na njega, kad otac pomenu kaluđerstvo.

Da li mu to zaista nije dolazilo na um do sada? On veli da nije, i bez sumnje nije nikad do sada pomislio jasno: idem u manastir da se pokaluđerim. Ali od kada ga je zauzela ona jedna misao, od tada se neprestano uz nju pomaljaju i nekakve nejasne kaluđerske slike, u kojima često Ljubomir, kao u snu, vidi sebe sama... Ali to su samo slike, tek onako... a misao o tome bila je daleko.

„Baš nije trebalo ni govoriti sa njima o tome... Samo me zabunjuju! Eto, i sad mi je nekako tako... teško mi..."

Kad se oprostio sa svojima i pošao od kuće, Ljubomir svrnu na trla u potesu. Znao je da će tamo biti Mira, pa da se i sa njom pozdravi. To mu je jedini drug iz mladosti...

Oko razbacanih, po redu, gomilica sena, okupila se gladna stoka, pa žudno savija i kupi u usta suvu travu, a iz obližnjeg trla bije dim kroz sleme, kroz badžu i kroz samu šindru, kojom je staja pokrivena. Kad se Ljubomir naže na vrata, udari ga jara po licu. Na samoj sredini staje Mira naložila veliku vatru, pa se izrebrila prema vatri, na velikoj gomili sena; usturila glavu i gleda kroz badžu. Kad on uđe, devojka se prenu i skoči s ležanke.

— Ene de!... — uzviknu ona iznenađena i pogleda gosta iskreno, drugarski.

Od maljenskog divljačeta postalo je pravo obično devojče. Sad je drukčije odevena i očešljana, drukčije se i drži i govori: sad joj ni na pamet ne dolazi deranje jarca.

Ljubomir zauze polovinu njene ležanke, sede na seno i podupre leđa o trenice pa stade gledati u plamen; ona se spusti na drugu polovinu, podalje od njega, i, očekujući da on progovori, stade gledati u čađava brvna.

— Eto, dođe i taj dan — progovori Ljubomir — da se ide u svet!

— Čula sam — reče ona, ne starajući se da prikrije žalost, koja se pokaza na licu joj. — Bo'zna ćeš u manastir?

— Jă.

— Nećeš, valjda, ostati tamo?

— Jok.

— Baš se ti naide po svetu! Znam onda... zagledaš se tako u maglu i ćutiš pola dana, pa posle mi veliš da te vuče nešto u onu maglu, tamo u svet... Je l' ti i sad tako, Ljubo?

— Šta?

— Vuče li te, velim... u manastir?

On poćuta neko vreme, pa odjednom kao da dobi volju da sve iskaže šta mu je na duši, ispravi se na senu, oči mu zasvetleše i on progovori:

— Znaš kako me onda vuklo... To nije bilo ništa. Sve mi se čini: da stoka ne opusti stričevu njivu, ja ne bih ostavio Maljena. A sad je drugo... drukčije je ovo...

— Kako, Ljubo?

— Sad me je strah... Ne znam kako to: vuče me i baš volim, mnogo volim da idem tamo i da sve vidim, ali me strah. Nisam se bojao onda, kad nisam poznavao drugog mesta do našeg sela... Onda sam krenuo slobodno, baš kao da idem u goste ujacima; trčao sam preko nepoznatih mesta, kao preko maljenskih kosa. A sad... đavo ga znao...

— Je l' ti teško poći?

— Nije... baš mi je milo... Ali će me biti strah, kad ostavim naš potes.

— Kako li je tamo, Bože? — reče devojče posle kraćeg ćutanja.

— To i ja sve mislim. Uveče kad legnem, pa zažmurim, *ono* mi odmah dođe. Najpre mi se belasa, daleko pred očima, neka mala — mala loptica... igra, igra mi pred očima i eto je sve bliže k meni... I što god bliža, ona sve veća i veća... posle kao tanjir, pa kao tepsija i tako redom, dok ne poraste kao kuća, i veća... Pa sve bliže i bliže... i taman da me udari u glavu, ono nekako prođe kroz mene, pa se opet vrati natrag i stane igrati daleko, kao neki veliki, veliki konj... Ja mu lepo vidim sapi, i jedna mu je noga kao... Bože me prosti, veća od tornja Saborne crkve u Beogradu... i tolike su sve četiri... Pa igra, skače i što bliži meni, on sve veći... veći je od Maljena i Povlena ujedno... i ja sve čekam kad će da me pregazi i zadavi, a on se provlači oko mene, kao da je sav od vazduha...

Mira prebledela, raširila zenice, i na licu joj ispisan veliki užas. Gleda u nekadanjeg druga, kao u neko čudovište, i pita se u strahu: da li je on još čovek, božji stvor, ili se već prometnuo u kakvo čudo?...

A Ljubomir, ne gledeći na nju, sa zažarenim očima, sa raširenim zenicama, upravljenim u ljubičasto-vatreni stub, što se vije pred njim, šušti i puckara, nastavlja započeto pričanje:

— Tako to jednako, dok me ne pusti neka slabost u glavi, što me obuzme čim legnem. Onda se okrećem u postelji i ništa ne znam gde sam; posle ne znam kako sam okrenut: ne znam gde su vrata, ni pendžeri, ništa... Pa kad i to prođe, onda stanem misliti...

— Misliti... — ponavlja Mira glasno, od straha, tek da se javi i ona da je živa.

— A ja kad počnem misliti noću, to traje do zore, baš do samog svanuća... Šta puta u Beogradu tako počnem misliti, šmrkćem, prevrćem se i odjednom čujem da zvoni jutrenje. Kad pre, ne znam ni ja... čini mi se tek sam legô. Tamo mi je to i počelo, a već ovde jednako, svaku noć...

— Pa je li sve misliš o manastiru?

— Najpre sam sve o drugom koječemu. Najviše sam mislio o mojima i o tebi, o našoj igri i tako... — On htede pomenuti da ga je i Milkina slika u tim noćima mnogo zanimala, ali se uzdrža. —

Posle sam o školi, o crkvi i mitropolitu... o tome sam mnogo mislio. I tamo još... čitao sam neke knjige, pa sam mnogo o tome mislio.

— Pa to je sve drugo...

— A kad dođoh ovamo i kad odoše svi naši na granicu, počeh opet misliti. I tu mi odjednom dođe *ono*... Više nikad nisam ni o čem drugom mislio, samo o tome.

Mira postepeno dođe k sebi, ali joj Ljubomir od ovog časa postade kao nešto drugo, što ne liči na čoveka, ili što nije pravi stvor božji, nego se uzeo sa nekim silama, vilenjacima, šta li su. Ona više ne imade za njega onako iskrena drugarska pogleda, s kakvim ga dočeka pri ulasku u trlo.

Ljubomir ućuta. Čitav čas je ćutao i džarakao štapićem po rasturenim pregorelim žiškama. Nije mu se išlo odavde... Hteo bi dugo, dugo sedeti ovako u samoći, uz puckaranje vesele vatre, sa svojom drugaricom, i makar ne govoriti ništa, samo ćutati...

Puhor se stade hvatati po sjajnim žiškama, koje dogorevahu, i sevajući još pokadšto slabom svetlošću, umirahu, tuljahu se, kao što se postepeno tule svi čovečji ideali... kao što se lagano tuli život čovekov, ili možda život celog čovečanstva?...

Pomrčina je gusta; čini ti se rukama bi je mešao. Sneg sipa i veje gusto, jako, kao da hoće naročito, na izmaku zime, da plaši sirotinju i da pokaže svoju neviđenu silu. Ma uzaman mu je trud: briše topla jugovina, pa ga topi i cedi još u padanju.

Pod nogama usamljena putnika, što se lagano provlači manastirskom rekom, šljepka se gusto hladno blato i jedva se nazire crna pruga, što vijuga kroz beo snežni pokrov. Putnik već pao u očajanje od zla vremena, umora i gladi. Svud oko njega, i desno i levo, sklopila se ogromna planina, kojoj, kako izgleda, nema kraja, a dole, pored sama puta šušti, valja se i bruji manastirska reka, niz koju umorni putnik već tri časa korača. Prošao je davno svih devet manastirskih vodenica, i sad se ljuto kaje što ne ostade u kojoj da noći. Dođe mu mnogo teško, htede kukati iz sveg glasa, neće li ga živa duša čuti, kad se neko iza samih njegovih leđa prodera:

— Ko je to!

Ljubomir odskoči u stranu od straha i iznenađenja, ali ugleda da je i onaj nepoznati namernik, još pre njega, klisnuo na drugu stranu, baš u celac.

— Ko si? — viknu opet onaj, ali mnogo mekše i prisebnije, jer se doseti da su se obojica uplašili jedan od drugog.

— Ja... ja sam... đak — promuca Ljubomir više od zabune no iz straha. — Idem u manastir, pa sam, kanda, zalutao?

— Nisi, brate, nisi — odgovori onaj iz mraka prijateljskim glasom i priđe mu. — I ja sam đak manastirski... hajdemo zajedno.

Ljubomira kao da ogreja sunce; pođe veseo za svojim vođem, koji nešto u sebi mrmljaše.

— Ja znaš idem... podelio tamo ujam, pa se nešto zamislio... Đavolje ovo vreme!... Kad pred samim mojim nosom — čovek! O, ’nateme!... Umal’ ne dreknuh...

Ljubomir se nasmeši, ali mu odmah, veoma prijateljskim glasom, odgovori:

— I ja se, vala, uplаših žestoko. A bilo me strah i od ove pustinje... sve nemo!...

— Zar se ti bojiš noću? — zapita manastirac s prekorom, kao da bi hteo reći: vidiš kako ja sâm putujem, pa se nikog ne bojim!...

— Jok, more... Nego sam se umorio od duga puta, a zapao u ovu dubodolinu, pa mislim da sam zalutao.

Posle nekoliko minuta Ljubomir se grejao i sušio pored topla šporeta u manastirskoj kuhinji, a oko njega se okupili ljubopitni manastirski đaci i momci, pa slušaju, razjapljenih usta, njegova pričanja o putovanju, pa onda i dalje o školovanju, i tako redom sve, dok se neko ne seti, te iznese pred umorna pripovedača hleba i pasulja...

Zašlo se duboko u noć; đaci se raziđoše po sobama, momci se poređaše oko šporeta, a Ljubomir, dobivši neku krpetinu od momaka, leže na jednu klupu, pokri se i zaspa istog trenutka.


Jasno i čisto zvoni najmanje manastirsko zvono, i njegov tanki i srebrni glas odječe kroz jutrenju vlažnu tišinu, gubeći se tamo u dubokim planinskim sklopovima. Na prvi zvuk zvona poustajaše momci, stadoše se oblačiti sa žurbom, i kako se koji spremi, odmah izlazi iz kujne. A iz dugačkog hodnika, koji se pruža pred svima ćelijama, pred ogromnom trpezarijom i kuhinjom, čuje se oštro zapovedničko gunđanje i nezgrapno lupanje potkovanih, po svoj prilici veoma velikih cokula, o pod postavljen do polovine ciglom, a ispred ćelija daskama.

To iguman čini svoju običnu jutrenju šetnju, dokle ne vidi da su poizlazili napolje svi kaluđeri, đaci i momci, potom se vraća u svoju ćeliju i nastavlja prekinuto spavanje, uz prijatno brujanje crkvenih jutrenjih pesama, što se razleva otud iz hrama...

Ljubomir još spava. Savladao ga teški umor, zaneo ga topao zagušljiv vazduh, pa niti ču zvona ni žurbe momačke; a ovi se i ne setiše da ga probude: svaki se brinuo samo o tome, kako će što pre šmugnuti pored igumana... Kad se utiša sve, otvoriše se lagano kuhinjska vrata i kroz njih prođe omlađa, čisto odevena, povezana velikom vunenom maramom unakrst preko grudi, lepuškasta žena. Priđe šporetu, u kome još tinjaše vatra, podstače ugarke, ubaci još drva, podiže se i ugleda na klupi nešto smotuljano, zgureno, čudnovato.

— Šta je ovo? — reče ona glasno, prišavši klupi i razgledajući uvijenog uspavanog đaka. — Ej, more... ko si?... Ustaj, svanulo!

Ljubomir se probudi, i opazivši ženu uza se, skoči i stade trljati oči pesnicama.

Posle kratkog vremena i Ljubomir i žena doznaše sve, što su hteli jedno o drugom znati. Ljubomir saznade da se žena zove Marija, da je tu iz obližnjeg sela, da ima muža i dvoje dece, da je, već četiri godine, ovde u manastiru „kod gospodina i tako... računja se kao kuvarica", ali priznaje da nije baš tako vešta kuvarskom poslu. Ljubomir, iako još čist i naivan, doseti se da će ova krupna razvijena Rudničanka biti kao neka domaćica u ovoj kući, pa stade još više paziti na sebe i obarati oči.

Utom utrčaše u kuhinju kaluđeri i đaci, pa svaki stade obletati oko Marije, tapkati je po ramenima i zapitkivati.

— ʼBrojʼtro, tetice!... hi-hi-hi... — viknu jedan ćosav mlad kaluđer, oko svojih dvadeset pet godina. Dohvati „tetku" za vrat hladnim kao led rukama, razvuče svoje široke, debele, ćosave usne, od čega mu celo lice postade okruglo, zbrčkano i usiljeno veselo, pa se opet nasmeja svojim sitnim zagušenim smehom. — Hi-hi-hi...

— Nosʼ te đavo danaske! — viknu Marija, smejući se i braneći se. — Kaki si kâ guja...

— Tetko, rode... Da li je gotova voda za moj tej? — reče, stenjući, mršteći se i previjajući se, stariji od prvoga, kaluđer. Po njegovu celom držanju i govoru izgleda da su ga spopale sve bolesti ovoga sveta, i on se sam čudi, kako može još da ide, jede, pije... Ima mu trideset godina, visok je odveć, suv, smežurana lica, koje je obraslo gustom, dugačkom, žućkastocrnom bradom.

— ʼOćeš sad? — smeje se tetka, turajući mu šipak pod nos.

— Ne, da ga omrsiš sabajle, dok ne pije lekovitu rakiju — viknu prvi kaluđer, oturajući tetkinu ruku.

— Teto-o-o... Deder našu kajmakliju — oteže treći, sredovečan kaluđer, smeđe, čupave, grguljave kose, gruba, široka, prostačka lica, na kome je utvrđen ispolinski nos, ljubičaste boje. Beše visok, krupan, razvijen i silan kao stoletni grm; glas mu nalikovaše proletnjoj grmljavini.

— Čekaj, bre, Maksime: vidiš ove đavole — odgovara mu tetka i osvrće se oko šporeta, tražeći sudove za Arsenijev tej, za Maksimovu i njenu kajmakliju, kojoj neće manisati ni onaj ćosavi Vasilijan. Ali je sad okupiše đaci sa pozdravima. Obojica behu mladići, ispod dvadeset godina, živi, okretni i veseli.

Ljubomir stajaše u svom kutu, preturajući oči s jednog lica na drugo, šmrkćući i češući se ispod desne mišice, ne znajući šta bi drugo radio. Vasilijan ga spazi odmah, pa kao lopta odskoči od tetke i stade pred njega, smejući se i lupajući dlan o dlan od čuda i smeha.

— Hi-hi-hi... Kako 'no, kako... on?... — uzviknu i pruži prst na sinoćnjeg Ljubomirova vođa. — Kako je dreknuo Velja, kaži pravo... Hi-hi-hi. Ko se više uplašio? Hi-hi-hi...

Izdvoji se od šporeta i Velimir, pa se i on stade smejati.

— Ho-ho-ho... Bruke ljudi!... Da čujete. Idem ja noćaske iz vodenice, skoro gluvo doba... Taman se nešto zamislio, kad pred mojim nosom mrda crno... Dreknuh, pa što igda beše snage đilasnuh u celac... Dok ja letim u celac, a onaj skače na drugu stranu, bega od mene...

— Hi-hi-hi... đavo od đavola!... — smeje se Vasilijan.

— To bi bilo da ste se sreli ti i otac Maksim — odgovara mu Velimir.

— Ujedaj, dete-e-e... — oteže Maksim, mljackajući velikim nezgrapnim ustima i puštajući zatim iz grla dubok otegnut glas, koji liči na: A-a...

— E, rode, ja ću za lekove, uf-f... Nešto mi od noćas seva desna strana — veli Arsenije, nagibajući se na desnu stranu i mršteći se. — A ti mi spremi, rode...

— Nađi mi, Vasilije, đegođ tatule, da mu iskuvam u teju — smeje se tetka i pristavlja džezve.

— Sa tim se ne šali! — viknu bolesnik preplašeno i pobeže napolje.

— Hi-hi-hi... — previja se od smeha Vasilijan i prilazi Maksimu, koji se, posle duga premišljanja, odlučio da izvadi i otvori duvanjaru.

— Gle, nabavio taze, pa i ne nudi. Nećemo tako, Makso! — uzvikuje veseljak, pružajući ruku duvanjari.

— E, belaja!... Šta će ostati mene, onogaj... Tako vi svakad. Navali, a Maksa suši zube! — odgovara Maksim, krijući duvanjaru u haljinu.

— Suši zube-e-e — ponovi on, savijajući cigaru.

— A-a... tako li je! — viknu Vasa, sevajući očima besno. — A ko popuši sa mnom oku duvana, što doneh iz Kragujevca, a?... Kome dadoh tri velike tùre... one što dobih iz jagodinske, a?... Onda je Vasa bio dobar za ortaka, a Maksim purnja sve cigaru za cigarom... Čekni de, Makso, platićeš ti to! — uzviknu ljutito, iziđe iz kujne i lupi vratima.

— A-a... — čuje se onaj gromki zvuk iz Maksimova grla, a on se malko promenio u licu: neko bi pomislio da ga je stid, ali nije; njemu je samo malko neobično zbog ovih Vasinih napomena, koje su sve istinite. „Ali neka ga", misli u sebi Maksim, „odljutiće se, a meni će ostati dosta cigara, što bi ih on popušio".

Za to vreme je tetka raspitivala đake, da li su počišćene i nameštene kaluđerske sobe.

— Da mi ne viču tu, pa se posle gospodin ljuti — završi ona.

Đaci istrčaše na posao.

— Baš si i ti neki... Ovde se tetki omače takav pridevak, kakav se retko čuje i među ljudima. Ne daš mu jednu cigaru, a popušio si mu toliki duvan! — reče i razli kafe u šoljice, pa se namesti na klupu do Maksima, koji ćuteći žudno iščekivaše kajmakliju, ne mareći sad ništa, ako bi se naljutio na njega baš i ceo svet.

Uđe Vasilijan, sa gotovom nepripaljenom cigarom, a za njim Arsenije, sa pet velikih duvanskih kesa litrenjača, u kojima su razne osušene lekovite trave.

— Vaso, eno ti džezve pa sipaj — reče mu tetka. — A tvoja je voda u tom manjem loncu — objasni ona Arseniju, koji bojažljivo iznese lonče na svetlost, razgledajući da li je čista voda u njemu.

— Bacila sam tatule — smeje mu se tetka. — Mnogo ćeš poznati tako.

— Dobro, rode, kad znam... Ako umrem, napisaću od čega je, pa će to naći vlast posle...

— Jes', ludi smo mi da čekamo vlast! Kô da ne umemo spaliti tvoje brljotine!

— Hi-hi-hi... — odobrovolji se Vasa.

— Uf-f... — stenje Arsenije i sipa razne trave u lonac, mešajući vešto kašikom.

— Ustao! — uzviknu značajnim glasom jedan đak, promolivši glavu kroz vrata.

Marija odmah ustade i ode na vrata. Kaluđeri se značajno pogledaše. Arsenije stade sipati svoj tej, ne čekajući da se baš po pravilu iskuva. Ljubomir samo gleda i trepće, čudeći se svemu što se nasluša i nagleda od jutros, ne znajući još kako da smatra ove ljude: da li kao svete, ili onako kako se oni sami smatraju.

Posle pola časa vrati se Marija, i odmah stade nešto oko vatre nameštati. Kaluđeri pobacaše cigare, izbrisaše brkove — Vasilijan samo liznu jezikom obe usne — i stadoše svi trojica nešto osluškivati. Kroz hodnik zalupaše potkovane cokule, začu se poznato im frkanje kroz nos i kašalj. Škripnuše vrata od trpezarije i malo zatim otvori se prozorče između kuhinje i trpezarije i na njemu se pojavi bledo, predrugojačeno lice Velimirovo. Ljubomir se prenerazi, videći ga onakova, ali pogledavši kaluđere, opazi da su se i oni uozbiljili i lica im došla drukčija.

— Daj! — začu se otud krupan zapovednički glas.

Velimir dohvati sa prozorčeta naslagan šećer i odnese kroz sobu. Otud se čuje sipanje vode u čašu, nekakvo cvrkanje i malo zatim glas:

— Staklo!

Ljubomir ugleda, kako Velimir pruži veliko široko staklo puno vode, kako ga nečija ruka dohvati i naže. Začu se klokotanje vode, koje potraja dugo, pa onda nekakav gromki grubi glas uz predisanje, i onda zamumla neko tamo:

— A-a... Ala li sam zagoreo!...

U Velimirovoj ruci opet se nađe ono staklo skoro prazno.

— Hi-hi... I ne zagoreo! — prošapta Vasilijan, krijući se iza tetke.

— Svi! — viknu Velimir kroz prozorče i mahnu glavom na kaluđere.

Odjednom se sva tri kaluđera ispraviše, stadoše gledati niza se i otresati rukom sitne praške duvanske, istresoše opet brade i jedan za drugim, lagano i smerno, iziđoše na vrata.

Ljubomir se, gonjen ljubopitstvom, približi prozorčetu. U velikoj prostranoj sobi, tamo na drugom kraju, u vrhu dugačka stola, seđaše krupan debeo prosed kaluđer, sa velikom šubarom na glavi, ispod koje se prosula gusta razbacana kosa. Lice mu krupno, obraslo gustom okruglom bradom, koja je bila belja od kose. Na licu mu nos, koji je neobično nalikovao nosu Maksimovu i veličinom i bojom. I najzad se veoma isticahu krupne buljave plave oči, sa jako naduvenim kapcima. Ogrnuo se velikim postavljenim džubetom, podupro glavu desnom rukom, pa gleda nekud pred sobom. Pogled mu je prazan, besmislen, kao ono kad čovek ustane posle duga spavanja, pa samo blene...

To je iguman Sava, starešina Pokrovskog manastira, ispod krajnjih rudničkih ogranaka.

Otvoriše se vrata, i u trpezariju stadoše ulaziti, smerno i pobožno, kaluđeri.

Bože, kakvi su ovo ljudi!... Nije moguće da su to oni isti, što se sad ovde u kuhinji smejaše, svađaše!... Zar onaj bledi, prevrnutih očiju, smireni i skromni kaluđerak, što poslednji, sa strahom, priđe ruci igumanovoj, zar to Vasilijan!... Pa onaj pravi svetac, što se besilno prenemaže pred igumanom, to Arsenije! Pa čak i Maksim nekako neobično opružio svoj glomazni nos, iako ne može nikako da udesi, da liči na sveca, tek i on se mnogo, mnogo promenio...

„Ovo do sad što je bilo u kuhinji", misli Ljubomir, gledajući tri kaluđera kako složno klanjaju pred igumanom, „ovo je bilo 'nako... kao neka igra... I oni su ljudi... A ovo je baš ono pravo!..."

— Toči! — viknu iguman, mrdnuvši neosetno jednom obrvom i gledajući kao i pre rasejano.

Arsenije, lako kao na krilima, iskoči iz reda i dohvati lep iscifran polokenjak u kome se prelivaše, žućkasta kao dukat, stara prepečena šljivovica. Nasu rakiju u čašu, iz koje briznuše sitne iskre, i posluži starešinu. Iguman dohvati čašu glomaznim velikim prstima, prinese je otvorenim ustima i nekako odjedanput, ne naslanjajući čašu na usta, samo pljusnu i vrati natrag praznu čašu.

— Maksim u Prnjavor... ima opelo — progovori on, gledajući kroz prozor prema sebi. — Ti u Javorce... vodicu... Vasilijan u vinograd, s radnicima. Da nadgledaš đubrenje: svaki čokot, svaki čokot!...

— Ja bih se usudio zamoliti, da Vasilijan odnese vodicu, a Velimir bi mogao nadgledati radnike — protepa bojažljivo Arsenije. — Nešto mi od jutros seva...

— Seva, a!... — prekide ga iguman. — Kad treba što zaraditi ovoj kući, onda njemu sve seva, a kad je za čankom, onda je vredniji od sviju. Seva mu!... He-he... — završi on i mahnu rukom, na šta sva tri kaluđera posedaše.

— Daj tog đaka... hm... gosta.

— Ulazi ovamo — šapnu Velimir kroz prozorče preplašenom Ljubomiru, pa stade razlivati kaluđerima rakiju iz drugog stakleta.

Vrata se lagano otvoriše i kroz njih se, bled i poguren, potuljen na svoj način, gologlav, provuče Ljubomir. Iguman podiže glavu i pogleda ga mekše, no što obično gleda đake i nezvane goste. Po ovome pogledu kaluđeri razumeše, da se tetka zauzela za došljaka i da je već primljen, samo im beše ljubopitno znati: da li će mu se odrediti posao „po redu”.

Kad Ljubomir poljubi ruku igumanovu i stade prema njemu smerno, ovaj ga poče raspitivati: ko je, odakle je itd., ali sve površno: videlo se da mu je sve to već poznato. Pažljivije ga stade pitati o bavljenju u školi.

— He-he... pa ti si učevniji od sviju mojih kaluđera — nasmeja se šaljivo iguman, koji nikad nije propustio priliku da ne pecne svoje kaluđere, kako nisu ništa učili, i da im tim napomene svoje bogoslovsko obrazovanje. Istina, i to je obrazovanje krnje, jer mu nedostaje osnovno i gimnazijsko obrazovanje, ali to ne mari... Glavno je, da je on „svršeni bogoslov".

— E, zar si odlazio tamo? — zapita iguman veselo, kad ču da je Ljubomir često odlazio u Bogosloviju i zna sva lica i sav red, kao da je pravi bogoslov.

— Znaš li Amfilohija... drži li se još starac?

— Zdrav je. Predaje Sveto pismo.

— Ene de... otkud to znaš? I mene je to predavao... A ko predaje dogmatiku?

— Sinđel Prokopije.

— Mora da je mlad?

— Jest.

— Zato ga ja ne znam... Hm... tako važnu nauku davati deci! Da je bar iguman... A psikologiju sigurno još drži čiča-Sreta?

— Jä.

— He-he... — uzviknu iguman ponosno i pogleda ona tri neuka prema sebi, među kojima je Maksim bio najučevniji, jer je sasvim uredno svršio tri razreda osnovne škole. — Psikologija, moj brate... to je nauka! Kad stane čiča-Sreta da priča o onima, što idu noću po krovovima visokih kuća... He-he... mesečari se zovu!

Ovako dugačak igumanov monolog zaprepasti kaluđere. On nije imao običaj da pred njima što priča, osim što neki put, kao mimogred, napomene, kako mu njegovo visokopreosveštenstvo piše o tome i tome. Videlo se, da je iguman, posle dobra sna, raspoložen sećanjem na vreme provedeno u Bogosloviji... Doista, on stade raspitivati o svemu, o mnogim sitnicama internatskog života, koje je Ljubomir dobro uočio.

— Šta, celo *Sveto pismo* pročitao?! — uzviknu iguman, kad Ljubomir to uz reč pomenu.

— Jä, celo.

— Lažeš, bre... Nisam ga ni ja ni polovinu pročitao!

— Jesam, gospodine — odgovori Ljubomir takvim glasom, da se više nije moglo sumnjati.

Iguman zavrti glavom i ućuta.

— Sipaj! — viknu on iznenada.

Arsenije ga opet posluži rakijom. I kaluđeri se obrediše još jednom.

— Na Nikolino mesto... sav njegov posao!

Ovo je značilo da Ljubomir preuzme sav posao, koji je do sad vršio Nikola, najmlađi đak.

— Nikola za pevnicu!

U kuhinji, uz prozorče, stajaše Nikola, slušajući ceo razgovor. Kad sasluša poslednju naredbu igumanovu, otpuči se od prozora i stade skakati po kuhinji, smejući se radosno i lupajući se dlanovima po butinama. Pevnica je poslednji avansman đački...

— Idite! — mahnu iguman očima i trpezarija se za trenut isprazni.

IX

Ljubomiru se pred vratima pridružiše oba druga, i on odmah, po njihovim radosnim licima, opazi, da se obojica raduju njegovu dolasku. Prvi mu pristupi Nikola, s tako uslužnom ljubaznošću, da se i sam Ljubomir zbuni.

— Sve hoću da vam priđem od jutros — veli on, trljajući ruke i nagibajući glavu pred došljakom, kao da je ovaj kakav jeromonah — ali vidite sami...

— E što su ti ovi Prečani! — prekide ga Velimir, uhvativši ga za obe mišice, pa ga previ preko kolena, smejući se... — Fini, uglađeni ljudi: uza svaku reč „vi"... A mi ercepuraći 'vako... — uzviknu on i htede učiniti nekakvu gimnastičku veštinu sa Nikolom, ali ga ovaj uzdrža:

— Čuješ li... kašlje!

Ovo se odnosilo na igumana, koji je mogao čuti njihov smeh, pa se svi trojica povukoše pod zvonaru, gde su se mogli slobodno razgovarati. Iguman neće nikoga zvati, dok ne istrese ceo polokenjak.

— Vidiš kako mi lepo — reče Velimir — ne svađamo se i ne mrzimo se kao kaluđeri. I ti treba sa nama lepo... kao braća. Znaš, ovde su svi od nas stariji, i svakog moraš poslušati, što god ti zapovedi. Iguman ti je odredio redovan posao, ali pored toga moraš ceo dan trčati i raditi što ti zapovedi on, i tetka, i sva tri kaluđera. Pa dođe čas kad ne znaš koga ćeš pre poslušati... A mi ovako složno, lepo, pa...

— Jest, jest... treba... kao braća! — prozbori Ljubomir iskreno i živo.

— A vi ste... ti si dosta učio — popravi se Nikola, gledajući Ljubomira vlažnim očima. — Ta i mi smo... onako manastirski, ali to tek nije, recimo, što je gimnazija. Ho, maj... Karlovačka gimnazija!... da to čudo vidite!... I sve me vuklo srce u nju, ali me ćaća ne dade ni u seosku školu.

— Eh, mi... šta mi! Ovaj će pokazati igumanu, čekni samo — uzviknu Velimir. — Istina, i on je žestok u liturgici: što je zna, mahni se... I veliki i mali vhod šta znače, i zaamvona, i ekvaristija, i svako parče odežde, i sve, sve...

— Ho, jaki je on i u dogmatici, moj brate — dodaje Nikola. — Znaš ono o Trojici... kao ciglja!

— Šta si ti do sad radio? — prekide ga Ljubomir, koga je ovog trenutka više interesovalo to pitanje, nego dogmatika.

— Klisar, brate! — uzviknu Velimir. — Znaš ono, što se kaže crkvenjak.

— E, tu se imaš mnogo polirati. Moramo te mnogo učiti i tolkovati.

— Jest, dela, slave ti!

— Znaš, prvo... a to je baš teško — započe Nikola, i na usnama mu zaigra blažen osmeh, što će se od te dužnosti osloboditi. — Da zvoniš! Danju već nije ništa, ali jutrom moraš ustati pre sviju, pre samih momaka, pa ovde pod zvonaru.

— Lako ću ja to — reče Ljubomir.

— Iznajpre ćeš sa mnom, dok se ne naučiš zvoniti. Ali ja mislim ti ćeš to brzo? — zapita Nikola, gledajući ga bojažljivo; ko veli: valjda vidiš koliko mi je stalo do toga, da se te bede oprostim.

— Znam, znam... lako je to. A posle?

— Crkva ti mora biti svakad čista; znaš što se kaže: čisto kô u crkvi. Već to ću ti pokazati... Pa onda kadionice, čirake... more to ću ti sve pokazati: ne vredi tu govoriti, dok ne vidiš sve očima.

— Dobro i to... a još?

— Sad ti uzimaš Maksimovu sobu... je li, Veljo?... A ja ću Arsenijevu.

— Dobro — nasmeja se Velja — onda meni ostaje onaj naš vilenjak.

— E, lako je slušati oca Vasu — uzdahnu Nikola sa zavišću. — On dohvati metlu, pa sam počisti sobu.

— A kakvi su vi kaluđeri? — zapita Ljubomir.

— Video si, brate — odgovori Velja. — Svaki za se... Samo je Vasilijan opet čovek i... drug... iako je 'naki.

— Samo gledaj — prekide ga Nikola — da se pred igumanom svakad načiniš kao da si se žestoko od njega prepanuo. On to vole.

— Mene je odista strâ.

— Čekaj, naučićeš se...

I kakva ti još uputstva i objašnjenja nije dobio Ljubomir, tu pod zvonarom, grčeći se uz svoje nove drugove...

Ali čudo: koliko ga meseci muči ta stalna, grozničava misao; koliko je noći proveo maštajući o ovom danu, kad će se naći u zidinama čudna, do sad nepoznata manastira, koji ga je, tako udaljen i tajanstven, snažno k sebi privlačio; i evo, sad je učinio sve, što mu je odavno tajanstveni glas u njemu samom šaputao: ostavio svoj prvi mladački ideal, lepo đakovanje, ostavio rodbinu, selo, sve... — i gle, sad ne oseća ništa, ama baš ništa od svega onoga, što mu je zauzimalo misao toliko vreme.

Sinoć je došao umoran, pa nije ni mislio o čemu drugom, do o odmoru. Kad je ulazio s Velimirom kroz veliku usvođenu kapiju, samo mu proleteše kroz glavu pređašnje misli: „A, to je *ono*!... ali neka, posle!", i već meraše okom, koliko mu koraka ostaje do onog mračnog ugla, iz koga bije jaka svetlost kroz prozor. Tu je pretpostavljao da ga očekuje odmor, a *one* misli sam oturuje od sebe, za posle, tamo dok se odmori.

Izjutra je sve, što je gledao i slušao, bilo za njega u tolikoj meri novo i važno, da se nije ni setio nikakvih misli. Stoji tako, i zna gde je i šta je, ali ga više zanima klisarski posao...

I beše mu čudno, što ga iguman ne zapita: dokle će ostati u manastiru, što je došao, radi čega... Istina pitala ga je tetka, hoće li sasvim ostati kod njih, i onako poizdalje napominjala kaluđerstvo. A on je skromno i pametno odgovorio: „Da vidim... još nisam nikad bio u manastiru".

Odvedoše ga u svoje đačko skrovište: uđoše u veliku, prostranu toplu sobu, koja je od jutros provetrena i okađena izmirnom. Uz duvarove stajahu samo tri postelje, jedan glomazan, mastan lipov sto i nekoliko krivih polomljenih stolica.

— Ene, tri kreveta! — začudi se Ljubomir.

— To mi po jedan za naše goste: dođe nam rodbina ili tako... Sad će ovaj biti tvoj — pokaza mu Velimir postelju u uglu, na drugom kraju od peći, dok druge dve behu okolo peći. — A mi ćemo odmah namestiti onde četvrti.

Lagano, bojažljivo, skoro nečujno lupnu momačko zvonce, koje visi ispred kuhinje... Oba đaka istrčaše napolje, a Ljubomir, ne znajući šta će ovako sam, pođe i on za njima.

Tetka im u kuhinji spremila posnu poparu i čak, što je neobično i retko, prelila je unakrst zejtinom. Dade im da jedu, pa zatim ode u trpezariju. Dok se isprazni čanak, tetka se vrati s novim nalogom:

— Odvedi ovoga kod Radojice, nek mu pomogne tamo u štali — reče ona Nikoli. — Gospodin veli: nek se nauči i oko konja... Pa onda idi gore u planinu, reci Đoku da ne obara one bukve, što su zakršćene crvenom, nego samo zelenom varbom. A ti pokupi ujam, pa doteraj — obrte se najzad Velimiru.

— Neće, brate, onaj pogani vodeničar da mi pomaže: čim me opazi s kolima, on bega u gornje vodenice... A ja ne mogu sam tovariti vreće.

— Idi, pa to kaži njemu — odgovori mu tetka.

— E jest!... — mahnu Velimir glavom s takvim izrazom, koji je govorio: volim ti ceo dan tovariti džakove, nego ići k njemu na tužbu.

Raziđoše se. Ljubomir uđe u dnevne manastirske poslove i, zauzet radom i zanimljivim pričanjem konjušarevim, ne oseti kako vreme prolazi...

X

Iguman Sava je rodom Gružanin, seosko dete siromašne porodice. U desetoj godini otac ga dovede u ovaj manastir, čuvenom starcu, igumanu Lazaru, koji se proslavio u celoj Šumadiji svojim „podvižničkim" životom, pa stavljajući ondašnju običnu i svoju jedinu pogodbu: „tvoje meso, moje kosti", ostavi dete i ode.

Za šest godina iguman je od pravog divljačeta, koje dotle nije videlo ni grada, ni crkve, ni većeg zbora ljudi od jedne siromašne svadbe, na kojoj je ono bilo dever, istesao i spremio vična i glupa manastirskog đaka, onakva, kakav je najpodesniji za samovlasne manastirske starešine. Đak je znao celo crkveno pravilo, sve poslove manastirskog gazdinstva — u ovome se čak i odlikovao — i to je bilo dovoljno. U šesnaestoj godini, još ćosav, duguljast, nezgrapni Steva pretvori se u brata Savu, primivši na sebe „obraz anđelski".

U ono vreme još beše neke strogosti po manastirima: starešina je pazio na svaki korak svojih potčinjenih, koji su se i u narodu i u poslu morali držati i ponašati onako isto, kao što se ponašaju pred njim samim. Glas manastira, kao svete kuće, bio je podjednako dragocen i starijima i mlađima, i svaki se od njih paštio, da se taj glas što više rasprostre u narodu. Istina, u tome je bilo dosta egoizma, materijalnih računa, ali ko će zameriti tome, pri onako ozbiljnom kaluđerskom životu. Narod je, iz udaljenijih krajeva, dolazio u manastire kao u prave svete kuće, donosio priloge, koji su sve više podizali materijalno stanje manastira, i vraćao se svaki utešen i ohrabren nadom.

U takvim okolnostima počeo se „podvizavati" otac Sava, pazeći najviše na dve monaške obaveze: „molčanije" i „poslušanije". U njegovoj prirodi beše mnogo onoga urođenog „širetluka" seljačkog, koji se u manastiru, kao najpodesnijem zemljištu, odšlifovao i prerodio se u prepredenost. To mu je pomoglo da se dodvori igumanu i svakome, ko ima kakva bilo uticaja na manastirski život i interese mu.

Ali je pazio Sava i na sebe. Za čitavih desetinu godina kaluđerstva ne dođoše mu na um kakve veće sablažnjive misli. Njegova nezrela mladost i ondašnje okolnosti pomogoše mu u „podvizima" dosta. Posle je već i on, kao i svaki čovek, počeo misliti više o sebi i — bližnjima... No i u takvim se prilikama otac Sava umeo vazda održati na visini: nikome nije moglo ni na um pasti, da onaj mladi i ljubezni Sava čini što s namerom u svoju korist.

A posle i inače u životu, u raznim zabavnim i mladićskim stvarima, Sava je bio oprezan. Ako mu se ukaže prilika, te zametne šalu s kojom udovicom ili onako ženskom — čuvao se tuđeg pogleda i „glasa" kao žive vatre.

Zbog takvog njegovog života, iguman ga preporuči duhovnoj vlasti, te oca Savu primiše u Bogosloviju. Posle trogodišnjeg školovanja i bavljenja u Beogradu, Sava se toliko „polirao", da je svaku svoju urođenu osobinu usavršio i prefinio do najveće mere. Zato ga i poslaše da, kao mlađi jeromonah, mimo tri starija brata, primi upravu manastira, pošto je stari iguman, pre nekoliko meseci, umro, izjavivši želju: da ga njegovo najmilije duhovno čedo, otac Sava, u starešinstvu nasledi.

Obišavši nekoliko većih manastira, upoznavši se sa njihovom uredbom i gazdovanjem, Sava se vrati u svoj postrig i uze upravu manastirsku.

Prva novina u manastiru, koja se javi slučajno istog dana, kad stiže i mladi namesnik, novina u obliku jedne tridesetogodišnje žene, poznanice Savine iz Beograda, na jednim prostim kaljavim taljigama, sa jednim šarenim sandukom, jednim velikim denjkom haljina, na kome graciozno čučaše jedno belo, čisto, kudravo psetance, posmatrajući do sad neviđenu gustu šumu, koja se levo i desno pružila — novina ova pade u manastir kao bomba. Nu, otac Sava ne dade bombi rasprsnuti se.

Istog časa, kad se predstavljao celom brastvu, otac Sava povede razgovor o starom, tradicionalnom, nu zastarelom redu i gazdovanju manastirskom. Pomenu kako je obišao mnoge naše velike manastire, i svuda, gde god su mlađi ljudi starešine, našao je da se drukčije gazduje, po novoj nauci, koja se zove ekonomija, pa je tamo i prihod dvaput i triput veći, nego kad se radi starinski.

— I... tamo sam — veli otac Sava dalje — opazio jednu pametnu stvar... kod tih mlađih starešina... Hm... — tu se namesnik malko zbuni i splete, ne znajući kako da počne izlagati ovu tugaljivu stvar...
— Vi svi znate — nastavi on, oslobođen novom mišlju — kako narod veli, da nema kuće bez žene. Dok ti ženska ruka ne takne jelo, dok ona ne udesi sto, trpezu, dok ona ne zaviri u sobe, tu nema reda... tu ti je, brate, 'nako... sve bez reda...

I potom otac namesnik, malo stidljivo, oborena nosa, objavljuje da je doveo iz Beograda, „po ugledu na druge manastire", jednu čestitu ženu, koja će biti svima na usluzi — za jelo, preobuke, postelje i tako... On moli da je prime lepo, pa će biti njome svi zadovoljni.

Stariji kaluđeri počešaše se iza uha, mrdnuše veđama i ćutaše, a mlađi makoše rukom preko brčića, pogledaše se i nasmejaše se samim očima, dok im lice beše ozbiljno...

Druga novina beše: namesnik dolazi u crkvu samo o praznicima, nedeljom i tako... poređe. Treća novina — ukide se „veliki tevter" koji su zaveli stari igumani, gde je svaki kaluđer, svojom rukom, upisivao koliko čega donese iz parohije i predaje starešini, koliko je palo prihoda u crkvi od sveštenoradnji... Tu se zapisivala svaka para od priloga ili od prodatog mâla; veće sume zapisivali su zajednički, svi kaluđeri. Mladi namesnik oslobodi bratiju od tog „bespoleznog rada", pošto, veli, on već mora na drugom mestu zapisivati sve to, te mora... Što bi se ljudi uzalud mučili!

Tako poče novina za novinom, nešto po ekonomiji, nešto po ugledanju na druge, a najviše po nahođenju samog oca namesnika i po njegovim ličnim interesima. U manastiru poče drugi život i drugi red. Obrte se sve...

Obrte se zamalo i ponašanje namesnikovo prema bratiji. Kad je toliko stekao, da je mogao nekima u konzistoriji pozajmiti po pet-šest stotina dukata, bez obligacije i interesa, osetio se tako siguran, da se već nije bojao nikoga. Ali su potpuna sloboda i samovlašće nastupili tek onda, kad je novi iguman, u toku nekolikih godina, razjurio iz manastira staru bratiju i ostao sa svojom duhovnom decom, novim monasima. Od tada nastade ono surovo despotsko ponašanje prema mlađima, koje videsmo u manastiru. Ali se dotle imalo i nezgodica...

Prva domaćica manastirska, ona lepa namazana, obojena ženica, beše neobično dobra duša, meka bolećiva srca, gotova da se odazove svakoj molbi crne braće... Morala je ona biti sa njima dobra i zbog svojih interesa: ako graknu na nju svi kaluđeri, nema joj opstanka u manastiru, pa da se zauzme za nju i sam vladika. Narod bi je silom isterao iz svete kuće. Znala je to sve ova pametna ženica, pa je ugađala svojim „sestrićima" isto onako, kao i samom namesniku.

Rezultat toga ugađanja opazi Sava tek posle dve godine: mlađi se kaluđeri promirnjali, mnogo mirniji od matorih. A i matori se nekako upitomili, pa slatko trepću, čim opaze tetku, i stanu je nekog belaja muvati po uglovima hodnika ili kujne, osvrćući se bojažljivo oko sebe. A pića i jela stade se trošiti dva i tri puta više, nego pređašnjih godina. Sava napomenu bratiji ovu poslednju okolnost.

— Pa... kad zarađujemo po toj novoj ikoniji... kako li je zovete — triput više, ondak zna se... moramo i trošiti više — odvrati mu ironično najstariji brat.

— Hm... — promrmlja namesnik i nastavi svoje napomene, ne osvrćući se na šalu sobrata. — I ova se hm... — on ne reče koja, ne pomenu ničije ime, ali se znalo o kome govori — jest, nešto se i ona obolestila hm... pa nije za ovako veliku kuću i ovaj posao.

Posle ovoga tetku ispratiše iz manastira, i ona veselo kazivaše svakome, kako jedva čeka da stigne u Beograd, da se sita odmori. Na njeno mesto namesti otac Sava drugu, neku Prečanku iz Rume, nu ova beše još milostivija srca, te jedva i ona sastavi u manastiru tri godine.

Tako prolažahu godine za godinom, donoseći sobom neprestane promene u manastiru, dok se ne dođe do ovoga stanja, koje zatekosmo u njemu. Četrdeset je skoro godina, kako se otac Sava ogrnuo monaškom rasom, a dvadeset i šest kako upravlja ovom značajnom kućom. Koliko je vode proteklo; koliko li je novih osećanja i novih strasti planulo, gorelo i utulilo se; koliko korisnih i beskorisnih preduzeća započeto i napušteno...

I sve to prošlo i utulilo se, i samo stoji jedan dug beskrajan niz godina, u kome projuriše brzo detinjstvo, mladost, zrelost, pa evo stiže i starost, a u tom dugom nizu otac Sava ne vidi ništa, do tamu i gusti mrak, kroz koji sevne ponekad neka padalica ili repatica.

XI

Ljubomir još ne može da se pribere i da misli o sebi; ne dadu mu drugovi, naročito Nikola, koji ga ne ostavlja sa svojim pričama. Naročita zgoda beše uveče, kad se kaluđeri pozatvaraju u svoje ćelije, a drugovi se okupe oko tople peći, povade iz nekih tajnih mesta butelje, hleb što se mesi za samog igumana i kako je kad čemu vreme: pastrme ili suve ribe.

— Vidiš šta vredi sloga: 'vako mi, ovaj, svakad... — uzvikuje Nikola, gladeći hladno staklo. — Imamo i mi dušu, zar nije?... A baš ovu je doneo iguman iz Prnjavora, od njegove neke... Zgrabio sam je, ovu holbu, još iz bisaga, a kad mi je dao ključ da je nosim u podrum, izneo sam otud još dve pune vina.

— Neće to, bojim, valjati... — reče Ljubomir, gledajući u stranu — tako... bez dopuštenja.

— Ta ono znaš, tako je... Samo ne znam ko bi dočekao dopuštenje. Ni na Božić se neki put ne sete da ponude čašom vina...

— Šta tu tolkuješ!... — uzviknu Velimir, uzevši staklo k sebi. — Kome se ne dopada, neka ne pije... Zdrav si!

Ljubomir ućuta. Ovde, radi drugarske sloge, moraju se obrnuti uši od nekih moralnih razloga i pravila. Samo, dokle li će to da ide?...

— Ne mogu rakije, slave mi!... okusiti je ne mogu — kune se on, odbijajući pruženo mu staklo. — Nikad je nisam pio... Nemoj, očiju ti!...

— A vina? — gleda ga Velimir oštro, gotov da plane srdžbom.

— Tss... pio sam ga ponekad u Beogradu — odgovara on zbunjen i crven. Malo se uplašio od Velimira a malo ga zbunilo sećanje na đavolastu susedinu sluškinju, koja ga je dosta puta častila, očekujući da je Svetozar pohodi.

— Kakvi vam je ovaj, što ću ga ja slušati... Maksim? — zapita Ljubomir, zalažući se mekim belim hlebom.

— Nije naš — odseče Velimir. — Došljak iz N-skog manastira...

— More, to... — prekide ga Nikola. — Nije ni za što: samo da jede i pije, pa posle štuca. Oni su dvojica sasvim drukčiji... druževni su. Kad mi imamo što važnije ili 'nako... hitno sa našim poznanicama, oni nam pomažu, zaklanjaju nas... A i mi njih u tom poslušamo: nađe nas, na priliku, neka njihova žena, pa nam slobodno kaže: „Reci, veli, Vasi to i to", ja mu odmah sve isporučim, pa niko ne zna... Dobri su ljudi, ovaj... samo lažu obojica, a Vasilijanu ni desetu ne primaj...

— Nisi, vala, ni ti zaostao od njega u tome — kaže mu Velimir u šali.

— De, ti, Ero!... Onaj drugi manje laže, ali je veliki cicija, skoro kao i Maksim...

— E, nije... šta govoriš!... Maksim ne bi dao ni Bogu tamnjana, to baš odistine... A onaj je opet... drukčiji.

— Ta da!... Drukčiji, dakako... Ali znaš... kad izbacim iz sobe ovolicno parčence — Nikola pokaza pola palca — dogorele voštane svećice, on se zgrane pa da me ubije. Jednom me tužio samom igumanu, a ovaj, đavo, ispita ga sve tačno kako je bilo, i kolika je bila sveća, pa kad se poče smejati... ho!... ta nije da se smejao, no sve klokoće trbuhom i previja se...

— Šta ga to boli toliko, te s'nako previja i... od čega se ono leči? — zapita Ljubomir.

— Previja se iz širetluka — odgovori Velimir. — Hteo bi da se izvuče od posla, ali mu ta puška ne pali kod igumana.

— E, nemoj baš tako... znaš sam da je slaba stomaka. Neki put ga odista tako zavije i zaboli, da mi svi mislimo: tu je. Odista ga drže oni lekovi. Ali, brate, kad zasedne za trpezu, pa stane makljati, ni Maksim mu nije ravan... I onda, kad se sit najede, veli da ga ništa ne boli i vidi se po licu... veseo čovek. Čudnovata boljka! A hoće da se previje i onako... kad mu nije ništa; to hoće, nije vajde. Ali što se boji smrti, to nema!...

— Kakvi!... iguman je gori od njega deset puta — viknu Velimir. — Znaš one čizme... ha-ha-ha...

— Baš da ti to ispričam — nastavi Nikola. — Došao neki profesor iz Kragujevca i zanoćio kod igumana. Izjutra seli na doksatu, razgovaraju se nešto o pravljenju sira i piju rakiju. Iguman privika da se odmah donese parče mlada sira... hteo je, valjda, nešto pokazati. Utom nanesi vrag Rada kočijaša sa buđavim, polutrulim igumanovim starim čizmama, koje je našao u štali, a izgubile se odavno. Iguman već da pobesni... Dokopa čizme, stade ih prevrtati i pipati. A utom ovaj — Velja — donese sir i metnu na astal. Profesor odlomi parčence i mete u usta... „Probajte", viknu on igumanu, „pa ćete se uveriti. Nije sirišnjača isto što i presa!" Iguman, onako u ljutini, odlomi parče i pojede. „Ih, šta učiniste", viknu profesor, „ruke vam sve od buđe, a vi uzeste sir prstima... To je otrovno!"

Velja se i do sad na silu držao, a sad udari u grohotan, veseo smeh.

— Ho, maj... da ste vid'li to čudo!... Prepade se čovek, pa hoće šlag od straha da ga udari. Uzalud mu posle profesor nešto tolkuje, ne pomaže ništa... Poklasmo sve matore plovke, te popi krv; donosi mu mleko, trči za doktora... Ta to je trebalo samo videti! Pa doktoru posle ne veruje: neće da ga pušti, dok mu ne dade nešto na laksir i bljuvanje...

— Ha-ha-ha... — smeje se Velimir glasno. — A Maksim... znaš za onu travu!

— Taj je još gori, taj je prava žaba... Ideš, na priliku, sa njim kad je najteži, kad ga mrzi da makne nogom. Samo mu pokaži na putu neku travku, koja nije baš obična, pa vikni: otrovna trava! Taj ti više nikad ne prolazi preko tog mesta; obilazi ga daleko, prokrhava ograde, njive, samo da ne prođe pored otrovnog mesta.

— More, svi se kaluđeri boje smrti, to je čudo!

— Zar i Vasilijan? — pita Ljubomir.

— Ho, taj misli da neće nikad umreti, da će pre nestanuti ceo svet...

— A sve ih u crkvi jednako opominje da misle na smrt: i pesme, i čtenija, i žitija i sve, sve...

— Ali Arsenije, taj se žestoko boji.

— Jest. Znaš li, on se ne leči samo od stomaka. On sluša sve babe, i sve budale i svakoga... Čim čuje da neka trava leči od koje bolesti, on je odmah nađe, kuva i pije, ako nema tu bolest. Bolje je, veli, piti za ranije, dok te nije snašla beda. Jednom ga prevarili te istucô i popio litru nekih morskih oraščića... Posle se i sam iguman uplaši, te posla za doktora...

Čuje se kako puckaraju ćutci u ogromnoj bronzanoj peći. Đaci se raskokali, raširili se; udarila ih po licu vatra od peći a još više od vina i rakije, pa se rasplinuli, užagrili očima i ostavljaju ovaj suvoparni razgovor. Vuku ih misli, ovako ugrejane, na drugu stranu, i razgovor polako prelazi na predmete, koji su bliži ovim mladim srcima...

Ljubomir vidi da se čini gozba u čast njegova dolaska, pa ne sme da odrekne nijednu čašu. Počinje osećati neku nezgodu u glavi i stomaku, ali još su mu vedre misli. On sluša pričanje Nikolino, i samo mu jedno čudno: zašto Nikolina glava igra, trepti, kao plamen lojanice, kad se dobro razgori!... A Nikola uzeo nekakvu sasvim drugu pozituru i izgled: nije mu držanje više onako usiljeno priniženo, niti mu oči gledaju lukavo uslužno; sad je sasvim otvoren, prost, veseo momak.

— A naše, naše... — on udari glasom jače i namignu okom, te nije morao kazati imenicu — da znaš što su!... He-he... ti si još mlad, al' ne mari... sve će braća tebi pokaz'ti, pa ćeš i ti sa nama u „stranstvovanja"...

Ljubomir se stade vrteti; hteo bi nešto reći, kao da mu nešto nije po volji, ali Nikolina glava tako sitno treperi, a njegov jezik odebljao, pa ga mrzi govoriti... „Neka sad... svejedno, neka govori... Samo ovo što 'vako igra...", lete mu nejasne misli u glavi, a pred očima se magli, treperi...

— To ga nećemo namoravati — progovori Velimir. — Ako hoće s nama, dobro... A naposletku, svaki ima svoju glavu.

— He, da vidiš moju Anicu. Ni Madžarica joj nije ravna! Pa mi lepo naški, ljubakamo se, kao na priliku neki golubovi. A ovaj Velimir, čuješ, to ti je za čudo i za priču. Našao curu pa, šta misliš, zavoleo je više od oca i majke... oboje kao sveci... A, šta veliš?

— Ostav' to!... kazô sam ti sto puta — viknu Velimir, podignuvši skoro prazno staklo s vinom u vis... — Tamo ne diraj, a onako što činimo zajednički, to mo'š pričati.

— Zajednički... šta činiš zajednički? Iziđemo neki put onako... u selo, gde se skupljaju devojke, pa tako, šali se i smej sa njima. Teraju nas da se kaluđerimo, jer ćemo, kažu, onda imati dosta para, pa se možemo provoditi kako hoćemo... I 'nako već, kad nas povede Vasilijan na urečeno mesto...

— Mesto... te-sto... — ponavlja Ljubomir, misleći neprestano kako bi ostavio društvo i došao do postelje... — Te-sto!... — uzvikuje on smejući se celim ustima, klibeći se na drugove nesvesno, pa odjednom ustade i povodeći se na nesigurnim nogama i čudeći se svemu što se tako iznenadno dogodi, dovuče se do postelje, leže i zaspa odmah.

— Ta mahni ga! — viknu Nikola, kad Velimir htede zadržati Ljubomira. — Vidiš da je to neki, ovaj... — on pogleda okom u stranu, i videvši da je Ljubomir već zažmurio, nastavi lakšim glasom — neki mlakonja... Nije za naše društvo, to se baš vidi...

— Što?... biće dobar kaluđer, zacelo. A nama neće smetati ni u čemu. Još nam može biti od koristi.

— Ta da, od koristi! I posle toga, ne moramo ove holbe deliti na troje, nego opet na pola, kao i do sad. Nemoj ga baš primoravati da pije...

— Eto ga! Sad pričao o kaluđerima, a on gori od kaluđera...

Drugovi se još malo prokoškaše rečima, potom pogasiše videlo i polegaše. Ceo manastir obuze gusta, neprobojna, tamna noć; nastade svud okolo pravi zimski tajac, kad se svaka životinja i čovek zgrči u toplu legalu, pa ne pušta od sebe ni glasa. Samo u pećima, koje se lože iz hodnika, poređanim u jednakom odstojanju, puckara vatra i sevne plamen kroz mali otvor na velikim bronzanim zatvaračima i iz sobe igumanove i Maksimove razleže se gromko, beskrajno, na razne tonove i načine izvedeno, zagušljivo hrkanje...

A u sobi đačkoj svanulo. Ljubomir ustao i gleda kako sad lepa svetlost ulazi kroz prozore. Ovo je onako, kao da greje sunce, ali sunca nema nigde, samo se blista cela okolina... On obrte ključ u bravi, i taman otvori vrata i stade na hladne cigle, od kojih mu u isto vreme ide vatra u glavu, a pred njega iskoči Rade. Dohvati ga za mišice i povuče. Uvede ga u onu najveću sobu u Bogosloviji beogradskoj, gde se proslavlja Sveti Sava. I sad s leve strane, zbiveni u skamijama, sede neki đaci, kaluđeri, šta li su, a napred, tamo kud ga gura nečija snažna ruka, sede trista svetaca u kaluđerskom ruhu... Odvoji se iz sredine onaj sinđel što predaje dogmatiku, pogleda Ljubomira prekorno i uzviknu:

— Zar ti tako?!... Prvi dan u svetoj kući, pa pijan!...

Iza njegovih leđa smeši se iguman Sava, i nešto šapuće tetki, koja se prignula k njemu.

Ljubomir bi pošao k njima da se opravda, ali treba preći jedan bedem gradski, pod kojim je on učio za ispit. Iguman ga upućuje da pređe karnizom, koji se pružio, ispupčen iz zida. Ljubomir korača... odupire se levom rukom o bedem, a desnom balansira... noge jedva imaju o šta da se odupru... A pod njim zinula beskrajna provalija i čuje se kako dole šušti voda i bije vlaga...

— Evo ti motke! — uzvikuje mu Velimir, pružajući nekakvu dugačku belu motku. — Odupiri se njome, pa se ne boj...

A Ljubomir se smeši, ne prima motku i oseća kako nestaje pod nogama karniza... On se grčevito hvata za četvrtasto pocrnelo kamenje, uzidano u bedemu, ali oseća da pada u bezdan i nije ga nimalo strah, jer odnekud zna da se neće ubiti... Ipak se trže kad pade u hladnu vodu i — probudi se...

Pred očima mu još igra ona nejasna svetlost, mori ga strašna žeđ, zanosi ga glava i obara ga drem... On ponovi u pameti nesvesno ceo san, preleti ga jednom mišlju i — zaspa...

Čini mu se kroz san da je baš ovog trenutka zaspao, a u isto vreme oseća kako ga neko snažno drmusa i viče mu nad glavom:

— Ustaj, da zvonimo! — čuje on sad jasno, i ova opomena na dužnost razdrema ga odjednom, kao pljusak hladne vode.

— E, moj bato, pozdraviće te iguman Sava, ako mu tako staneš ustajati.

— Ih, kukavcu!... uspavao se!... — uzvikuje Ljubomir, trčeći plašljivo po sobi, ne znajući za šta pre da se uhvati. Istrčaše oba đaka pod zvonaru i taman da priđu konopcu, a iz hodnika škripnuše jedna vrata i zalupaše potkovane cokule.

— Vidiš, samo malo da smo još počasili, odmah bi na trodnevno suhojadenije... — šapće Nikola i mrda rukom po mraku, da nađe konopac. — Ej, da li ga sinoć zakačismo za gredu... a, nismo, evo ga!... Sad ti vuci, a ja ću držati rukom, da popravljam kad pogrešiš.

Klatno zaškripa jedared, pa onda snažno lupi o zvučni metal i zatim zaigra, zapišta, i sve jače i sve bešnje stade lupati, škripeći neprekidno na svome jezičcu.

— Dosta — reče Nikola, i Ljubomir vrlo lepo zaustavi zvonce.

Obojica pođoše crkvi. Nikola veseo, što mu učenik tako brzo usvaja veštinu, tapka ga po plećima i najljubaznije mu šapuće:

— More, divota!... Samo sinoć i jutros probao, pa već zvoniš dobro. Još sutra, pa ćeš posle sve sam.

— Ko je zvonio? — grmi sa doksata.

— Ljubomir — odgovara Nikola nekakvim tankim, iznemoglim, preplašenim glasom, od koga se sam Ljubomir uplaši.

— M-m-m... — čuje se neko mumlanje i opet potkovane cokule nastavljaju posao.

Ćelije se otvaraju jedna za drugom, kuhinjska vrata škripe svaki čas. Nikola otvorio crkvu, upalio sveće sa drugom, pa ide u kuhinju za vatru, što će se metnuti u kadionicu. Dođe bratija. Otac Arsenije, kao čredni ove nedelje, započe jutrenje... Razleže se ono dugačko, jednačito, tajanstveno čitanje šestopsalmija. Mala voštana svećica treperi i slabo osvetljava pocrnele, masne, pokapane voskom listove časlovca, sa kojih se odbija svetlost na glatko bledo lice Vasilijanovo. Ceo hram obvila gusta tama, iz koje se, tamo kraj Vasilijanove glave, pomaljaju i nestaju druge glave... Neka čudna tajanstvenost i neki nejasan svetiteljski smisao treperi i vije se oko ovih voštanica, oko listova koji se brzo prevrću, oko nejasno osvetljenih lica, koja odsjajkuju u mraku...

Ljubomir se prenu, probudi se i sad tek dođe mu na pamet zašto je došao ovamo. Odjednom ga obuze isto ono osećanje, kad je na Petkovaču posmatrao službu mitropolitovu. Prođe mu neko grozničavo drhtanje celim telom... Ali on to ne oseća, on se sav predao posmatranju čudnih prilika, što mu izlaze pred oči. Sve je tako novo i sve je tako davno željeno!... „To je *ono*!... *to* je ono...", uzvikuje zanesen i opčaran ovom svetom tajanstvenošću, koju je, istu ovakovu, u svojim snovima gledao.

To je, dakle, *ono* što ga je vuklo u manastir tako silno, a on nije razumevao šta je. Sad mu se ono pokazalo kao neko otkrivenje, kao davno očekivano čudo. Sad bi možda drukčije odgovorio, kad bi ga zapitali: hoće li ostati u manastiru, jer mu se odmah učinilo, da van ovog mesta nema života, da za njega nema veće radosti, no provoditi dane u ovakvim prilikama.

— Bog Gospod, i javisja nam... — grmi Vasilijan svojim snažnim glasom, a uz njega bruje Nikolin sekund i Maksimov bas...

Ljubomir oseća kako mu teku suze od uzbuđenja, i u isto vreme gotov je iz sveg glasa zapevati.

„Ovde je pravi život... ovde se može živeti kao 'no što veli Hristos: da ostavimo i oca i majku i sve, pa da idemo za njim... A ono sve drugo, tamo u svetu, sve je 'nako...”

I Ljubomir oseća kako se lagano počinje od njega odvajati sve ono, što mu je do sad tako blizu bilo: i otac, i braća, i sestre, i Maljen sa Mirom, i škola, i sve ono sa čim je mladost proveo. On više ne misli o tome, šta će nastati posle ovako pobožne jutrenje: one scene u kuhinji čine mu se kao nešto drugo, što nema nikakve veze sa hramom i sa ovom svetom službom u njemu... I njegovi seljani posvađaju se neki put sa svojim popom, neki ga čak i opsuje, pa istog dana, kad mu popa ulazi u dom s krstom, celiva i krst i popinu ruku. I njegovi seljani i on ne misle mnogo o svojim postupcima, jer odnekud osećaju da tako treba da bude... I on oseća da njegovo srce sve više privlače i ove molitve, i ovo tamno zdanje i ova tiha pobožnost, što se rađa na ovom mestu... I najzad, on zna kako treba živeti — primer mu je u tome pravedni Jov — pa će se prema tome i upravljati, a za one druge... ne mari, neka žive kako hoće.

XII

Ljubomir je već pravi đak-poslušnik: navikao se potpuno na svoj posao, pa ga vrši bez pomoći i bez tuđeg uputstva; navikao se i na položaj najmlađeg đaka, kome svaki zapoveda, navikao se čak da gleda na sebe kao na prostog slugu, i odnekud mu došlo na pamet, da sve to snosi radi raspetog Spasitelja... navikao se na svakodnevne jutrenje sastanke u kuhinji i na sumorno tužno raspoloženje, koje mu nastaje posle njih...

Samo se nije dovoljno navikao na svete službe crkvene i na osećanja, koja mu one izazivaju. Svagda je u crkvi, kao da je prvi put u nju ušao: sve mu je isto onako novo, tajanstveno, isto onako sveto i primamljivo, kao što beše o prvom jutrenju. I sad se onako isto zanese, uzdrhti pri službi... gotov je plakati svakog trenutka.

Ali kad je posao, mora se zaboraviti i molitva i sve... Danas je nedeljni dan, iguman ima gosta, nekakva činovnika iz Milanovca, pa pošto se gotovi veći ručak, pozvani su i oni obični manastirski gosti, koje iguman zove loncolizi; tu su vam mehandžija-arendator manastirski, tri dućandžice, predsednik, učitelj, neizbežni pobratim igumanov (imaju ih svi igumani) nekakav staroisluženi „činovnik" bez penzije (bavi se stalno sklapanjem manastirskih računa). Tako je svakad u manastiru: dođe li jedan stran gost, zbog koga se moraju zaklati bar dva brava, odmah se ovi „obični gosti" nađu u blizini i, hteo ne hteo, moraš ih pozvati.

Približuje se podne, gosti još sede na doksatu, piju staru prepečenicu i žmirkaju na toplo proletnje sunce. Iguman se drži kao obično; po tome đaci zaključuju, da gost nije mnogo važan, nego je onako u volji igumanu.

— Biće mu neki lump-kamarat, kad ovaj ide u varoš — šapuće Nikola drugovima. — To je, zacelo. Inače bi on drukčije... sve med teče iz usta.

— Danas treba otvoriti oči! — nastavlja Velimir. — Znaš kakav je u društvu.

— A jao!... — Nikola pogrči leđa, kao da se brani od nečega, pa se obrte Ljubomiru. — Ako ti što zapovedi, kaži nama da te naučimo, da ne pogrešiš...

Velimir se odjednom trže, kao da ga neko ošinu iznenada; jednim skokom dojuri do zvonceta i oglasi početak obeda. On je prvi spazio kad je iguman samo očima i obrvama mrdnuo...

Gosti uđoše u trpezariju, koja zamirisa tamnjanom, i na njih pogledaše likovi mnogobrojnih svetitelja i pravednika, povešani u raznovrsnim ramovima, bez ikakva reda, po zidovima. Oseti se odmah nešto manastirsko, nekakav naročiti duh i ton, svojstven samo svetim kućama. Sa naročitim smislom i ciljem dat je, još u najstarijim vremenima, manastirskim opštim trpezarijama izgled i duh „molitvenih mesta”. I kad čovek ulazi u ovakovu odaju, posle ispijenih nekoliko čaša šljivovice, nasmejana lica i razdragana srca, u očekivanju dobre đakonije, odjednom zaveje na njega ovaj naročiti trpezarijski ton, gostu odjednom nestaje osmeha na licu, obuzima ga neka zbilja i izgleda kao da mu nije baš do jela... Po zidovima, ispod ikona, ispisana glavnija pravila monaškog života. Nikoli je palo u oči samo to, što je baš više glave igumanove bilo ispisano *vozderžanije*, te iguman ovo pravilo nikad nije mogao pročitati, dok su ona druga stroga pravila — *molčanije, poslušanije* itd. stajala baš pred očima mlađih kaluđera. Ovu svoju davnašnju opasku, saopštio je i Ljubomiru, sa naročitim tumačenjem.

Gosti zauzeše mesta, očita se molitva, iguman blagoslovi trpezu i poče obed. Mlađi ubrzaše korake, stadoše raznositi jela, lica im dobila nemoćan, preplašen i neobično smiren izgled; od prozorčeta do stola samo snuju i sevaju jedan pored drugog. Obed je običan, nedeljni: malo se što više spremilo zbog gosta, pa su i monasi posedali sa igumanom. Po licima „običnih gostiju" vidi se da su nezadovoljni: oni su očekivali mnogo bolju gozbu, a od ovakvog ručka samo im se usne ironično i pakosno skupljaju, a oči značajno namiguju. Ali kad se iznese dva tronedeljna sisančeta, ispečena na ražnju, sa nabranom kao pavlaka, zarudelom mladom kožicom, ispod koje proviruje meso, što se topi u ustima kao med, onda i njihova i sva lica za stolom, dobiše veseliji izgled.

— Oh, majka mu pevala, što ga tako oprasi! — uzvikuje pobratim, trljajući ruke i svetleći očima na mladu prasetinu, sa nekom pobožnom žudnjom i osetljivim drhtanjem ruku.

— A, valjano! — dodaje mehandžija više radi učtivosti, ali on oseća isto ono što i pobratim, samo se uzdržava od suvišnih uzvika i izliva.

Iguman mrdnu očima, đaci za čas promeniše na stolu čaše i vino.

Poče da se pije bez reda, neki od gostiju potražiše vode. Iguman mrdnu Nikoli:

— Sa česme! — zapovedi odsečno, što je značilo da treba otrčati sa stakletom na česmu, koja nije baš tako blizu, oprati staklo, natočiti vode i doneti ga onako mokro i hladno na sto.

Posle nekoliko minuta utrča Nikola sa stakletom, s koga još kapahu bistre kapljice.

Igumanu, čim uze staklo i pogleda u njega, raširiše se nozdrve, ali taj opaki znak Nikola ne opazi.

— Sa česme? — zapita iguman nekim mekim glasom, koji davaše upitanome dosta povoda za laž. On kao da veljaše u sebi: ta slaži, more... vidiš, pomažem ti... eto, ne gledam u tebe. Iguman doista oborio glavu i našao se u nekakvu poslu sa čašama.

— Da — potvrdi Nikola tako ubedljivo, još zadihan od daleka trčanja, da niko ne bi posumnjao u njegovu reč.

— Štapove!... — zagrme iguman odjedared, zatrese mu se gusta, razbacana, kudrava kosa, oči mu zaigraše nekud unapred, ne gledeći ni u koga...

Gosti se zgledaše; oni „obični" uznemiriše se odjednom, i spremahu se svi da nešto kažu, ali su toliko iznenađeni, da ne mogu još naći reč, s kojom bi počeli. A onaj varošanin gleda začuđeno, pitajući pogledom okolinu: šta se to zbiva?... šta ono reče ovaj do mene?...

Nikola prebledeo, glava mu se nemoćno vrti i trese, sav se omlitavio, načinio se kao osuđenik, koga će sad streljati.

— Oprostite... visokoprepodobni oče!... — stade mucati kao u groznici. — Nikad...

— Štapove!... — još bešnje, još silovitije i odsečnije zagrme iguman, naslađujući se čisto zvonkom oštrinom, koja se jasno izdvaja iz ostale grmljave. One male buljave zelenkaste oči, obrasle i utonule u debele ispupčene kapke, odjednom se pokazaše cele, izidoše izvan kapaka, a one krvne žile na slepim očima nabrekoše, nabubriše neobično...

Pobratim skoči s mesta, i pruži ruke plašljivo prema igumanu, kao da ga želi zaustaviti u brzom hodu.

— Pobro... Savo... dođi k sebi! Biće ti zlo... Znaš tvoju čuvstvitelnu naturu!

U svakoj drugoj prilici ova bi opomena osvestila ljuta igumana, i on bi se odmah pribrao, ali je sad, posle neispavane noći, bio suviše nervozan, pa je nalazio nekakvu slast u tome, što sad svi trepte od njegova glasa i srdžbe.

Na vrata utrčaše konjušar i vodeničar sa dugačkim, zagasito sivim, okresanim grabovim štapovima. Iza njih bled, sevajući očima krvnički, pa ipak krijući glavu za njihova leđa, stade Velimir. Ljubomir se samo približavaše otvorenim vratima, ne razumevajući još ništa iz svega što je video, osećajući samo iz pogleda sviju ljudi, da se sprema nešto strašno.

Gost tek sad pojmi šta se sprema. On se energično i dostojanstveno obrte igumanu:

— Prijatelju, ja nisam došao ovde, da gledam tvoje... tvoje... — on se zaplete, ne nalazeći u mislima reči, kojima bi nazvao igumanov postupak — tvoje domaće rasprave. To ti ostavi za posle, kad mi odemo...

— U moj manastir neka niko ne ulazi sa svojim ustavom! — dreknu iguman još žešće, izgovarajući s naglaskom i s nekim divljim zadovoljstvom ovu rusku poslovicu, koju je čuo ili pročitao negde u Bogosloviji.

— Aha, tako dakle!... — uzviknu gost, trgnuvši se od neočekivana odgovora, kao da ga neko poli vrelom vodom. On skoči i stade se izvlačiti iza stola, izgovarajući nekakvu pretnju, psovku... Gosti pružili ruke prema njemu, zadržavaju ga...

— Moj ustav!... moj ustav! — grmi iguman, obrćući glavu zidu, starajući se da ne gleda u gosta, koji već prelazi preko sobe.

— Oče Savo!...

— Ostavi, čoveče!

— Gospodin-igumane!

— Pogrešilo dete...

Povikaše svi gosti odjednom i, našavši polaznu reč, zadžakaše i uzviknuše svi bez reda.

— Šta čekate! — grmnu iguman na momke, koji dohvatiše preplašena Nikolu za ramena i izvedoše ga na hodnik, pred vrata.

Ljubomir, stojeći uz vrata, beše se zagledao u činovnika, koji, na drugoj strani hodnika, pretrčavaše od jednih vrata drugima, želeći, bez sumnje, uzeti kakvu svoju stvar, bez koje neće da se krene na put, ili možda, uzbuđen, ne znađaše šta bi drugo radio. Odjednom iza njegove glave nešto neobično fijuknu.

— F-f-fik!... — začu se oštar, tanak glas kroz vazduh i za njim nešto jauknu...

Ljubomir se sav nađe kao u nekoj tami, ništa ne vidi, blene preneraženim, iskolačenim očima, i samo čuje, posle svakog fijuka, onaj nepoznati mu, čudnovati, slabački glas, koji on nikad do sad nije čuo.

„Čiji je to glas? ko je to?... Vikali su na Nikolu, ali ovo nije njegov glas... To nekog dave... vidiš kako je skomolao!...”

— Dosta! — grmi iza stola. U hodniku prestade fijuk, čuje se neka žurba, prenošenje nekakve klupe, čepaju i šuškaju opanci...

— Onaj gospodin ode — procmile Velimir tanko, bojažljivo, s najvećom pažnjom u glasu.

— Moj ustav! moj ustav!... — još grmi iguman, ne videći od ljutine šta se oko njega dešava.

I učitelj odjednom skoči, kao da se tek sad nečega setio. Bled, uzbuđen, drhćući vilicama i kolenima, kao čovek, koji hoće nešto neprijatno i odsudno da učini, a nema dovoljno smelosti, okrete glavu prozoru i tankim glasom progovori:

— Nije ni meni ovde mesto, gde ljude...

— Sedi, čoveče! — graknuše gosti, ne dajući mu dovršiti rečenicu ni ustati.

— Kao volove... — uzviknu on naposletku i iskoči iza stola.

— Srećan put! srećan put!... — viče iguman i blene preko sviju glava, ne gledajući nikoga posebno. — Ho... takvi gosti!... ha-ha-ha... — smeje se on nervozno i ironično, gledajući sad svakog gosta u lice.

— A, daklem tako sas trgovačku čest!... Tako li!... — viče jedan dućandžija bledeći, spremajući se da ustane, ali kao još očekuje neće li se iguman izviniti ili bar zadržati ga.

— Trgovačka čest!... Ha-ha-ha... Evo ti je! — iguman se tako nezgodno lupnu, da sva tri trgovca odjednom, kao na drotu, poskakaše i, psujući i preteći strašno, odjuriše iz manastira.

Ovaj postupak dućandžija doli još više ulja u raspaljeni bes igumanov, i on, gledajući nesvesno blesavo još ovo nekoliko ljudi, povika im:

— Loncolizi! Manastirski loncolizi!... svi ste jednaki!...

Načini se galama, gužva, vreva... Svi poskakaše iza stolova. Bratija monasi, smatrajući poslednji uzvik kao „otpust", nagoše jedan za drugim, pognutih leđa, ubrzanim koracima, svaki u svoju ćeliju... Gosti pojuriše za njima, a đaci i momci, videći se ovako usamljeni na udarcu igumanova strašna pogleda, klisnuše kud koji i nestade ih u šumi...

Iguman ostade sam.

Posle nekoliko trenutaka, kad ne ostade žive duše u dvorištu manastirskom, kad se svi gosti razbegoše i kad sam pobratim ode u mehanu da odigra jednog džandara na ovakvo raspoloženje, dok mu se pobratim-iguman odljuti, a to će, znao je on, biti posle jednog dobrog sna — posle svega toga, lagano idući, osluškujući i brišući keceljom usta, uđe u otvorenu sobu tetka, i malo zatim povrati se, vodeći igumana, gotovo noseći ga na jednom ramenu, na koje se ovaj beše teško naslonio.

— Kažem ja tebe: nemoj mešati vino; ne možeš ti da podneseš sve... Ovolika bruka! Ode čovek peške... još ako ne nađe konja nigde!... — govori ona jednačito, onako ženski, bez naglašavanja i uvodi ga u njegovu ćeliju.

— Moj ustav!... Loncolizi!... — mrmlja iguman, ne videći više nikog i ne razumevajući ništa...

Iguman počiva.

A Ljubomir, kad se razbegoše svi đaci i momci, nađe se u neprilici: pobeći će i on lako, ali šta ćemo ako iguman odjednom baš njega potraži? Seti se svoga redovnog posla — hranjenja svinja. Istina, još je rano za to, ali će se ipak imati ma čim odbraniti. Ode u ambar, dohvati torbu s kukuruzom i ode svinjcu. Usput je samo zverao uplašeno, osvrtao se često, gledajući da ne trči kakav glasonoša za njim, ali kad zađe u čair, obrastao trnjakom, oslobodi se.

Nabacao je klipove suva kukuruza pred gladne halapljive svinje, i kad nastade običan vrûsak i mljackanje, sa neizbežnim piskom manje krmačice, od koje kakav drski proždrljivi nerast hoće da otme najslađi zalogaj, pa je prethodno pirne njuškom u slabinu, krmačica ščepa zubima klip, pisne opako radi običaja ili koketarije, a nije baš što je boli, pa pobegne u drugi kraj, nerast se obrće žurno, tražeći plen na drugoj strani, i onda nastaje muvanje svinja, jedno pored drugog, jer se svako nada da će zateći još koje zrno kod drugog nejačeg; kad nastade ovaj svinjski metež, Ljubomir se zamisli...

„Zašto?... Šta ovo bi?...", pitaše se u mislima, čudeći se celom ovom iznenadnom događaju i ne razumevajući ga još nimalo. Njemu sve izgleda, da je Nikola morao ovako proći, jer je došla njegova „čreda". Video je da se sve u manastiru vrši po čredi pa, ne znajući još uzrok Nikolinoj kazni, držao je da mu je došla čreda, pa kvit... Sigurno je još pre njegova dolaska bila čreda Velimirova, sad je Nikolina prošla, i onda nastaje njegova! Sad je, dakle, nastala njegova čreda!...

Ali šta da radi?... Da li da učini onako, kako je učinio kad Belavka uvede goveda u stričevu njivu, ili da trpi, kao što čine Velimir i Nikola? Sve, sve... ali bi mu baš teško bilo izdržati tu čredu, onako ni za što. Ne mari da radi kakav hoćeš posao: zar ne čisti štale, timari konje, hrani svinje, vuče đubre na njive... i to on, nekadanji cenzor Velike gimnazije!...

A kako je on lepo maštao!... Da uči škole, sve... sve da izuči, pa da bude kao njegov nekadanji „gospodin”; onako isto da podigne jedno rame, da se usturi, pa šeširaj kroz čaršiju!... Istina, još češće je pomišljao na mitropolitovo služenje u crkvi, na gospodsko držanje onoga sinđela, za koga mu rekoše da će biti vladika, i nekako je nejasno svoja maštanja mešao sa tim, ne razumevajući ni sam jasno šta želi...

— Ej, đače... u šta si se zagledao! — viknu mu nad samim uhom neko, tanjim ženskim glasom, koji odjekivaše prijatno.

Ljubomir se trže i odskoči od vrljika, na koje se beše naslonio. Pred njega stade lepa mlada ženica, male crnpuraste glave, kicoški opremljena i nameštena; nasmeja se njegovu strahu i metnu mu ruku na rame.

— Ti se žestoko uplaši!

— Nije... nešto se zamislio...

— E, bogme kad se takvi momci zamisle, tu nešto ima!... — reče ona šaljivo, smejući se i stežući još više rame Ljubomirovo, koji se staraše da se oslobodi nezgodna tereta.

— Ti si Ljubomir, je li... novajlija? — zapita ona, gledajući mu pažljivo lice i ceo stas, kao da je rada oceniti ga ovim jednim pogledom. Izraz njena lica, posle ovoga pregleda, glasio je: ts... nije baš stvari, ali tek ko zna!...

— Jà — odgovori Ljubomir, krijući oči i vrteći se pod njenom rukom.

— Moree... — oteže ona u smehu. — Ti se kanda bojiš mene?

— Jok, more... Nego da idem... iguman je ljut.

— Zašto?... Stoj! — viknu žena radoznalo.

Ljubomir se zamisli: da li treba ovaj događaj pričati svakom? Kaza joj samo da je rasterao goste i da su se svi razbegli.

— Baš dobro! — uzviknu žena obradovana. — Onda idi pa kaži Vasi da ga čekam ovde.

— A, ti si to! — reče Ljubomir oslobođen, setivši se, iz Nikolina pričanja, koja će to biti. — Ne sme ti on sad nosa pomoliti iz njegove sobe... Kažem ti: svi se razbegoše, kô vrapci...

— Što?

— Pa od igumana, more.

— Aha... ne brigaj za to. Spava sad vaš iguman kô zaklan. Samo ti požuri.

— Ne brini ti. Kazali su meni da Vasu svakad treba poslušati za to — izbrblja on i nasmeši se širetski.

— Ene de! — reče iznenađena žena pocrvenevši. — Dobro baš... Kad se zakaluđeriš, dovešću ti jednu moju priju; taman će dotle porasti.

— Neka, ne treba!... jok! — viče momak u zabuni, vešajući torbu o rame.

— Ne treba sad, jäkako... A posle neće moći nijedna žena proći na miru pored tebe. Reci mu nek požuri, očiju ti! — uzvikuje ona za Ljubomirom, koji gotovo pobeže od ovog sablažnjivog obora.

Došavši u kuhinju, Ljubomir zateče sve kaluđere i đake oko tetke. Maksim i Arsenije naklopili se u jednom uglu, ne gledajući nikud u stranu, nad nekakvim pečenjem, pa obojica drže u jednoj ruci veliko parče, rezervu, dok drugom rukom prinose drugo parče velikim gladnim ustima i kidaju ga odlučno jedrim čvrstim zubima. Vasilijan nešto veselo priča, šetajući po kuhinji, režući oštrim nožićem butić mlade jagnjetine i zalažući se polako, kao sit čovek, kome se ne jede posle dobra ručka. Velimir i Nikola seli uz drugi čanak, pa i oni prebiraju i struguću nožićima nekakve kosti, slušajući pričanje Vasilijanovo.

Ljubomir uđe u kuhinju uznemiren i uplašen, ne znajući još šta će zateći posle današnjeg okršaja, ali se zaprepasti, kad ugleda kako Vasilijan veselo priča i kako ga Nikola i Velimir, sa osmehom na ustima, slušaju. Kao da nije ništa ni bilo! I njihovi pogledi kao da mu vele: ništa, et'... sve je kao obično... u redu...

— Hi-hi-hi... Eve ga... begunac!... Gle ti širečine valjevske: hranio čovek svinje u podne!... Hi-hi-hi... — dočeka ga Vasilijan.

— E, rode, ti si najpametniji! — veli mu Arsenije, kidajući meso sa veselim blaženim izrazom na licu.

— M-m-ma... — mumla nešto i Maksim, gutajući poslednji zalogaj i zagledajući brižno i pažljivo u sud sa kostima, nadajući se još kakvom zaturenom parčetu. Ali videvši da su mu nade uzaludne, poklopi okruglasti trbuh obema rukama, na šta se iz samog trbuha razleže ono presito grubo štucanje: hap!...

— Teto, da se zalije-e!... hap! — promrmlja on, gledajući nejasno vlažnim i blesastim pogledom.

— Podaj mu, Ljubo, ovo staklo sa police, pa sedi i ti da jedeš — reče tetka prebirajući rukama suve šljive, koje držaše na krilu rasute.

— Hi-hi... pričekaj, oče Makso, ja sam preči — priđe veseljak polici, dohvati staklo pa naže.

— E, brajko, onogaj... nećemo tako, ne!... — uskipe Maksim i htede skočiti, ali nađe da mu je lakše samo mahnuti rukom, kao da brani piliće od jastreba, koji se spušta odozgo. — E-e... čeka-a-aj... hap!

Kad Vasilijan dade staklo drugovima, Ljubomir ga lagano povuče za mantiju i, značajnim izrazom na licu, prošapta mu:

— Amo de!

Kaluđer priđe drugom praznom uglu. Ljubomir mu, sa nekom tajanstvenošću i onom neotesanom seljačkom, bajagi poverljivom mimikom, osvrćući se bojažljivo, prozbori:

— Čeka te ona... tvoja, kod obora. Rekla da pojtaš...

Vasilijan pocrvene, zbuni se pa oštro pogleda začuđena Ljubomira i pođe vratima.

— Ha-ha-ha... — razleže se opšti smeh.

— Obuci, rode, staru anteriju — dobacuje mu Arsenije, gladeći rukom staklo s vinom.

— De, vi đavoli!... — viče im tetka, smešeći se i obarajući oči stidljivo, sa izrazom na licu, koji veli: ja vi ne razumem te stvari, ali znam da je to nešto onako... šareno...

— Teto, đavole-e... Od nedelje je moja čreda. I ti dolaziš pod moje, onogaj... kako ću reći... pod moju vlast. Hap! Đavole-e... — oteže Maksim tromo, a na licu mu jasno izvajan onaj širetski, specijalno kaluđerski osmeh kad govore sa ženama, koje im se dopadaju. U tom osmehu ispisana je bezdna grešne požude, širetluka i nečega što najviše liči na ljubavni zanos, a nije to. Slikarska četkica mogla bi to najbolje predstaviti.

Ljubomir, uzimajući u ruke parče mesa, načulji uši kad se pomenu čreda. „Hm, vidiš... odista ide sve po čredi!...”

— Dovešću ja tebi ludu Petriju, nek ti se nađe na čredi — odgovori tetka smejući se.

— E, nemoj bolan, onogaj... Zar tako naša... kako ću reći... naša ljubav?

— Ljubile te svrake, kako si lep!

— A zar je ovi Arsenije... hap!... lepši od mene?

— Kô i ti.

— A iguman? — prošapta Maksim oprezno, gledajući na zatvoreno prozorče.

— Hm-m... — mahnu tetka glavom preteći, pa produži rad uozbiljena lica.

Čim sede Ljubomir uz drugove, Nikola se nasmeši na njega, pruživši mu lepo parče mesa.

Ljubomir ga pogleda začuđeno.

— Šta je, more... — zbori mu poluglasno Velimir. — Ti misliš njega su ubili?

— Slave ti, je l' te bolelo? — pita ga Ljubomir naivno, sa izrazom iskrena učešća u njegovu stradanju.

— Ha-ha-ha — smeju se oba đaka, a Ljubomir prenosi začuđen pogled s jednog na drugog.

— Zar bi nas smeo ko tako tući, da nas zaboli! — reče Velimir.

— A-a... — doseća se Ljubomir. — Ama zašto te ono 'nako... zbog čega to?...

— Što nisam išao na česmu, nego natočio iz vidrice — nasmeja se Nikola.

— Ih, kako poznade! A ja mišljah da je to po čredi...

— Kako... kakva čreda?

Ljubomir im kaza kako je mislio. Velimir to ispriča ostalima. Nastade grohotan smeh...

— E, rode, to ne bi valjalo za tebe — reče mu Arsenije, smejući se veselo.

— On to veli, onogaj... kô što ćemo ja i tetka sad od nedelje... hap... na čredu.

Ljubomiru dolaze ove stvari sve zamršenije i čudnovatije. Do sad je mislio da ima bar neki red za sve događaje, a sad nešto drugo: tukli ga štapovima unakrst, i nije ga bolelo, i nije mu, kaže, ništa. I tako — ništa nije ni bilo! A ovamo opet Maksim pominje čredu! Čudnovato!...

XIII

Jedva jednom! Dobio je dozvolu da čita žitija svetih. Iguman se najpre protivio, nije dao ni pomenuti. „Kakvo čitanje sad, kad treba najviše raditi", rekao je tetki, koja je vazda u sličnim slučajevima vršila posredničku ulogu između sviju manastirskih žitelja s jedne, i igumana s druge strane. „Dosta mu je zasad ono, što je od mene naučio", veli iguman, „a nešto je valjda utuvio i iz pjenija".

Šta je to Ljubomir mogao od igumana naučiti?

Sedeći jedne nedelje po podne ispavan, naduvena i turobna lica, iguman čuje u trpezariji pevanje. To su kaluđeri sa đacima pa i momcima — ko je hteo — držali svakonedeljno vežbanje u crkvenom pevanju. To je bio redovan čas, ali je iguman, kad se priseti, počešće naređivao da se drže i vanredni časovi. Šta bi se radilo na dugim zimskim noćima nego to!

Čuvši pevanje, iguman reče u sebi: „Aha!", i taj uzvik kao da ga navede na neke misli. „Eto, uče... to je lepo", misli iguman. „To je u moju slavu... Kad, recimo, dođe u manastir vladika ili tako neko od onih velikih... onih, hm... pa ovi moji zapevaju, sve se trese... Obešenjaci Vasilijan i Nikola pevaju kao slavuji... Vladici milo; pogleda me blagonaklonim pogledom, pa se obrne, recimo Velimiru i zapita ga..." Pri ovome iguman odjednom skoči i pogleda oko sebe nezadovoljno. Dođe mu na pamet: ako vladika zapita što, na primer iz liturgike... A ni njegovi kaluđeri, kamoli đaci, ne znaju ni okučiti... Ništa, ama baš ništa! Do sad je vladika popio njegove monahe na veru; ne pita ih ništa; kô veli: Savini đaci moraju valjati. Ali se Sava svake godine po dva-tri puta ovako prisećao i činio ovo što sad čini.

Iguman uđe u trpezariju, svi poskakaše, pevanje odjednom umuknu.

— Sad ćemo liturgiku — reče iguman sedajući tromo na svoje mesto.

Momci iziđoše odmah, jer ne behu dostojni slušati ove stvari. I takav je red...

Kaluđeri i đaci pogledaše Maksima, kao što se gleda neko, koga će sad da nagarave, a Maksim, čuvši za liturgiku, pogleda plašljivo oko sebe, očekujući da Bog učini čudo i da ga spase od „nastupajućeg istjazanija". Pa videvši da se ova čaša mora ispiti, obori glavu pokorno sa uzdahom i izrazom na licu, koji kao da veli: budi volja tvoja, Gospode!...

Sva su predavanja igumanova bila jednaka: uzimat je, iz pedagoških obzira, oblik dijaloga, i to samo između igumana i Maksima.

Iguman mrdnu okom na onu stranu, gde seđaše Maksim i povuče kraj usta u stranu. Vasilijan se nasmeši, a Maksimovo lice došlo bledo i nekako onako... neobično.

— Oče Maksime — poče iguman nekim osobitim nastavničkim tonom, iz koga jasno proviruje ironija. — Šta ono rekosmo pre o značenju sv. prestola za vreme vršenja sv. liturgije? Kako ono vele sveti oci?...

Ovoga se pitanja otac Sava najžešće bojao na ispitu u Bogosloviji, pa je njime u manastiru počinjao sva svoja predavanja.

— Hm... onogaj... — poče Maksim onako isto, kao što je vazda, nebrojeno puta počinjao svoje odgovore. — Za jasle već zna se... i to tako... jasle, jasle...

— Ama kakve jasle?

— Jasle, brate, vitlejemske, onogaj... predstavlja sveti presto — odgovori Maksim malo nabusito, kao čovek kome smetaju misliti.

— E, dobro... Ali u koje vreme?

— Hm... pomozi mi kazati... onogaj... — razvuče Maksim onako isto, kako je i do sad odgovarao; ali sad odjednom izbaci nešto novo. Do sad je on otezao, gnjavio, mrmljao i nije znao dati nikakva odgovora; iguman se smeškao ironično, da time zabašuri i svoje neznanje i prelazilo se na drugo pitanje... Ali sad Maksim, ne znajući ni sam zašto, povika — Jevanđelje, brate... onogaj, kad se položi na sv. presto... onda! Eto ti!...

Igumanu se zamrze osmeh na usnama, on prošara očima preko sviju lica, tražeći da pročita na njima: je li pravilan odgovor, pa ne videći ništa do ljubopitne poglede upravljene na sebe, pređe na drugo pitanje.

— A šta ono još predstavlja sv. presto?

— Hm... Golgotu predstavlja... i nju, jȁ.

— U koje vreme?

Ovde se mora pomenuti, da često ponovljeni neprijatni događaji nateraju i najglupljeg čoveka, da ih malo psihološki promotri. Tako je bilo i s Maksimom. Ovi dijalozi izišli su mu na vrh glave, i on je stao malo bolje razmišljati o njima. Učinilo mu se sumnjivo ovo igumanovo prećutkivanje, i malo-pomalo, u njemu se utvrdi misao: da ni iguman ne zna ove stvari. Prvim odgovorom učinio je probu, pa oslobođen igumanovim ćutanjem, reši se da mu tako odgovara do kraja.

— U koje vreme? — ponovi Maksim igumanovo pitanje, pa odjednom izbaci — na vhodu, brate... na velikom.

Iguman opet poćuta značajno, stavi mu još dva pitanja, na koja Maksim odmah i naopačke odgovori, pa ućuta. Dugo tako postaja. Zavi debelu cigaru od seoskog, nakriženog krupno, duvana, zapali je i stade gledati kroz oblak dima, koji se prema samom prozoru kolutao.

— To već neka... — prekide iguman ćutanje — to je onako, uzgred... Nego dela da pređemo celu liturgiju. Kaži ti meni... — iguman oteže, sastavljajući u pameti pitanje.

Kaluđeri se prenuše. Oni su znali da iguman zna dosta dobro protumačiti celu liturgiju, ali ga je mrzelo da ulazi u to. Njemu je imponovalo samo ono, što on ne razume; a što on zna, držao je da znaju svi. Zbog toga se do sad i zaustavljao na sitnicama, te su njegovi slušaoci smatrali ova predavanja kao zanimljivu šalu sa Maksimom, a Maksim — kao velike muke ovog sveta... Ali sad, evo, hoće baš odistine...

Međutim iguman poče iz sredine. Objasni dosta dobro najglavniji deo liturgije, pa se oseti zamoren: e, ovo se baš poteže junački, kao da govoraše njegovo lice... On stade zapitkivati kako ide sa pevanjem. Za Ljubomira reče mu Vasilijan:

— Baš ne može nikako da obrne prvi glas. Odgovaranje, onako što je kraće: *gospodi pomiluj, podaj gospodi...* to zna. Ali one duže...

— Neka uči! neka uči! — prekide ga iguman ustajući iza stola. Kad beše na vratima, on procedi — Staklo! — a to je značilo, da je vreme za rakiju.

I tako, Ljubomir je čuo do sad jedno predavanje, i dvadesetinu puta mučio se od svake ruke da pogodi onaj poluton, kojim se počinje prvi glas. I od jednog i drugog posla ne beše uspeha...

Sad je dobio veliku debelu knjigu, kakve nikad u životu nije video. Ostrag na koricama beše rukom ispisano: *Žitija svjatih; dekemvriji — fevrua,* a više toga, na marki: *No 9.*

Uzdrhtalim rukama, sa žurnim pogledom, prevrtao je prve listove, na kojima behu *Predislovije,* nekakvo *Izvješčenije* i još neke druge stvari, na koje on ne svrnu pažnju. Nađe prvo žitije: *Pamjat svjatago proroka Nauma* i pročita ga na dušak, jer je imalo svega dvadeset jedan red.

Odjednom se oseti kao čovek koji se veoma prevario u očekivanju. „Zar mi je to kakvo žitije! Prorekao samo za ono jezero, to ti je svega!...” A njemu su kazivali, kad se počne koje lepo žitije čitati, ne može se čovek odvojiti lako od njega... Kako bi bilo da ne čita redom? Prevrte podosta lista i nađe: *Žitije i podvigi prepodobnago oca našego Savi osvjaščenago.*

Poče čitati sa nekakvim neprijatnim preduverenjem, ali se, posle dvadesetinu reda, sav zadube u čitanje... Stajaše tamo napisano o ovome prepodobnom, da se kao *osmoljeten... otverže vsjeh imjeniji, i šed v manastir, prijat na sja angelski obraz...*

„Bože, ovo je... ovo je *ono*!...”, uzvikuje Ljubomir, prekidajući čitanje od uzbuđenja. „U osmoj godini, pa u manastir!...”

Posle već čita dalje kako đavo kuša Savu osvećenog imanjem, pa posle, bogme, i ženidbom i još mnogim sablaznima, ali dete ostaje stalno *trudami i vozderžanijem umerščvljaja tjelo svoje...*

U prekidima, kad dobije vremena, prevrće Ljubomir list po list ove neobične knjige, a uz obraze mu vazda pojuri nekakva vatra, celo mu telo obuzme prijatna toplina, srce mu se nekako stegne, ne zna ni sam: da li plašljivo ili radosno. Čita zanesen; poneki put prekine čitanje kakvim uzvikom i kraćim razmišljanjem, u kome je obično stavljao sebe na mesto onoga sveca, čiji život čita...

Negde naiđe na veliku sličnost sa sobom, i to ga neobično porazi. Za sv. Spiridona Trimitinskog piše: *ot djetstva svoego pastuh bje ovčij...*

„Eto”, uzvikuje Ljubomir, „čuvao ovce i koze, kâ i ja po Maljenu, pa postao vladika, i gledaj samo kakva je čuda počinio... Vaskrsao mrtvo dete!...” I u njegovoj zanesenoj glavici on već stvara sliku... On, obučen u episkopsko odelo, stoji na jednom brežuljku, a Milka, ona đavolasta Milka, nosi svoje umrlo dete i stavlja ga pred njegove noge... naravno, dok je on postao vladika, dotle se ona udala i ima dete... Gledajući neiskazanu tugu na njenu licu, on proliva suze i viče detetu: „Čedo, ustani!...” Dete ustaje, i nastaje... onako...

Ljubomir se trže. „Vidiš, i mene počeo nečastivi da kuša!... Šta mi iznosi pred oči!...", i on se udubljuje dalje u čitanje, osećajući u isto vreme veliku prijatnost od prošlog maštanja; osećajući da ga opet nešto vuče da još malo promašta... On zna da je to nečastivi, ali se obično brzo zanese, zaboravi sve „bjese" i preda se slatkom, zanosnom sanjanju...

Ovako je išlo sve, dok ne naiđe na *Žitije prepodobnago otca našego Antonija velikago*. Toliko puta je slušao da je Antonijevo žitije jedno od najlepših i najzanimljivijih. Govorili su mu i kaluđeri o tome žitiju, iako ga nijedan nije čitao, nego se znalo onako, po predanju... Čuo je i pre toga, od nekih bogoslovaca, da je Antonijevo žitije napisano najozbiljnije, da ga je morao pisati kakav spreman čovek i da je tako prepuno pouke i prave bogoslovske nauke, da je dovoljno pročitati ga marljivo i razumljivo, pa kao da si svršio celu školu... Ljubomir se zagleda u ova crna, krivuljava, nezgrapno izrađena crkvenoslovenska pismena kao u neku svetinju. Stade prevrtati listove, da vidi koliki je životopis... Preko četrdeset listova. Čitava knjiga!...

Sa velikom pobožnošću i strahopoštovanjem mladić namesti crvenu, masnu vunenu zalogu na početak životopisa, zatvori knjigu i ostavi je pod glavu. Sad se nije mogla počinjati ovako ozbiljna stvar: treba sačekati kakav veći praznik, i onda početi čitanje.

XIV

Leto u manastiru nije pretrpano raznovrsnim, neprekidnim poslovima, kao u seoskoj kući. Posao parohijski gotovo sasvim zastaje: obrede se poslednji svečari, đurđevci, obnesu se majske seoske litije, pa se onda kaluđeri siti nabesposliče čak do jeseni. Tek poneki put ako ih uznemiri poneka babinjara, kojoj je kriv oktobarski ili novembarski kazan, ili se prijavi koja pobožna duša za molitvu. Manastiri ne rade svoja imanja, nego ih daju na napolicu. Tako je doista i korisnije. Samo gaje vinograde sami, i to im je ponajglavniji poljski posao. Pokose livade, otresu voćnjake, ispeku rakiju — sve snagom nadničarskom. Zimi se zaradi mnogo, te se ima sa čim letina srediti.

Ali za đake manastirske leto je doista pravo „iskušenje". Ko izdrži celo leto i ne pobegne, taj je dovoljno iskušan. Na njih se svali sav posao ogromne kuće, jer momci imaju svaki svoju „struku", pa nijedan neće da čuje za ono, što ne spada u njegovu „specijalnost". A đaci su, uz to, obavezni da se, pored drugih poslova, brinu i o onome, što je posao konjušarev, govedarov, čobaninov, šumarev, vodeničarev...

Treba odgajiti i urediti ogromne gradine manastirske sa raznovrsnim povrćem; treba uređivati čitavu njivu, koja je zasejana samim pasuljem — glavnom hranom svakog manastira, pa drugu, koja je zasejana stočnom repom, pa treću zasejanu detelinom, pa podizati neke mnoge a veoma potrebne privremene ogradice od trnja ili oblica... Kad je lepo vreme — trči praši, plevi, okopavaj; kad je kiša — trči sadi rasad; kad je vetar — trči nameštaj grane da ne odnese... Tek ima se posla dosta.

Ljubomir ne dobi vremena ni da se odmori čestito. Uzdisao je pod teretom teška posla, ali se nikad nije požalio, nikad mu rad nije bio protivan. Iz mnogih žitija, koja je uspeo pročitati, video je da su svi svetitelji izbegavali nerad i da su u radu nalazili pomoći za postizanje svoje teške zadaće. Svi su se trudili. I episkopi su obrađivali njive, žnjeli, kopali... Pa zar da izbegava rad on, koji se tvrdo rešio da sleduje stopama onih koji su ceo život svoj posvetili velikoj zavetnoj misli — služenju Bogu...

Pročitao je dosta drugih, kraćih nu lepih, životopisa, i već je po njima stvorio sebi, ne još sasvim jasan, ali ipak određen pravac života. Rad i veliki umor ne davahu mu volje za duga maštanja; on pročita, na dopadu, nekoliko lista pa, ne razmišljajući mnogo, rekne u sebi: „Ovako ću i ja, baš ovako isto..." I opet je nastavljao prekinuti posao.

Tek poneki put ga, usred kakve žurbe, zaustavi tromi Maksim promuklim otegnutim uzvikom:

— Ehe-ej... momče!

Ljubomir mu prilazi sa poštovanjem i ozbiljnošću, kako obično prilazi svima kaluđerima.

— A ti... šta to?

— Brojim vȋle za sutra, za plašćenje.

— A-a-a!... M-m... Kako bi bilo da mi doneseš sa česme, ama onogaj... da raz'ladiš staklo...

Ljubomir ga posluša.

— Šta ti ima u tom... toj *Bibliji*... kako li se... Dela mi baš ispričaj.

Ljubomir stane pričati redom.

— Zar to... ha-ha-ha... Pa to su paremije... one znaš, za velike praznike... De još...

Ljubomir priča, a Maksim samo uzvikuje: „Znam, znam... to se čita o Sretenju, to o Blagovestima... to je psaltir...” A kad Ljubomir pređe na *Novi zavet*, on viknu: „To je jevanđelije!...”

— Pa šta iguman priča ono pre, znaš kad si došô, da ne zna celo!... Ha-ha... A ja, bogme, znam!...

Ljubomir se čudi. Svi vele da Maksim ne zna baš ništa, a ono vidiš... I ono pre, kad ga pita iguman, kako odgovara!... Da li to oni njega svi mrze, ili govore tek onako?...

— A u toj gimnaziji... je li teško? — pita Maksim posle kraćeg ćutanja.

— Pa... kako kome. Ima ih dosta što ne mogu ništa da utuve, a ja sam znao dosta...

— Kako 'no... onogaj... što učite o kamenju?... Nešto mi Nikola nakaziva.

— Mineralogija? — pita Ljubomir sagibajući glavu.

— Miren... i-hi-hi-hi!... Kako reče, vere ti?... mir... ala, da mogu utuviti!

Ljubomir ponovi otegnuto, na slogove:

— Mi-ne-ra-lo-gi-ja.

— Mi-rena... a-jak!... Ih da mi je to naučiti!... Iguman to ne zna, je li?

— Ja bih rekô da zna — odgovori Ljubomir neodlučno.

— M-m... rekô bi!... Ne zna, moj brate. Ne zna ni ono što mene pita, samo nas plaši.

Ljubomir vidi da ga Maksim zadržava od besposlice, iz duga vremena, pa nalazi način te ga ostavlja sama. Na drugom kraju naiđe na Arsenija, vidi ga gde sedi u hladu, na krilima mu čitava plaska razne zelene i osušene trave, koju je do sad prebirao i ostavljao svaku zasebno u velike duvanske ili bakalske kese. Ali je sad prekinuo rad; zavukao obe ruke pod pojas, previja se glavom i celim telom čak do kolena, i uz to glasno nabraja:

— Ej, moj Arso, moj kukavče sinji... baš ti se ne da, jadniku, živeti!... Uf-f!... Nasladi se, kô čovek, sa dve ćase boranije i ćasom kupusa, a on, pakleni stvor, zavija kao ûtegom... vije, vije, vije... A slatko ti gutati boraniju, nesrećo!... zineš kao hala, kad je osetiš!... — uzvikuje on i sve više gnjavi pesnicama svoj nesrećni stomak, koji ga tako nemilosrdno muči. — Drugi svet, kad ga boli stomak, bar ne može ništa jesti, a ovo... mastan kamen bi progutalo i samlelo!... Vidiš, i ovo ne valja što mi Teofilo piše za kvasiju i slatku paprat. Popio sam danas deset čaša te rakije, pa ništa... Najbolje da potražim od tetke sira i hleba, to će ga umiriti. Čim što pojedem, odmah se zabavi... I kud nađe baš danas, kad me ona čeka! Nego, dotle će prestati, čim jedem.

— E, rode, otkud ti? — viknu on glasno, kad naiđe Ljubomir.

Đak mu kaza i pođe.

— Hm... čekaj de... — Arsenije se stade misliti, zašto mu je ono malopre trebao đak: sad ne može čovek ni da ih vidi lako, a njemu je baš nešto trebao, ali šta ono beše?

Ljubomir se doseti jadu, pa reče:

— Iguman me poslao.

To je bio dovoljan zaklon, da mu Arsenije ne sme ništa narediti. I on ode, misleći o maloprešnjem Arsenijevu jadikovanju.

„I to je božje kušanje. Baš kao onaj prepodobni... kako ’no se zvaše... Ali nije! Kušanje se daje onima, koji su Bogu veoma omileli. A ovo je ’nako, neka kazna...”

Jednog dana, pred podne, dođe u manastir jedan postariji sveštenik, obučen fino, sa crvenom postavom na mantiji i crvenim pojasom. Ljubomiru se učini poznat popa, viđao ga je u Beogradu, ali ne zna šta beše tada. Biće od onih iz konzistorije. U dvorištu ne beše nikog drugog; kočijaš, koji je dovezao popa, svrnuo je sam u manastirsku štalu. Ljubomir pritrča gostu gologlav.

— Gde je iguman? — zapita gost, razgledajući po dvorištu onako, kako obično razgledamo dobro poznato nam mesto, posle dužeg odsustvovanja. Sve isto! sve isto! kao da govoraše taj pogled, preletajući sa ispucanih, oljuštenih zidova crkvenih na polusuve stare voćke oko ambara, koji se dobro nakrivio u stranu...

— D-d... da ga zovnem? — zamuca Ljubomir, ne smejući kazati da je otac Sava još jutros, posle izdatih naredaba, po učestanom u poslednje vreme običaju, sišao u podrum, i neće izići otud, dokle ga tetka ne izvede, a tetka mu ne sme prići, dok se on dobro ne napije.

— Kaži mi gde je, šta ćeš ga zvati! — odgovori gost odlučno.

— U podrumu — prošapta Ljubomir bojažljivo.

— Hajde, da mi pokažeš.

Ljubomir odvede gosta do ulaska i pomože mu sići niz strme, duge stepenice, koje vode u prostran nu mračan manastirski podrum. Zadahnu ih onaj poznati podrumski dah, u kome ima ne samo alkoholnog mirisa, nego je uz njega još nešto, što ne liči ni na šta drugo. U jednom kraju podruma svetluca zapaljeno videlo, te pokazuje gostu pravac, kojim mu valja ići.

Ljubomir zastade na poslednjoj stepenici. Znao je da se treba vratiti odmah, ali je hteo videti: da li je pogrešio što je uveo gosta u podrum. Prikri se za bačvu, pa stade gledati.

Na drugom kraju podruma, u sumornoj nejasnoj tami, na jednom uspravljenom panju, škilji i svetluca slabo prilepljena voštanica. Pred njom, na nečemu sniskom, okrenut ulasku, sedi podbočen obema rukama i nagnut napred iguman Sava. I onako širok i plećat, u ovoj polutami, iza slabe škiljave voštanice, izgledaše kao veliki crn plast čija se figura nejasno ocrtava pod slabim zracima svećice. Samo mu ono buljavo naduveno lice beše dobro osvetljeno i, prema slaboj svetlosti, izgledaše još šire i naduvenije, a oči se prikovale za plamen svećice, pa samo trepću i opet stanu kao okamenjene. Nijedne misli u njima, nijednog zračka smisla i umna života!... Mrak, tama, beskrajno ništa!... Pred njim na panju igra i preliva se kao rubin, u velikoj širokoj čaši, žućkasta stara šljivovica.

Gost, videći ga onako zablenuta, nakašlja se prilazeći mu. Iguman lagano prenese oči na tamnu figuru, koja mu se približavaše, ali ne mrdnu ničim drugim i ne pokrete se.

— Šta tu činiš, moj crnjane! — uzviknu gost.

— A-a-a — razvuče iguman, poznavši svoga školskog druga protu, koji je sad „velika sila" tamo kod vladike. — Otkud? — prozbori on zagušeno, pružajući ruku, no ne dižući se.

— Evo... evo mesta — pokaza on gostu jedan prazan podmetač do sebe i posadi ga na nj, gledajući na drugu stranu, u mrak.

— Tako ti Boga, šta radiš tu? — pita prota, mereći žudnim i zavidljivim pogledom duge trobojne redove punih bačava, buradi velikih, srednjih, malih...

— Pijem.

— Zar tu, bolan brajko!... — poče ga prota koriti, ali on oteže promuklim krupnim glasom, za koji se obično kaže da je zagoreo:

— He... ne znam ti ja za drugo uživanje, nego da mi zamiriše ova patoka, moj Spiro... Onda mi se srce rastrese, i onda... hej, šta tu!...

Prota ga stade koriti što bar ne pije u svojoj sobi, kad mora piti, pa mu oteže dugačku drugarsku pouku.

Ljubomir već vidi da nije pogrešio što je uveo gosta u podrum, ali ga ona obična ljudska radoznalost zadržava da ostane još u svom zaklonu, da čuje još što, kad ionako sad ne sme niko priviriti u podrum.

Iguman je oborio glavu i ćuti kao zaliven. Izgleda da ne čuje šta mu drug govori, jer mu oči opet besmisleno blude oko onog crvenkastog kruga, što igra u tami oko plamena.

Prota je dugo govorio, karao, pretio, pa naposletku ućuta, jer mu se učini da Sava nije pri sebi. Ali, kad on ućuta, iguman teško uzdahnu, uspravi se i, gledajući nekud u mrak, progovori:

— Što begam iz sobe, veliš. Hm... Što mi je dosadilo sunce, zato begam... Dok je zima, ne marim, ali kad ozeleni gora, kad zapevaju slavuji, kad sve živo pojuri tamo, hm... tamo na prigrevak, kad se i moji kaluđeri osete drukčije... pa se razmile po perilima i stanovima, onda ja bežim u podrum... Krijem se od jarkog sunca, kao krtica...

Iguman poćuta zadugo. Prota raširio oči, pa ne veruje svojim ušima da one doista slušaju Savin glas.

— I ptica, i bubica, i svako stvorenje božje zna zašto živi i raduje se suncu. Raduje se što... znam već, i ja sam mu se nekad radovao... Samo mu se ja ne radujem, jer ne znam zašto živim i jer ne očekujem više ništa... ama baš ništa! Svršeno! Prošlo sve, sve... ama baš sve! — uzviknu iguman i nateže čašu sa šljivovicom.

— Da se bar oženih kao ti, radio bih za svoju decu, znao bih...

— Bog s tobom! — uzvikuje preneražen prota.

— He-e-ej... kad iziđem na onaj čelopek gore, pa pogledam dolinu moje lepe Gruže, kako se njome na sve strane razmileo svet... u meni zaigra srce, povuče me nešto nekud... mami me neka lepota... otvara se polako neki lepši život, šta li je to, ja ne znam... Tek ja bih tada poleteo, i ja bih nekud pošao sa tim narodom... kud ide taj svet... E-eh!... — Iguman mahnu rukom preko lica i čela, otkud padahu neke kapljice. Da l' to behu graške znoja ili suze, prota ne vide.

— Ali kad pogledam niza se, kad vidim sebe ovako crna i nesrećna... crnjana, kako ti reče malopre... onda... onda pobegnem pravo ovamo, u ovaj tamni podrum, kud ne dopire ta čarobna svetlost... I sedim, et' ovako, dok ne zađe sunce, ili dok... hm...

— Ti piješ, onako... — prekide ga prota. — Voliš li rakiju mnogo?

— Volim li rakiju!... Kako se može to voleti?... Ja mislim da je ni pravi pijanci ne vole. A ja ne pijem onako kako ti misliš... Eto, sad nisam pijan, a popio sam dosta. Nego mi onako dođe, kao da sam neki drugi čovek... drukčije i mislim i sve... To što ti sad rekoh... nikad u životu nisam nikom kazao...

— Znam, brate. Zato se i pitam jednako: je li ovo Sava ili neko drugi.

Opet nastade ćutanje. Tek će, posle dužeg prekida, prota reći:

— I to mi je: ne očekuje čovek više ništa!... A za koga sam se ja zauzimao, za koga smo radili, te se „kratkim putem” dobilo saglasije sviju episkopa za tvoje... — Prota naročito zastade sa krajem rečenice, da bi izazvao ljubopitnost kod svog uzbuđenog slušaoca i da bi dao veću važnost svome saopštenju. — Za tvoje... arhimandrit-stvo!... A?...

— A šta mi ono donosi... to željeno arhimandritstvo? Šta bi mi donelo i vladičanstvo! Okrugla je ona prokleta kamilavka: kako je god okreneš, desno ili levo, ona stoji podjednako... Prazna je duša, moj brate, prazna... ne možeš je ničim napuniti. Prošlo je za nju sve, kažem ti...

— Čekaj da ti kažem — nastavi iguman živo, posle kraćeg ćutanja, sa jasnom namerom: da još bolje istakne svoje iskazano mišljenje. — Imam jednog đačića, došao iz gimnazije... Zaludi se čitajući žitija svetih, a još u gimnaziji pročitao celu *Bibliju*... Znam već šta ga čeka: biće ubrzo kaluđer. Ali znaš li, Spiro, da mi dođe toliko puta da mu kažem: dete, idi kući, oženi se, pa budi srećan čovek. Jednom sam ga baš bio pozvao, da mu kažem sve ovo, što tebi kazah... Tako mi nešto bilo došlo, kâ ovo sad... pa se predomislih...

Uplašen, preneražen, kao da bega ispred pružene puške, istrča Ljubomir uz stepenice, pogleda čudnovato, gotovo prekorno, jasnu i toplu svetlost sunčevu, koja je prsnula gustim mlazevima po zelenim vrhovima dremljivog bučja i celim vidikom.

— Sotona!... — šapuće poluglasno uplašen mladić, trči u svoju sobu i leže na krevet. — Sotona je u njemu!... I to je kušanje...

„Baš isto onako, kao što je kušao đavo Savu Osvećenog!”, misli Ljubomir, upirući raširene zenice na jednu pukotinu u zidu, iz koje se svaki čas pomalja veliki sobni pauk te tamani ulovljene muve. „A toliki svetitelji, što su bili prosti kaluđeri ili igumani kao i on, kako se oni posvetiše!... I nigde ne piše u ovim žitijama, da je kome bila... kako 'no reče: prazna duša... i da je hteo nekud poleteti... E, moj bane... Nisu toliki pravednici sedeli uz pune bačve, zato im i nije bila duša prazna, nego sve po pustinji i pećinama!...”

A tetka Mara, koja je sve znala i razumevala bez naročitih naredaba, spremila je bogatu čast za retka i važna gosta. I ručak i večera prođoše veselo, mada odsustvovahu oni obični gosti. Prota, neki duhovit veseljak, neprestano je pravio šale na račun Maksimov i Arsenijev. Maksim je tom prilikom samo treptao bojažljivo i ponizno, kao što se pristoji pred starijim, i na njegovu licu beše ispisano zadovoljstvo što je gospodin prota izvoleo svrnuti pažnju na njega — nedostojan sasud. A Arsenije, smešeći se učtivo i ponizno na protine šale, samo se uvija i mršti, iako ga sad baš ništa ne boli.

Prota će, opazivši Arsenijevo uvijanje, ko bajagi onako uz reč, smešeći se napomenuti:

— A jest, sad je manastir V. bez starešine... Šteta što je otac Arsenije tako slab, a Gospodin baš pomenu njega pred moj polazak...

— Ko, ja slab?... visokoprečasni! — trže se Arsenije i pogleda tako vedro i zdravo, da svi prisutni prsnuše u smeh. — Mene, znate... samo poneki put stomak... onako... zavije, a nije da je bolestan, pitajte oca igumana... He, rode... imam ja takve lekarije... — htede se dalje pravdati Arsenije, ali ga prekide iguman:

— Na jelu je, doduše, prvi, a na poslu tss..., gori od Maksima.

Arsenije zaprepašćeno pogleda igumana, pa kao utučen njegovim odgovorom, obori oči, previ se, ponese ruke da ih metne pod pojas i već načini bolno-namršteno lice i taman htede reći: uf-f... pa se seti protine napomene, i odjednom ono nabrano smežurano lice, onog istog sekunda, razvuče se u ponizan širetski smeh. Opet se svi nasmejaše.

Izjutra, pošto se obredi ono lepo srpsko jutrenje posluženje, prota pozva igumana „da se malo prošetaju". Iguman se odjednom uozbilji; lice mu dođe osetno otvorenije, bleđe, a nos modriji. Zna on, odnekud oseća, da će mu se u toj šetnji kazati nešto veoma važno i neprijatno. On zatrepta celom dušom, kao uhvaćena ptica, na koju već spuštamo ruku.

Kad odmakoše podosta, prota poče:

— Ti nisi zaveo u knjige deset hiljada oka kukuruza jesenašnjeg?

„A, to li je!", pomisli iguman, i odjednom mu spade sve neraspoloženje i bojazan. On dosta grubo odgovori:

— Nisam.

— I devedeset komada ugojenih svinja... — nastavi prota, ali ga iguman prekide:

— Znam... I ono malo govedi, ovaca, drva... Ali ti to znaš.

— Hmm... Čuješ, nevolja je... I to sad, posle ovog saborskog rešenja o nagradi! Ovaj tvoj... — prota mahnu glavom desno, otkuda se, iz daljine, viđahu seoski dućani — on je sad sila... poslanik; a sad je njihovo carstvo... Dolazio onomad ministru, sve mu ispričao i nudi svedoke... a preti interpelacijom. Ministar to jedva dočekao, znaš već...

Iguman samo opsova grubo, seljački, pa opet ućuta.

— Nego da se to popravi. Sve moraš zavesti u ovogodišnji dnevnik, pa ćemo već tu malu „neurednost" opravdati...

— Što „neurednost"! Ja jesam prodao prošle godine, ali mi je termin za naplatu, recimo, ove godine.

— Vrlo dobro, vrlo dobro!...

— E, a šta ćemo sad za pare? — zapita iguman značajno i kao prekorno.

Prota obori glavu zbunjeno. Njegov veliki gojazni trbuh stade se čisto uvlačiti unutra, a široke čiste nozdrve stadoše šmrktati oštro.

— Gotovo, nije vajde... opet vodenicu?

— Meni je pravo, kako god vi tamo naredite. Samo neću da štetujem ja.

— Dobro, onda opet spremi molbu da je ponesem sobom, pa ćemo ti odobriti. Ovo je, za tvoje uprave, čini mi se, treći put?

— Ne znam, svejedno!... — odgovara iguman ljutito, psujući onoga, što je sad „njegovo carstvo". — On, gejačina... pa da sudi mene!... mene!... A-a-a... koštaće ga to dobro, a vala i mene će... Ali mi neće više sesti za trpezu, ne!

— Otkud oni to doznaju? To treba znati.

— Znam, brate... Onaj moj ludak, pobratim... opiju ga pa im sve kaže. Ali ću i njega...

Tako psujući i dogovarajući se, vratiše se drugovi u manastir.

Vodenično pitanje je u ovom manastiru staro i značajno. Manastir je polagao pravo na neko staro zapušteno vodeničište, na jednom seoskom potoku, gde se sad nije moglo raspoznati ni mesto za jaz ni za vodenicu. Pre stotinu i više godina bila je tu manastirska vodenica. Jedna ugledna kuća seoska, koja je isto zemljište ubaštinila, sporila je pravo manastiru. Sad je ravno šeset godina kako se poveo spor. Sava je, još početkom svoje uprave, tako stvar okrenuo, da je manastir dobio parnicu i imao pravo podići vodenicu na svome vodeničištu, iako je ostalo zemljište bilo tuđe. Otac Sava potražio je i dobio dozvolu da izuzme iz Uprave fondova deset hiljada dinara manastirskog novca radi ove potočare. Novac se potrošio, a vodenica se nije mogla podići, jer nema okolnog zemljišta, gde bi pomeljari mogli stati s kolima i stokom... Posle desetinu godina izuzeto je za istu svrhu petnaest hiljada i, pošto se vodenica nije mogla onda podići, sad će se opet izuzeti desetina hiljada, da se popune tamo neki drugi računi...

Ali ova dragocena krava-muzara daje koristi i s druge strane. Pre desetak godina, posle jedne dobre pijanke u manastiru, ona ugledna kuća opet povede parbu na sudu. Otac Sava je svagda udešavao, te manastir jedne godine dobije a druge izgubi parnicu, i u dnevniku manastirskog rashoda cifra sudskih, advokatskih i drugih troškova za ovaj spor bila je ogromna. Tako to ide lepo svake godine: ona ugledna kuća trlja ruke zadovoljno, a manastir šta će... mora braniti svoje, od starine nasleđeno, pravo...

XV

Pročitao je... ne samo Antonija Velikog, nego i Makarija Egipatskog, čije mu se žitije učinilo još zanosnije, pobožnije... Sad leži, uz zatvorenu ogromnu knjigu, osvetljen slabim plamičkom voštanice, uz ravnomerno disanje uspavanih drugova, gleda široko raširenim očima, ali ne vidi ništa... Ponavlja u pameti događaje i opise iz oba žitija, i kako proleću pored njegovih mislenih očiju ovi zanosni događaji, njegova duša se sve više otvara i tako se saživljuje i nerazdvojno spaja sa svima ovim čudima, da on već jasno oseća, kako sad nije više onaj i onakav, kakav je bio do pre nedelju dana, kad poče čitati ova čudna dva žitija.

Sad je drugi, to zna... to oseća dobro. Ali ima nešto drugo, važnije...

Jednako ga je, još od povratka iz Beograda, kao što videsmo, mučila ili zanimala neka velika misao, koja ga je tako obujmila, da je zbog nje zaboravio, porušio sve svoje dotadašnje ideale, svoje zanosne detinje snove, koje je godinama, jedan po jedan, stvarao i slagao na samu dušu svoju, lebdeći nad njima, kao nad jedinim blagom srca svoga... I samo što se javi ona, ta čudna misao, ideali njegovi postepeno slomiše se, srušiše se, a ona se, ta misao, razvijaše sve više, dok ga ne otrže od rođena gnezda. On je nije u početku razumeo, ali što se više privikavao manastirskom životu, osećao je da se i misao njegova ostvaruje.

Kad je prisustvovao prvom jutrenju, poznao je Ljubomir da je na pravu putu; osećanje mu je kazalo, da je blizu njega sve ono, što ga je u poslednje vreme zanimalo i privlačilo... Kad je pročitao prva žitija, osetio je i razumeo je šta mu je to tako blizu srca, šta mu je zauzelo dušu. A sad... sad je znao sve, sve... Video je jasno put, kojim mu valja poći, video je sve ono što je istina i što je od života, što je stvarno, i sravnio sa onim, što mu doskora beše ideal, pa je našao, kao što i žitija vele, da je sve ovo drugo taština, ništavilo: i svet, i škola, i gospodstvo, i Maljen, i sve, sve... Samo je jedno istinito, večno i nepromenljivo: idenje za stopama Gospodnjim. To je, kao najveću svetinju, kao jedini, večni ideal svoje mladosti, duboko urezao u dušu svoju i predao mu se sav, sa svim žarom mladićskog zanosa...

A u, zamorenoj dugim čitanjem, glavi samo se ređaju slike za slikama...

Gle, dvadestogodišnji mladić Antonije, lep kao upisan, obučen gospodski, vodi za ruku svoju jedinu sestricu, a za njim nagrnuli ništi, ubogi, slepi, hromi... Antonije spušta u ruku svakome siromahu punu kesu novaca, dok ne razdade sve... sve što je dobio za prodato imanje... Sestricu ostavlja kod obrečenih Hristu devojaka, a on se udaljuje u tiha nenaseljena mesta... I počinje se život. Eno, sotona prilazi u *noščnimi mečtanijami*...

„Baš kao i ja", misli Ljubomir, „i on je mnogo noću mislio... I kod njega se neki put omaklo, pa ode na drugu stranu... Počne o Bogu, a posle ode... To satana skverne pomisli natura..."

Prvo se počinje onim, što je najsablažnjivije, naročito za mladiće... *on (tj. satana) v nošćeh v krasnija ženi preobražašesja, vsjemi uhiščrenijami pohot vozbuždaja...* Posle mu iznosi pred oči sećanje na prodatu očevinu, tugu sestrinu, gospodstvo njegova roda, slavu svetsku, razne naslade... I sve to jaka volja mladićeva izdrža...

I sad nastaje onaj neobični, za Ljubomira svetli i pravi, nu u samoj stvari strašni asketski život... Antonije ne jede ništa do zalaska sunčeva, često i po dva, po tri dana ne okusi ništa. Cele noći provodi u molitvi i razgovoru s Bogom... spava tek četvrte noći pomalo, na rogozini. Jede samo suv hleb ili korenje... I opet, pri tako strogu životu, desi se da mu iziđe pred oči nekakvo čudno viđenje, u obliku divne, nežne kao rosa, slatke kao ružin miris, primamljive gole devojke!...

„Što ti je čovek...", misli Ljubomir, „sve, sve... ali mu je žena svud pred očima! Eto i ja: malo-malo... pa tek mi padne na pamet Mira il' Milka".

Posle dolaze oni strašni natčovečni napori, muke i bolesti telesne, u kojima ljudi zaborave i Boga i sve, ali smerni inok ostaje stalan, kao i pravedni Jov.

A one pouke u žitiju Antonijevu... Čitav, ogroman, novi, do sad neviđeni svet iziđe pred oči mladićeve. I on zanesen, zbunjen mnogobrojnim novim pojmovima, značajnim mislima, zanimljivim faktima, samo bludi očima i pita se u čudu: „Šta je ovo?... Gle, odista šta je ovo?..."

Ovo će žitije naučiti napamet, tako je odmah odlučio u sebi. Jer ne vredi ga samo pročitati pa zaboraviti... Treba znati celo, kao *Očenaš*...

A Makarijevo... čudo! čudo!... U zrelim godinama roditelji mu se razdvajaju, dobrom voljom, i idu u manastir. Posle duga vremena, anđeo naređuje ocu Makarijevu da se opet sastavi sa ženom, i posle ovoga rađa se Makarije... Ali njegova ženidba, to je nešto!... Kamo danas takvih djevstvenika!... Kad ga svedoše, prve noći po venčanju, u ložnicu sa ženom, Makarije se pretvori da ga obuze nekakva bolest *i ne kosnuvsja nevjestje, čist izide ot loža...*

„To je junak!", misli Ljubomir. „Tako bih i ja radio... Ona na jednu, ja na drugu stranu, pa tako dok ne svane... A Vasilijan i ovi drugi ne bi. He, drugo su oni!..."

Pa stupanje Makarijevo u inoke... pa onaj strašni događaj zbog trudne devojke, koja obeđuje Makarija u grehu... Kad se samo čita, hoće čovek da poludi, a kako li je bilo izdržati... Gomile naroda, zakrvavljenih očiju, zapenušenih od zlobe usta, vuku vezana pravednika kroz selo, bijući ga, pljujući, čupajući mu kose, gazeći ga nogama i vičući: *Sej mnih oskverni djevicu našu!*... Ali Bog ne dopušta sotoni da se smeje dalje nad pravednikom... devojka, u porođajnim mukama, prokazuje pravog krivca, a Makarije se udaljuje u goru Nitrejsku i nastavlja asketski život, kao i učitelj njegov Antonije...

Sveća, uspravno prilepljena za sto, dogorela i plamen lagano nagoreva suvu masnu dasku; počinje se razvijati po sobi dim, sve više i više, a Ljubomir gleda u žutu čađavu tavanicu, ne mrda očima i ne trepće, samo mu se po licu često razleva neka svetla, nadzemaljska vedrina i radost, i onda se one male zelenkaste oči skupe, i kroz njih se vidi vedra, vesela duša...

Ljubomir se sasvim promenio: drukčije mu i držanje, izgled, govor, sve, sve... Kad mu što drugovi govore, gleda ih nekako blago i u isto vreme, rekao bi, zabrinuto, na licu mu vazda igra neki svečan pobožan izgled. Pred kaluđerima je veoma učtiv, poslušan i pobožan. Sam nikada ne počinje razgovor, osim ako ima što zapitati. Odgovara na pitanja kratko, i uvek gleda da se ukloni od razgovora. Kad momci i đaci počnu pred njim govoriti o ženskima, on uzdahne i, s velikom tugom na srcu, ukloni se od onih, koje sotona ima u svojoj vlasti.

A tetka već jasno vidi, da je Ljubomir otvoreno izbegava. Čim se ona gde pojavi, on se odmah nađe u poslu i okrene joj leđa. Ona opaža da je mladić ne mrzi, ali je se boji, kao nečega strašnog i opakog, kao da ona nosi sobom smrt i proklestvo.

Jedared, potom, dođe tetkin muž, kao obično, s kolima i vrećama. Tetka se, po običaju, durnu, stade praskati i psovati nekoga po kujni (a bila je sama). Muž joj, neki prost i dobar, blesast seljak, staraše se samo da se što bolje napune vreće, torbe, kačice sa žitom, varivom, smokom i drugim kućnim potrebama. Ljubomir se naslonio na doksat pa, iako je već nekoliko puta gledao ove iste prizore, sad mu sve dođe kao novo, kao da ovo prvi put gleda... Ne oseti ni kad iguman projuri pored njega i, po običaju, pobeže u knjižnicu, gde će lupkati prstima po debelim tomovima crkvenih knjiga, razgledati uramljene likove starih manastirskih arhimandrita, važnijih vladika i drugih znamenitih lica i, pevušeći poluglasno, prisluškivati šta se čini napolju. To je jedina prilika kad iguman sasvim omekne, uplaši se i stane od straha pevati, što inače nikad ne čini...

Kad bi sve gotovo, nasuto, napunjeno, zavezano, seljak bojažljivo priđe kuhinjskim vratima i, promolivši samo glavu, progovori nekakvim zamrznutim glasom:

— Stoja neće više da nas pere... deca idu kao...

Iz kuhinje zagrmi vrisak, prasak... Seljak odjapi vrata, okrete se bojažljivo i pođe natrag, mašući glavom, kao da se nečemu čudi ili nekom preti.

— Kao da ih je Turkinja rodila, a nije ona! — govoraše on, prolazeći pored Ljubomira.

Krcnuše puna kola, izvukoše ih iz dvorišta; u manastiru odmah nastade mir. Tetka, još crvena od ljutine, iziđe i nasloni se na doksat blizu Ljubomira. Velimir taman htede da joj objasni koliko je čega izdao, kad se Ljubomir odjednom ispravi i pruži desnu ruku na tetku: obrazi mu prebledeše, dođoše kao mrtvački, a oči sevnuše nekom nejasnom zlobom i uzbuđenjem. On viknu nekim novim, jasnim, deklamatorskim glasom, koji odjekivaše hodnikom:

— Sotono, u tebi je pakao!... Kamo ti deca, što si ih rodila... i čovek?... Šta to činiš!... Pokaj se, dok ima vremena... Bog će oprostiti...

Đaci se okamenili, zinuli pa samo trepću; tetka se samo poluobbrnula k njemu, a ostala onako naslonjena na doksat, raširila oči pa gleda... A iguman taman poumio da iziđe i otvorio vrata, kad se razleže Ljubomirov glas... Iguman suknu natrag iznenađen i uplašen, krsteći se i mrmljajući:

— Časni ga!... 'Natema ga!...

Tetka se odjednom zaplaka, zajeca pa pobeže u kuhinju. Ljubomir se, čim ovo ugleda, povrati, dođe k sebi i uplaši se, ni sam ne zna od čega. On pođe lagano sa doksata. Velimir viknu za njim:

— Jesi lud!... Šta ti je?

A Ljubomir, posle ovog uzvika, odjednom zasija očima a po licu mu se razli neizmerno blaženo zadovoljstvo. Gledajući nekud u daljinu, primičući se drugovima, on prozbori:

— Idem po stopama Gospodnjim. I On je karao grešnike...

I đaci načiniše lica, kao što beše malopre igumanovo, gotovi da se prekrste i da uzviknu, kao i on: časni ga!...

XVI

Već su počele one dugotrajne, dosadne jesenje kiše. Drveće požutelo, lišće mu se slepilo od mnoge vode, oklembesilo se tromo, pa kunja i cedi sa sebe kaplju po kaplju, koja pada na mokru zemlju. Ptice se ne čuju; vrane izgledaju odvratne onako otrcane sa svojim ukvašenim perjem. U šumi tajac: umire ovo ogromno, gusto, zelenožuto čudovište, zagušilo se, pa ne diše, ne trepće... nema ni konvulsije predsmrtne, nego će mirno, tiho da se ugasi, da umre... da bi opet na proleće oživelo... Zato, pst!... Ne remetimo nemi, večni, beskrajni mir!...

Kroz šumu nešto lagano šuška. Koraci se sve više primiču stenovitu kršu, koji se, usred šume, izdigao u vis za nekoliko stotina metara, obrastao šipražjem i kržljavim drvećem. Oko njega neprestano oblećú orlovi i jastrebovi, te svojim zloslutim piskom oživljuju ovo sumorno i tajanstveno mesto. Na sredini krša zjapi veliki ulaz u mračnu pećinu, ispod koga duboko, duboko dole, veselo žubori, skakuće preko kamičaka i sleva se u virove manastirska rečica.

Blizu pećine, iz gustog šipražja izvuče se Ljubomir i stade. Pogled mu je sasvim jasan, otvoren i priseban. On razgleda, i, vidi se, razgleda pažljivo sve oko sebe. Oslušnu kako reka žubori, strese se od kapljica koje mu padaju za vrat i pogleda mračan otvor na pećini. Mahnu rukom preko vlažna čela i opet pogleda oko sebe...

„Ovakvu zgodu nije imao Antonije", reče on u sebi. „Tamo je, kažu, kamenita ravnica, a ovo — gledaj!... Znao je naš sv. Sava šta će izabrati za isposnicu... O Bože, da li se smem usuditi ja grešnik, da se nastanim u onom istom mestu, u kome je pomalo boravio tvoj veliki svetitelj?..."

Sa velikim, pobožnim strahom, Ljubomir priđe k samom ulasku, ali se opet obrte šumi i zagleda se nekud...

Učini mu se da siđe pred njega neko novo, do sad neviđeno biće, odjednom se spoji sa njegovom dušom i on stade osećati nekako drukčije... nije kao do sad.

„Šta je ovo!... Kud idem ja?... Je li to baš *ono*, prâvo, o čemu sam toliko mislio? Ili može biti nije to, nego ima nešto drugo... Otac... kako 'no reče kad pođoh... eh!... A iguman u podrumu... kaže: batali!... A o sv. Spiridonu Trimitinskom piše: *sočetasja zakonomu braku i otec djetem bist*, pa se opet posvetio!... A Makarijeve roditelje sam anđeo sastavlja na zajedničku ložnicu... Živeli ljudi u narodu 'nako... kô svi drugi ljudi, pa se opet posvetili... Šta je to... kako ću sad?..."

Mladić uzdrhta od straha što ga sad obuze. Učini mu se da stupa na tako užasan put, koji će ga upropastiti, jer će mu navući na glavu prokletstvo roditeljsko i božje. On sede na ulasku pećine i zaplaka se gorko, gledajući nemoćno u natušteno sumorno nebo, kao da otud traži pomoći i razjašnjenja u ovome zapletenom sklopu crnih misli... A iz neba samo sipi i kaplje hladna maglovita vlaga, koja se meša sa vrelim i bistrim kapljicama, što teku iz njegovih očiju...

Suza za suzom teče i sleva se niz mladićevo lice, olakšavajući lagano paučinastom, vazdušastom rukom teški bol i strah, što leže odjednom na dušu njegovu. I kad se sit isplaka, oseti da mu je dobro i da se polako vraća prijatna toplina, koja se počinje razlivati po njemu... Pa nije baš ni tako mračno... gle, svetli se pred očima. I ima nešto prijatno, čega sad treba da se seti...

„Jest... Antonije! Posle onakvog života, kakvu je slavu dočekao!... Pa Makarije... Pavle Tivejski... Timotije Pustinožitelj... pa ona dva brata Teodor i Teofan... svi veliki inoci i, što je najglavnije, djevstvenici!... Nijedan se nije prelastio ženskom lepotom i grešnom požudom... Ima ih na stotine, koji su sledovali za Antonijem, i svi su završili život čisti i nevini, kao od majke rođeni, i svi se posvetili. Nikog nije povuklo srce u svet, kao 'no što priča iguman u podrumu, nego su svi bežali od sveta i njegovih užasnih grehova... Pa šta je ovo, šta ono beše malopre?!... Sotona... lukavi sotona uvukao se u moju dušu, a ja slab, strašljiv, ne znađah nego se podadoh vlasti njegovoj!"

— Dalje, nečastivi!... — uzvikuje mladić sa pobožnom odlučnošću, ustaje i ulazi u pećinu, krsteći se i šapućući molitve, koje je Antonije imao običaj izgovarati.

Kresnu spremljenu žižicu, upali voštanicu i prilepi je na onom drugom užem kraju pećine, gde behu zarezani u steni neki krstovi i jedna udubena niša sa ravnom pločicom, za koju se priča, da je služila sv. Savi kao presto.

Ljubomir je ulazio u ovu pećinu nekoliko puta, jednom sa Nikolom i Velimirom. Mesto je udaljeno od manastira samo pola časa, taman kao i Antonijevo prvo prebivalište. Posle... kad se već pročuje u narodu njegov pravedni asketski život i kad svet nagrne sa sviju strana, onda će se udaljiti u kakvu pustinju, ili veliku šumu, ili tako nešto...

Poneo je dosta nagorelih voštanih svećica, tamnjana, žižica. Hoće dobro da okadi i osvetli pećinu, da mu zamiriše tamnjanom i voskom kao prava crkva, pa posle, kad se pećina izmeni, neće ni vatre ložiti. Za jelo nije poneo ništa, a i ne treba mu zasad. Antonije i drugi inoci po nekoliko dana nisu ništa okusili, pa zar ne može i on tako? A posle?... Lako je za to... Zar nije Gospod kazao: ne brinite se za sutra, šta ćete jesti... zar nije Antonije zbog tih reči prodao celo imanje, i posle živeo po njima cela života!...

Kad je naložio vatru, dobro okadio pećinu i razgledao sa zapaljenom voštanicom svaki kutak pećine, video gde će se moliti Bogu, gde će spavati — onda se obrte oko sebe i kao da se zapita:

— A šta ću sad?...

Ovi neznatni poslovi u pećini, poremetiše mu dosadanje oduševljeno-pobožno raspoloženje, i on, kao svaki ko je svršio jedan veći posao, sede kraj vatre, promotri neke tamne krajeve pećine sasvim običnim ravnodušnim pogledom i zagleda se u plamičak, koji se nemoćno, zagušen dimom, lelujao i lagano gasio. Ljubomir dometnu suva granja, iako je vatru naložio jedino s razloga: da ima na čemu okaditi pećinu, iako je, među ostalim njegovim zavetima, kad se odlučivao da pobegne u pećinu, bio i taj: da ne loži vatre radi svoga tela... Ali napolju je tako tamno i vlažno, pećina je tako hladna, a on je tako mlad i neiskusan, zbunjen i preplašen svima svojim poslednjim postupcima, da bi, po svoj prilici, predveče morao bežati iz ovoga hladna, strašna mraka, da nije ovog svetlog plamena, što mu dušu razgaljuje...

Plamen se previja i liže, vatra šušti i bukće, a mladi usamljenik gleda u zažareno svetlo treperenje ognja; i što više gleda kako vrele žiške odsjajkuju, sevaju i prelivaju se — sve više mu se vraća pređašnje pobožno raspoloženje, u očima se sve više gubi onaj obični smisao, duša mu se sve više podaje pobožnoj, asketskoj ekstazi...

Uveče, kad obuze mrak i inače mračnu gustu šumu, kad se kroz hladnu vlagu razli ono tajanstveno šumsko večernje brujanje, pećina beše mračna i užasna... Na protivnom kraju od ulaska, tamo uz maleni izdubeni presto, na kome stajahu neke stare crkvene knjige, što ih monasi ostavljahu za celivanje posetiocima, osvetljen slabačkim plamenom voštanice, tako slabim, da ne prodiraše dalje od njega, klečaše Ljubomir, naslonjen rukama na presto, govoreći glasno crkvene molitve, koje je znao napamet.

Očitao je do sad ravno sedamnaest puta *Pomiluj me, Bože*... To je najlepša, najzanosnija i najpobožnija hrišćanska molitva... dugačka je veoma, a što je čitalac bolje razume, što se više udubljuje u njen smisao, sve bi je više čitao...

— Gle: *u grehu se začeh i u grehu me rodi mati moja...* — govori Ljubomir glasno, oduševljeno, kao da nekome preti, sa velikom milinom na srcu pada zemlji i dohvati čelom hladni pod... Ta ove su mu molitvene reči najbolji odgovor na današnju sumnju i potvrda njegovoj potonjoj odluci... Zato ih ponavlja sa velikom milinom i zanosom, i onda mu srce dođe tako puno, u grudima ga zadiše nekakvo radosno raspoloženje, i on se guši, grca od navale osećanja...

Odlučio je da ovako provede celu noć; kad se voštanica ugasi, on će u mraku, drugu neće paliti... Izjutra, u svanuće, umiće se na reci, pa će opet nastaviti neprekidne molitve, čitajući ih iz one stare irmologije i časlovca... I tako će sve, dok mu Bog dade snage...

Dakle, počelo je!...

XVII

Iguman se uznemirio, prepao se i naljutio se, pa ne zna koje je osećanje veće: da li se treba više plašiti ili ljutiti. Po hodniku grmi njegov glas, a pod odječe od potkovanih cokula. Sve trešti...

— Taj će pokaluđeriti ceo svet!... — grmi on i plahovito duva i šmrkće širokim nozdrvama. — Pozvaće i kočijaše, i kuvare, i vodeničare, i čobane manastirske, i sve će zakaluđeriti.

U taj mah tetka iziđe i ispljusnu čistu vodu iz nekakve ćase, pa pođe opet natrag.

— I tebe, i tebe će zakaluđeriti!... — dreknu iguman zlobno, kao da mu je tetka kriva. — Skinuće ti suknju i natući anteriju... hoće on!... Boji se da nam se seme ne utre, ovako krasnim gotovanima, izelicama... — i on izređa još desetinu ovakvih i gorih epiteta.

— Puna mi kuća gotovana, besposličara, a on hoće još. Ne pita može li to manastir podneti, ne pita treba li, nego daj!... Misli da će se posvetiti, što upropašćuje toliku mladež.

Iguman je u nezgodi zbog pismanceta, koje mu sad doneše iz grada. Na malom, minijaturnom, belom parčencetu hartije, sa poznatim mu krstićem na vrhu, našarana su samo četiri redića, rukom samog velikog vladike.

*U nedelju služićemo službu u Kragujevcu. Zakaluđerite najstarijeg đaka i dovedite da ga rukopoložimo. Na Ljubomira pazite otečeski*, stajalo je lakonski u tome neočekivanom pismu.

Zašto se iguman ljuti, videli smo; a plaši se zbog ove napomene o Ljubomiru. Pre dvadesetinu dana on je, hoteći se pohvaliti, ponovo pisao vladici o Ljubomiru, o njegovoj neobičnoj pobožnosti, čitanju žitija, i kao čak se žalio malo na preteranu pobožnost, koja mu stvara neprilike. On je znao, da vladika živi i diše samo kaluđerstvom, da u tome pitanju kod njega nema mere ni razloga...

A Ljubomira, pre dva dana, nestalo iz manastira. Razaslao je da ga traže na sve strane, ali od njega još nikakva glasa. Ko sme sad izići vladici na oči s takvim glasom!...

Dovoljno razloga, da drhće ne samo hodnik, no i celo dvorište od igumanove psovke...

— Zovi Velimira!

Mara iziđe i povuče zvonce jedared. Morala je triput, u razmacima, ponoviti ovakvo zvonjenje, dok se Velimir pojavi. Beše se jako zaduvao od naglog trčanja. Priđe igumanu i, kao obično, stade pred njega, očekujući zapovest.

— Da se kaluđeriš!... sutra! — odseče iguman ljutito.

Velimir raširi oči, ukoči se i učini mu se kao da odjednom upade u nekakav drugi, mračan i užasan svet... I kako to bi... kad se to svrši, tako odjedanput!... I kako beše divno u onom svetu! A zar se ne može natrag?...

„Šta je to!... da kaluđere... mene!?...", sevnu mu odjednom kroz glavu, i on pojmi svu strahotu i važnost igumanove reči. „Crna rasa!... A ona?... a život?..."

— Aha! — iskašlja se zbunjen đak, mahnu rukavom preko nosa i htede još što tako sitno učiniti, ali ne znade šta bi i nemade kad, jer iguman stoji pred njim, odbijajući ustima čitave oblake duvanskog dima i gledajući buljavim, strašnim, ljutim očima, šta će mu ovo uplašeno „derište" reći.

— Molio bih ponizno, ako može, da se razmislim do mraka... — slabim, uplašenim glasom prošapta Velimir.

— Do mraka!... Njemu bi do mraka, a onaj tamo čeka u nedelju... Znaš li da prekosutra treba ići, da se đakoniš!

Velimir se još više opusti, izgubi se od straha... „Ovo nema šale!... Kud ću sad?...” On otvori usta i dosta odlučnim glasom, koji čak i njega sama začudi, progovori:

— To mi treba... da otrčim do kuće...

— Znam ja tvoju kuću — odgovori jetko iguman. — Naposletku... nazor se niko ne posveti, a Švaba će jedva dočekati. Idi!

Nikolu je iguman, kad mu je bio u volji, zvao Švabom, jer je došao iz „švapske države”.

Velimir se okrete i, sve u trku, odjuri uz manastirsku reku, pored onih čestih malih vodeničica, čija ga klepala veselo dočekivahu i ispraćahu. Za njim šušti i pršti voda iz pune bukve, gudi potmulo vodenično kamenje, a on preskače odjaže, juri kaljavim putem, ne videći nikoga, ne čujući kako za njim uzvikuju veseli pomeljari:

— Eve ga!... Ugrejali mu štapovi debela mesa!...

— Čučni u vir!

— Otperja do vrh Šturca!

— Ala veze, sinju li mu!... kâ ovo moje kolo! — završuje vodeničar.

Divna, mlada kao rosna kapljica, nežna i prijatna kao cvetak, šesnaestogodišnja devojčica, kći jednog osrednjeg poštenog domaćina, stajaše uz Velimira, naslonjena na vrljike, zaklonjena gustim trnjakom, kroz koji se provlačila ograda. Ona često podizaše rukav očima, te otiraše suze, koje joj jednako kapahu. Velimir stoji pognut, zagledao se u zemlju, kao da tamo traži razjašnjenje svojoj nenadnoj nevolji...

I naredba igumanova, i okolnosti, prilike... sve je tako jasno, da ne ostavlja mesta razmišljanju. Nego: ili-ili!

— Ne marim toliko za sve drugo — zbori devojče kroz suze. — Ogrešiću se o roditelje, ali moram, da ne bih tebe izgubila...

Velimir joj stište ruku i pogleda zahvalno u oči joj. To nije više onaj odlučni, trezveni i okretni mladić, kakav je Velimir među drugovima u manastiru. Ne, sad je pitom, nežan, plašljiv, neodlučan, sasvim, sasvim drugi!...

— Ali me je strah za posle... Šta ćemo i kuda ćemo? Ako se sastavimo, ti ne možeš ostati u manastiru. Opet moramo tvojoj kući, pa... po božjem zakonu!...

— More znam to... Nego samo da me ne istera sad, dok ne vidim sa stričevima za imanje, eto to je... A posle je lako...

— Onda... reci mu da ne možeš zasad, pa šta bude.

— A ako me izjuri?...

— Baš si ti neki... — planu devojče i htede nešto neprijatno Velimiru reći, ali je on brzo utiša i rukama i rečima:

— Dobro, dobro... Evo odoh. Kazaću mu da neću, pa šta bude... Zbogom. Sutra ću ti javiti.

Devojče ostade naslonjeno na čatal, gledajući za mladićem, koji joj zauzeo celu dušu, pa ne može da misli ni o čemu drugom, evo već skoro cela godina. A sad... kakav se ovo sad oluj sprema! I dođe iznenada, kad niko nije ni mislio...

A njih dvoje i inače nisu ni o čem mislili. Oni se predadoše čistoj, nevinoj, skoro detinjskoj ljubavi, koja ih sve više zbližavaše. Česti sastanci prolažahu, a oni sve više osećahu, da ne mogu jedno bez drugog. A nijedno od njih ne pomisli: kako će to da bude naposletku?... Velimir se sprema za kaluđera... jer je đak manastirski. Istina, on ima svoga imanja, ali to još nije odeljeno od stričeva.

Sve to, što je trebalo ranije misliti, devojka sad, ovako preplašena i iznenađena, proturi kroz glavu, i, ne predviđajući ništa dobro, osim muke, unapred, uzviknu sama sebi glasno: „Ej,crna Vido!”, i lagano se krenu kući.

Opet grmi i trešti igumanov glas po hodniku. Samo je iguman sad drukčiji. Na glavi mu nova, od venecijanske kadife, kamilavka; kosa marljivo uglađena i raščešljana, pa se sad ne vitlaju oni grubi grguravi perčini oko očiju mu. Na njemu je široka crna rasa od teške svile, ruskoga kroja, sa širokim, crveno postavljenim i posuvraćenim rukavima. Ispod rase, kad se iguman naglo okrene, te se crveno postavljeni krajevi rase rašire, vidi se širok crven pojas od svilena ripsa, koji se lepo preliva u one previjene pruge, što liče na čamovinu. U jednoj mu ruci debeo crvenkastožućkast trskovak sa drškom od bele izvijene kosti i zlatnom kićankom; oko iste ruke su omotane velike ćilibarske brojanice sa krupnim, kao golubije jaje, zrnima, a drugom drži muštiklu, iz koje sukću gusti dimovi.

Iguman je pri putu; sve je gotovo, samo da sedne u kola, koja ga čekaju u dvorištu, ali se njemu ne seda. On psuje, trešti, proklinje čas kad je primio u manastir „šašava zanesenjaka", te mu sad zagorčava dane, grdi „onoga" ko mu prvi pomenu da ga primi (čuvši ovo, tetka ga, ne izlazeći iz kuhinje, zalepi masnim odgovorom), šmrkće i često pogleda ukoso, naokriške, u jedno mesto, gde stoji nepomično neka crna prilika.

Na kraju hodnika, kao prilepljen uz duvar, prenimio se, previo se, ogrnut širokom, masnom, skinutom sa igumanovih leđa rasom, sa natučenom do ušiju prostom kamilavkom na glavi, onaj veseli i uslužni mladić, koji se do sinoć zvao Nikola, a noćas iziđe iz crkve kao inok Nićifor. Upotrebio je svu urođenu i nasleđenu veštinu da svoje lice i držanje tako udesi, kako će što bolje ličiti na sveca. Nije on to činio radi igumana, jer zna da se ovaj „kurjak" ne vara lako. Pred njim se on samo načinio preplašen, i kad god bi ga iguman ispod očiju pogledao, starao se da mu zadrhće široki rukav rase. A „prepodobno" lice spremao je i udešavao naročito za vladiku. Čuo je on šta se vladici dopada, a bojao se pomalo da ga ne vrate, što nije zakaluđeren po čredi.

„Ta načiniću se, Bogo... kao prepodobni Makarije! A posle... ho, maj... ala će da se živi!... Velimira ću uzeti da mi usprema sobu... neka zna ko mu je gospodin, kad mu se dopada biti sluga", misli u sebi novopečeni monah i ne ispušta iz očiju svaki pokret igumanov.

A iguman svaki čas pogleda na manje vratnice manastirske, otud od reke, zagleda u časovnik i šmrkće plahovito. Već je peti dan kako nema Ljubomira; jutros mu javiše iz krajnje vodenice, da se vidi nekakav dim kod Savine isposnice. Poslao je i momke i kaluđere da razgledaju pećinu, da prokrstare celu šumu, neće li ga naći. Vreme bi bilo da mu se već jave... odocniće za put.

Odjednom se zacrni i zašareni neobična gomila na malim vratnicama. U sredini ujarmljena dva vola, okolo njih kaluđeri i seljani. Vidi se, po stupcima, da ne vuku cela kola, nego samo dvokolicu. Iguman se raširi na sredini hodnika i stade gledati zaprepašćeno u gomilu, koja se lagano primicaše.

— Umro!... nesrećnik! — ote mu se plašljiv i sumnjiv uzvik.

Nićifor pretrča hodnik, nasloni se na stub i stade, takođe uplašenim očima, gledati kako se crne nekakvi kaljavi dronjci na krivaji, kako se tresu i ljuškaju, kao da ima u njima nešto teško. Gomila stade i rasklopi se ispred hodnika...

Na krivaji, uglavljenoj u dvokolice, presamićen preko prednjeg jastuka, kao dugačka vrećica, okrenut glavom rudi, kao mrtav leži Ljubomir. Skidoše ga i položiše na pod u hodniku. Za to vreme Vasilijan glasno priča igumanu kako su ga našli.

— Leži tako pod prestolom, presamitio se kao mrtvac... Pipamo ga rukama —hladan kao led... Daj, rekoh, da ga skinemo do reke... Teško, bolan!... jedva živi siđosmo. Te daj, rekoh, jedne dvokolice ispred vodenice.

— Dobro te samo vi, kaluđeri, ostaste živi! Grdna li zora potegoste! — uzvikuje iguman ljutito i ironično. — On mi priča kako je savijao svoja leđa, a ne kaže je li živo dete!... — Iguman kresnu grubu seljačku psovku i saže se nad Ljubomirom.

— Živ je, oče Savo, živ!... Slušao sam ja! — veli Arsenije.

Tetka raskopča i gotovo skide sve gornje dronjke Ljubomirove, dade šumaru staklence najljuće rakije da ga trlja njome po grudima, a ona mu punu čašicu iste rakije prinese ustima. Rade kočijaš, vešt tome poslu, izvadi nož i, razmaknuvši usnice prstima, nožem razmače malo jako stisnute zube mladićeve. Tetka sruči lagano celu čašu. Rade izmače nož...

Odjednom se Ljubomirove grudi trgoše, on se jako zakašlja, iz usta mu prsnu rakija i on nemoćno, lagano otvori oči i bolno pogleda oko sebe. Najpre mu pogled beše nesvestan, a posle, lagano, dobivaše sve više smisla, dok se naposletku ne zaustavi plašljivo na igumanu.

— Sad rakiju!... Celu čašu! — viknu iguman.

— Dignite mu glavu! — reče tetka i prinese punu čašu pomodrelim zapečenim usnama bonikovim. Ljubomir, pogledavši strogo igumanovo lice, poslušno ispi rakiju i, ugledavši Nićifora u ovom crnom odelu, zaustavi oči na njemu i gledaše ga začuđeno...

„I iguman je drukčije obučen, i Nikola drukčije izgleda... kaluđerski... I ja sam drukčiji i sve je sad drugo... Sve je onako, kako sam ono ja mislio, i sve je u redu... kako treba da bude. Samo — ovaj pogled igumanov!... Ali ja ne marim...", misli Ljubomir teško uzdišući.

— Gde si bio?... Šta je to!... — surovo zapita iguman Ljubomira, gledajući ga pravo u oči.

Ljubomir htede sakriti oči od toga pogleda, ali beše tako okrenut, da nije mogao u stranu pogledati. On uzdahnu i htede propustiti igumanovo pitanje, odgovarajući mu pogledom, koji je glasio: vidiš sam... što me pitaš! Ali iguman ne beše raspoložen za nežna izlivanja, nego podviknu:

— Govori, gade!... Zadržao si me od puta, te neću biti na dočeku vladike. Šta mi tu...

Ljubomir se plašljivo podiže, i sedeći, oborene glave, slabim no odlučnim glasom progovori:

— Išao sam za stopama Antonija Velikog, Makarija Egipatskog i dru...

Iguman ga ne sačeka da dovrši. Kao čovek, koji je našao ono što je tražio ili očekivao, uzviknu sa nekim polusmehom:

— Kažem ja... u svece hoće!... — pa se odjednom žustro osvrte i priviknu. — Kola!

Kočijaš izleti iz hodnika, Nićifor se uspravi, uznemiri se, ljudi se raskloniše, propuštajući igumana, koji se osvrte tetki:

— Na postelju, pa samo mleka, mleka... ništa drugo. Dva-tri dana tako...

Tetka klimnu glavom prkosno, kao da bi htela reći: ene, slave ti!... A ja baš to nisam znala! i pođe Ljubomiru.

Iguman, kao svaki krivac, dosećajući se uzroku tetkine ljutnje, iziđe na dvorište i sede na kola.

— Sedaj! — viknu on Nićiforu, uzmičući se malo udesno.

Novi inok voleo je trpeti mnoge muke ovog sveta, nego sesti uz igumana. On se zbunjeno, preplašeno preturi preko lotre, i sede baš uz samu levču, ne mareći što će mu ona odbiti levo bedro. Ova mu počast izgledaše mnogo neobičnija od sinoćnjeg kaluđerenja. Kola zvrknuše preko kamenja, i za jedan mig izleteše kroz velike usvođene vratnice... Tetka, kaluđeri, momci, pa čak i oni seljaci dahnuše dušom slobodno...

Tetka odvede Ljubomira u sobu, a Vasilijanu dade ključ podrumski, da iznese rakije, nek se posluže ljudi...

Posle jednog časa, kad ostadoše sasvim sami, kaluđeri se rasplinuše, kao vosak na ilinskom suncu... Bože, slobodni!... i to možda za čitavu nedelju dana... možda i više! Pa se sme raditi šta ko hoće: spavaj dokle hoćeš, idi kud god te srce vuče, jedi i pij što god hoćeš!...

Nema ni črede, ni jutrenja, ništa... Tetka gleda kuću, polje, čak i o nuriji vodi brigu, a oni će svak na svoju stranu, za svojim poslom...

I momci veseli; niko se ne žuri na posao. Ili gledaju da rano površe što imaju, pa se i oni nekud dignu, nestane ih, kao u maglu. Čobani zatvore stoku čim sunce malo odskoči, pa i njih nestane, i ne sećaju se jadne, gladne i žedne stoke do samog mraka. Šumar zametne pušku za leđa, pa ode u deveto selo... Vodeničari zamole pomeljare, da pripaze na kamenje, pa ih nema u vodenici dok god se ne čuje da se iguman vratio... Sve se raspasalo, rastegnulo, pa ne može sito da se nadiše slobodna vazduha...

Tetka grdi, psuje, naročito momke. Ali momci znaju da je tetka dobra, da je ta grdnja tek samo „radi vorme" i da nije baš ni njoj samoj nepravo dahnuti dušom slobodnije „kao svaki živ dvonožac"...

I Velimir veseo. Srećno prođe opasnost: iguman ne mrdnu ni glavom, kad mu on saopšti svoju odluku. Beše i raspoložen toga trenutka onako, kad je čoveku svejedno, ma šta se dogodilo. Samo mahnu glavom i reče: „Hoće Švaba, hoće!... Taj će jedva dočekati", i ućuta. I nije se prevario. A Velimir sad slobodan. Može ići tamo kad god hoće, i opet će mu ostati dosta vremena, da se nađe oko tetke. Sad je sav posao spao na nju, treba joj pomoći. A bogme... trebaće i njemu njena zaštita...

XVIII

U manastiru velika, davno neviđena gozba. Sva pratnja vladičina, posle povratka „Gospodinova" u rezidenciju mu, nagrnula je na manastirsku trpezu, kao jato čavaka na zrelu kukuruznu njivu. Tu je naš poznanik, prota Spira, sa nekoliko popova i đakona iz rezidencije, tu okružni prota sa desetinom popova iz grada i okoline, tu dva igumana iz bližih manastira, tu dvadesetina činovnika i trgovaca iz grada, sve oprobani prijatelji oca Save, tu se privukli i oni obični gosti, nazvani loncolizi, ali bez onoga što je „njegovo carstvo" i što mu je uvređena „čest". Svi su zaseli za bogatu sofru sa punim uverenjem, da svojim prisustvom čine veliku ljubav novoproizvedenom arhimandritu ocu Savi, i sa tvrdom namerom: da se ne dignu od sofre dokle se uzmogu živi držati...

Valja se dobro naplatiti za zlatan arhimandritski krst, koji se blista na — trbuhu oca Save. Svaki vrlo ozbiljno smatra arhimandrita kao pravog dužnika, i stara se savesno da naplati svoj dug. A novi arhimandrit, prizivajući u sebi sve sotone na glave ovih bezazornih, dobro naoštrenih za jelo i piće, gostiju, ljubazno, veselo, rekao bi puna srca, nudi goste đakonijama, starajući se zbiljski, da svaki ode iz ove kuće zadovoljan, presićen svima ponudama, kojima manastir raspolaže.

Svi su kaluđeri i đaci na nogama; snuju, trče, donose i odnose jela i pića, poslužuju, sipaju i bojažljivo pogledaju na veselo lice arhimandritovo u začelju. Ocu Nićiforu, novom jeromonahu, namestili nalonju u jedan ugao i stavili ga da tu čita glasno žitija svetih. Prota okružni, malo ironično, smešeći se, napomenu ocu Savi:

— Ako vam je to redovan običaj — nećemo kvariti red; ako li je radi nas — batali!...

Arhimandrit mrdnu očima, nalonju ukloniše, a Nićifor se pridruži poslušnicima. U toku obeda Sava prikaza Ljubomira gostima oko sebe. Svi su znali za poslednji događaj u isposnici, jer su to i vladika i otac Sava revnosno rastrubili. Vladika — iz istinite radosti i oduševljenja, što će skoro dobiti prava, neobična kaluđera, a otac Sava je pričao o tome iz sebičnih razloga: nek se vidi kakve kaluđere sprema Sava u svom manastiru! Svi gledaju Ljubomira, kao što se gleda u menažeriji kakva neviđena i nečuvena dotle retkost.

Ljubomir vidi da služi gostima za predmet naročite pažnje, ali se on ne osvrće na to. Sa onim istim zabrinuto pobožnim, blaženim izrazom lica, služi on goste, dižući ili doneseći sudove, gledajući samo u ono što radi, čime je zauzet. Ne dođe mu ni na um da se pogordi tolikom pažnjom važnih ljudi, jer se seća kolike su gomile naroda pratile Antonija Velikog... A on je već u sebi zamislio, da je počeo isto onako kao i Antonije. Pećina, molitve, pa i sama kušanja sotonska... sve je isto. I njemu su, trećeg dana, kad je već sasvim obezvijao od gladi, stale izlaziti pred oči razne sablažnjive slike, koje je sotona stvarao... Čas mu dođe susedina sluškinja iz Beograda, pa ga tapka po ramenima i vuče u sobu sa nekim novim, sladostrasnim izrazom na licu; čas mu se Mira stane prevrtati pred očima i derati jarca, a on sad sasvim drukčije gleda u pokrete njenih nogu, nije kao pre... I još mnogo drugih i mnogo sablažnjivijih sotonskih kušanja...

— E-e... — oteže okružni proto. — Vidi se što je rođeno za drugi svet!

Iguman Uspenskog manastira, sa ironično-pakosnim izrazom, podmigujući onom drugom sabratu, smešeći se i poluglasno, da ne bi čuo ko od posluge, napomenu:

— Ama da li je to baš onako... oče arhimandrite, ono istinsko podviženije?... Hoću reći, ovaj... da nema tu, onaj... kako da vam kažem... Znate... Valjevci su prepredeni...

Arhimandrit planu i viknu glasno, ne dajući igumanu da dovrši:

— Oče igumane, kažem opet: ovo dete pet dana nije ništa okusilo i doneseno je mrtvo u manastir. Neka vam obećaju vladičanstvo... pa ako izdržite i tri dana kao on, neka me bace u... — iguman izgovori nepristojnu reč. — Dela! Izvol'te oče!... — dreknu on i žile slepoočne počeše mu odskakati. Vi bar znate zašto biste se mučili, a on... — Iguman još jače povika — on gubi, gubi!... postaje večiti rob!

— Kaluđerska posla!... Zavist!... — završi otac Sava, plahovito šmrknuvši nozdrvama.

Otac Spira, brzo i vešto, sa onim velikovaroškim i, ako hoćete, pridvornim taktom umiri zavađenu bratiju, ponovivši mišljenje i reči Gospodinove, o tome događaju, koje su bile autoritetne za sve goste, pa unekoliko i za nepoverljive igumane. Tek oba se igumana pogledaše značajno i kao da očima govore jedan drugom: mrtav, nije nego... Gle kako je zadrigô, cipov gejački!... Sve je to maslo ovog matorog ugursuza, da dobije arhimandritstvo.

Jedan profesor zovnu Ljubomira, prebaci mu ruku preko ramena, i laganim polušapatom zapita ga:

— Kaži mi... mali: kako ti je bilo trećeg i četvrtog dana, kad nisi ništa jeo?

Ljubomir obori glavu i, onako starinski, potulji oči stidljivo.

— Tss... 'nako... — promuca stidljivo.

— Kako?... to bih baš hteo da mi kažeš. Jesi li osećao glad? Je li te to mučilo?...

Ljubomir ne dizaše glave, ne odgovori ništa, očekujući da će njegovo ćutanje napomenuti gostu, da se takve stvari ne pričaju. Ali se gost zainteresovao jako, pa hoće da čuje odgovor. On pribegnu širetluku:

— Ili si ti to onako samo udesio... — oteže on, naročito ne izgovarajući celu rečenicu.

Ljubomir brzo diže glavu i pogleda ga pravo u oči; u tom pogledu beše tako mnogo nemog prekora i istine, da gost beše prinuđen oboriti glavu. Ali ga opet zapita:

— Ili se možda stidiš, pa ne smeš da pričaš kako je bilo!...

Ljubomir se seti Hristovih reči: *ko se postidi mene... i ja ću se postideti njega u carstvu Oca mojega*, pa odjednom sevnu očima i gotovo glasno odgovori dosadnom gostu:

— Da se stidim!... Išao sam za stopama Gospoda našeg, Spasitelja i njegovih velikih ugodnika... Zar je to sramota?!

Gost pogleda začuđeno okolna lica, koji su mogli čuti odgovor, kao da od njih traži razjašnjenja o ovom novom, nepoznatom mu do sad učenju. Ali sva lica behu takođe začuđena nenadnim i neobičnim rečima mladićevim; samo jedan ozbiljan, sredovečan gospodin, koji je neprestano ćutao i ponekad se smeškao kakvoj šali što padne pri razgovoru, mahnu glavom sa odobravanjem, i u očima mu se zasvetli radost, kao da je pronašao kakvu važnu novost.

— Kako ti to ideš za stopama Spasiteljevim?... Šta će to, upravo reći? — nastavi profesor.

Ljubomir ga pogleda pažljivo, kao da će reći: da li je ovaj lud, ili se samo pravi, pa mu, bez predomišljanja odgovori:

— Vršim sve njegove zapovesti, živim kao što su živeli njegovi veliki ugodnici...

— Znam, znam... — prekide ga gost nestrpljivo. — Ali kakav je to život, kako to ti živiš... da li i mi tako živimo?

— Jok, vi ne živite... Treba se odreći svega: i oca i majke, rodbine, imanja... sve to ostaviti, pa se udaljiti od sveta...

— A žive li tako ovi tvoji kaluđeri? — prekide ga profesor polušapatom.

Otac Sava opazi da je Ljubomir pao u nekakvu nezgodu, pa viknu blago, ali dosta ozbiljno:

— Jokoviću, ostavi to dete. Gledaj ti tvoje travuljine... tamo u školi, a ovde se samo pije.

Opet kucnuše čaše, otpeva se jedna crkvena pesma i svi gosti odjednom, kao po komandi, izdigoše lica naviše, gledajući u tavan, slevajući u usta neko mirisno staro manastirsko vino...

Izređane su davno sve zdravice, zvanične i nezvanične, prijateljske i šaljive, sunce već zašlo i arhimandrit naredio da se spreme svećnjaci, a gosti još jedu i piju, kao da su tek počeli. Kroz prozorče se jednako provlače dugački sudovi sa čitavim „kršem" raznovrsna pečenja: prasećeg, pilećeg, telećeg... pa se tu žute i prelivaju sa rumenom, masnom koricom dobro ukljukane ćurke i guske, pa neke mlade debele plovčice pržene na kajmaku, pa svakih pola časa zapurnjaju se i zamirišu tanjiri sa tek ispečenom, masnom, dobro zakajmačenom, od bela i crna brašna gibanicom... Pa doleću često oni seoski „kolačići" umešeni s jajima, isprženi na masti, što ih gospoda varoška zovu uštipcima... A Velimir se sav zajapurio, vukući s časnim ocem Nićiforom vino u kantama, i zavodnjio očima sa starim drugom, natežući u podrumu istom kantom, onako đački...

Veselje teče burno i, kao što obično biva, sve više se gubi takt uljudnosti, umerenosti... Svaki se oseća ispunjen, kao električna baterija, nekim veselim oduševljenim osećanjem, pa bi hteo taj napor čas pre, na svoj način, ne osvrćući se ni na koga, i ne mareći ni za čije mišljenje, ispustiti, dati mu oduške u živom govoru, pesmi, igri, svađi... naravno — svaki po svome temperamentu...

Jedan profesor izgovori šaljivu zdravicu: napomenu, kako se u manastiru čuva nekakva tridesetogodišnja relikvija, koju bi sad trebalo izneti pred goste, a govornik će razjasniti njen arheološki značaj.

Sava, smešeći se, mrdnu očima tetki, koja, kroz prozorče, slušaše kako se gospoda šale i kako govore nekakve reči, koje niko ne razume (tako se bar njoj čini) a svi se smeju... Ali kad arhimandrit naredi da se menjaju čaše i boce, ona se odmah doseti o čemu je govoreno.

Pred goste namestiše poslušnici nekoliko boca tamnobelog, neobična izgleda, vina. Arhimandrit se zadovoljno smeška. Milo mu što sami gosti zatražiše ovo nekoliko boca, koje će mu spasti čitavo krdo stoke, da ne bude noćas poklana i pečena. Da je sam izneo ovo vino, sutra bi se svi na njega ljutili.

Oba protojereja i igumani, kao iskusni ljudi, izjaviše da ne bi trebalo još na to prelaziti...

— Ima vremena... tamo posle ponoći — završi okružni proto, grickajući i sišući lagano s pravim gastronomskim uživanjem i velikom veštinom, masnu ćurčiju trticu, koja se, na njegovu sreću, bila zaturila među batacima, a on je nekako iznenadno nabode viljuškom.

Ali gosti iz grada, kod kojih se većinom svi pojmovi o manastiru i znanje o manastirskom životu svode na kakvo retko, neobično staro vino; kojima upravo, čim se pomene manastir, odmah zamiriše u nosu staro vino, oni graknuše složno da se relikvija iznese odmah, i održaše pobedu. Gospoda oci probahu onako „ispod žita" da nastave piti dosadanje vino, ali ih prisiliše na poštovanje većine i njenih odluka.

— Naposletku... u društvu se i kaluđer ženi — veli otac Spira, smešeći se na dva mlađa igumana, koji odjednom počeše gladiti i sukati brke.

Ne prođoše nekoliko minuta posle prve čaše tridesetogodišnjaka, a onaj ozbiljni gospodin, koga većina gostiju počešće pogledaše s pažnjom i poštovanjem, odjednom se razveseli. Najpre mu se ovlažiše i zasijaše krupne, crne oči, pa se stade smešiti na svakoga, ko ga slučajno pogleda. Posle stade svojim susedima nešto živo objašnjavati ili dokazivati, pa onda zamaha rukama po vazduhu, dajući na znanje da želi govoriti... Neko lupnu viljuškom o čašu, neko zašikta ustima, te se gosti umiriše. Svi se učiniše kao da vrlo pažljivo slušaju, iako su se mnogi ljutili na govornika, jer se pred njima puše tek isprženi uštipci, koji će se ohladiti dok on svrši, a nije red jesti ili piti u ovakvoj prilici.

Gospodin poče lagano, iznajpre zaplećući se, zastajkujući da smisli izraz, pa sve slobodnije i jasnije, dugačak govor o našim manastirima, za koji bi se pre reklo da je javno predavanje no zdravica.

Kod gostiju se iznajpre opažaše dosada na one olinjale, hiljadama puta, bez ikakva osnova, ponovljene fraze o značaju srpskih manastira, koje govornik, kao uvod, napomenu.

Ali im se odmah po uvodu lica razvedriše, i oni stadoše slušati pažljivo.

Gost objasni potrebu, koja izazva pojavu prvih hrišćanskih manastira na istoku. Živim, umetničkim bojama ocrta tip prvih „podvižnika" i prvih samostana, pokaza suštinu, cilj i bitne osobine inočkog, kaluđerskog života.

— Ko se oblači u ovu crnu rasu, gospodo, taj se najstrašnijim zavetima zaklinje Bogu živome, da će sledovati, do smrti svoje, rečima raspetog Spasitelja: *ko hoće da ide za mnom, neka uzme krst moj... neka ostavi kuću, i braću, i sestre, i oca, i mater, i ženu, i decu... nek proda sve imanje i razda milostinju sirotinji...* A nositi krst Hristov znači: imati veru u Oca nebesnog, kakvu je On imao, činiti dobra bližnjemu i žrtvovati se za njega, kao što se On za sve nas žrtvovao... znači upravo odreći se sebe sama — svog fizičkog života — i predati se celim bićem dobru bližnjih i spasenju duše svoje...

Arhimandrit šmrknu nestrpljivo, ne krijući dosadu što je osećaše. Igumani se značajno pogledaše i, samim krajevima očiju, nasmešiše.

A govornik, ne gledajući ni u koga, stade pričati o postanku srpskih manastira, o delima Nemanjića i potonjih vladalaca i vlastele srpske, o namerama njihovim, koje su imali pred očima, podižući mnogobrojne manastire. Izređa dosta opširno, navodeći primere, kako su srpski inoci revnosno i s velikim pregnućem radili u istoj svrsi s kojom su i osnovani manastiri. Pomenu ogromne zasluge potonjih monaha za vreme robovanja i oslobođenja srpskog...

Monasi se odobrovoljili, raskravili se i gledaju pobednički, s nekom gordom sujetom, kao da je svaki od njih pravi Hadži-Đera, pa samo slušaju ono, što im po zasluzi pripada...

Ali govornik obrte list... Najcrnjim, najužasnijim bojama stade crtati savremene monahe i manastire, osvetljujući grozne crteže mnogobrojnim, većini dobro poznatim, primerima, objašnjenjima, opisima... Najobičnije pojave manastirske, na koje se već svaki Srbin navikao gledati kao na „običnu stvar", on rasvetli u svezi sa naukom Hristovom, sa životom pređašnjih monaha, sa ustavom manastirskim, otkrivajući sav užas propasti morala, vere, pobožnosti... Govor beše tako iznenadno-strahotan, tako gromovito-ubedljiv i odlučan, da svi monasi, i oni što sede, i oni što slušaju, stoje kao prikovani za mesto, kao čovek, koji očekuje poslednji mig, kad će ga udariti podignuti malj... samo otvori usta, raširi oči i gleda...

— Manastiri, kakvi su danas — uzviknu govornik još jače — ne trebaju nam, njih treba ukinuti, jer su nam od štete... Oni, tj. ne manastiri, nego oni što žive u njima, upropašćuju nam čednost i poštenje u narodu, te najdragocenije osobine stare srpske kuće, ubijaju pobožnost u narodu, služe kao leglo...

— Da se ukinu! da se unište! — privikaše i prekidoše govornika neki, kojima je grlo veoma zasušilo u toku duge besede.

— Da se ukinu! — uzviknu i govornik, promuklim glasom, gledajući vlažnim očima oko sebe.

— A vera?!... — progovori arhimandrit iznenadno, kao posle tvrda spavanja.

— Šta, vera? — pita gost.

— Šta ćemo s verom, velim?... Ko će nju da čuva, kad ukinemo manastire?

— Ha-ha-ha... — nasmeja se govornik iz sveg srca. — Zar vi čuvate veru... vi?!...

— A vi se ne stidite u ovome... kako 'no rekoste, leglu... da se dobro napijete, pa onako... posle stara vina, da grdite ovo leglo...

— U vinu je istina! — viknu onaj profesor „travuljar", dižući od stola zanesenu glavu.

— Vidite... — poče uvredljivim tonom jedan iguman. — Ova ista kuća, koju vi dušmanski grdite, očuvala je tridesetogodišnje vino, od koga ste se vi, samo od jedne čaše... razveselili. Pokažite nam makar jednog domaćina u Srbiji, koji bi tako isto...

— A šta ćete posle, gospodine, sa ovolikim imanjem — viknu jedan građanin, koji ne imađaše strpljenja sačekati kraj igumanova razgovora. — Posle, kad ukinemo manastire.

— Podići ćemo sanatorijume, bolnice, ugledne privredne škole... sve ono, što nosi tip humanitarni i kulturno-privredni... To im i jeste glavna svrha, koju im nameniše uzvišeni osnivači i pobožni priložnici... kad već nema koga da otaljava onu najglavniju verois-povednu svrhu...

— A kud ćeš ovolike kaluđere?

— Dao bih im sve ovčarske i kablarske manastire, pa nek se u onoj divljoj, strašnoj lepoti prirodnoj mole Bogu za svoje grešne duše, neka žive onako, kako onaj mladić reče malopre da treba živeti: kao Antonije, Makarije i drugi ugodnici.

Arhimandrit se uozbilji, kao da ništa nije okusio. Ironično pogleda na onu stranu, gde seđaše gost, pa, ne gledajući ni u koga, veselim glasom progovori:

— Kakvi svatovi, onakva i mlada; kakvo selo, onakvi kmetovi... Ukoliko nam vi ličite na prve hrišćane, utoliko i mi na prve kaluđere... Kakav ste vi Onisifor... onaj iz Pavlove poslanice, takav sam i ja Antonije...

— A u Rusiji su kaluđeri — pravi sveci!

— Takav im je i narod, nije čudo!... — odgovori arhimandrit, pa se odjednom prenu. — Ama šta mi sad započinjemo politiku, kad treba samo piti. Deco, točite... svi ste zadremali.

Od gostiju niko se ne maši čaše: svaki se presitio, pa sad gleda samo, da se još sit nagovori ili napeva... Počeše se ređati najslobodnije šale, doskočice, pesme... Kaluđeri, koji se behu sklonili u kuhinju da s tetkom četvrti put „užinaju", dotrčaše i stadoše, sa đacima, ljubopitno posmatrati i slušati kako se vesele prava gospoda. Kao divljaci, koji nigda nisu videli grada, gledahu oni ovaj drugi, gospodski narod u novim mu, za njih, okolnostima i položaju...

„Kako umeju da se vesele!", misle kaluđeri. „Polako, srkući i sláži tavan po tavan, pa piju ceo dan... Umeju da uživaju u jelu i piću... A mi... istresi okenjaču, pa si gotov začas!..."

A Ljubomir, naslušavši se dovoljno gospodske šale i smeha, ode u svoju sobu, leže na postelju i stade umorno gledati po mračnoj sobi... U glavi mu čitav haos, pa vri... Ona ga beseda o kaluđerima zanese, otvori mu oči i on stade gledati na svoju odluku o životu svesno, razumljivo, kao čovek, koji potpuno zna ne samo šta hoće, nego i zašto tako hoće. A Savin odgovor raspoloži ga, da na život i postupke svoje bratije gleda mnogo blaže no do sad. On se odmah pokaja što je tetku, ono pre, uvredio... On drži da imaju pravo i onaj gospodin i otac Sava, samo govor prvoga odnosi na sebe, a odgovor Savin na sve kaluđere...

„A kako se vesele!", pređe on odjednom sa mislima. Zagleda se u onaj mrak, a u glavi mu se ponoviše sve maloprešnje slike veselja... pesma, priča, šala, smeh... On zažmuri i kao da se krije od koga, pomisli u sebi: „To je život, moj brate!...", ali se brzo trže, setivši se da je to kušanje.

XIX

Prve nedelje po Vavedenju desio se tako lep dan, kakav se viđa samo u avgustu. Arhimandrit zorom otputova u grad, što je značilo da će se zabaviti najmanje dva dana. Bratija beše voljna „dahnuti dušom” odmah, ali je bilo mnogo prečih poslova. Čredni, otac Maksim, požuri se sa liturgijom, ali narod navali na pričešće u tako velikom broju, da se monasi uplašiše, kako će podmiriti ovoliki svet. Arsenije i Vasilijan, a posle i Nićifor, cele službe primahu pobožni svet na ispovest, ograničavajući se samo mrmljanjem skraćene oproštajne molitve, ne pitajući nikoga za grehe, ako se ko sam ne javi. Nićifor se, poneki put, pri ispovesti kakve sredovečne žene, odjednom sav zacrveni i ubrzanim, uplašenim glasom prošapće:

— Dobro, dobro!... Idi!... idi!...

Za jedan i po čas odiđe sav narod pričešćen, a kaluđeri kidisaše, te čitaše molitve, krstiše i površiše sve poslove, koji su ih čekali. Tetka već spremila ručak te, kako se dobro nahraniše, svi se, po običaju, rasturiše.

Maksim uzjaha konja, a to se već znalo kuda će. Njegova je „štacija” dosta daleko. Arsenije reče da će u šumu, radi nekakvog jesenjeg lekovitog korenja, ali još od kapije obrte na drugu stranu. Vasilijana je vuklo srce na dve strane: hteo je i on malo do potesa, ali ga vuče u sobu „nova simpatija”, u obliku jednog grubog kalupa za kamilavke i gotovog sašivenog luba, od debele hartije, koji se, već nekoliko dana, gladi, kvasi i suši...

Otac Vasilijan imao je običaj, kao i mnogi ljudi, zavoleti kakvu stvar, životinju, posao, i sav se predati zabavi ili poslu oko nje. Kad je došao Ljubomir, beše se zauzeo jednim malim, dežmekastim i rundavim ovčarskim štenetom. Obesi o rame jednu staru manastirsku, deset oka tešku, garabiljčinu, povede svoga belova, koji se jedva za njim valjuška, prevrće i skiči, pa ide tako po šumi, s praznom puškom, zamišljajući sebe u raznim riter-sko-romantičnim okolnostima. Kod kuće, po ceo dan, uči štene človiti na zadnjim nogama; ali pošto je neobična pseća debljina isključivala svaku pomisao na kakav bilo uspeh u tome preduzeću, ono brzo dosadi ocu Vasilijanu. On prenese svu svoju pažnju na jednog mladog, tek projahanog, ždrebaka, i odluči se da ga, pošto-poto, nauči ravan. Ali mu jedan hitac nogom nestašna ždrepca umalo ne odnese bedro, i on ostavi konje, pa se stade zanimati bušenjem cipunova. Leti vodenice prestadoše mleti, i on, ne nalazeći brze primene svojoj veštini, a i vrućina nekako baš ne raspolaže čoveka na tako teže radove, te on sve do sad ostade pobrkan u svojim simpatijama, ne računajući tu onu crnpurastu sitnoglavu ženicu, prema kojoj su njegove simpatije vazda bile stalne — kad god mu je ona pred očima...

Sad se otac Vasilijan sav predao veštini praviti kamilavke. Do sad je načinio jednu sebi, a sad je preduzeo, da, po nekoj novoj metodi, izradi i Nićiforu. Lub je gotov, samo da se pokrije pamukom i crnim kašmirom; jutros mu doneše kašmir iz grada, i sad ga veoma zanima kako li će izgledati ovaj grubi lub, kad se pokrije mekim lepim kašmirom. Ali muka je — nedeljom se ne radi... Obrta okoreli lub, onako s kalupom, proba da namesti platno preko njega pa, naposletku, ostavi sve i ode u potes, noseći na ramenu veliku budžu, jer nije voleo tumarati po polju bez oružja...

Otac Nićifor uze svoju omiljenu praćku i ode uz potok, kupeći usput oble šljunke i gađajući vrapce i senice. To mu je, kako se za-kaluđerio, jedina zabava. U gradu je, dok se bavio sa arhimandritom, kupio dobra lastika i čim se vratio, napravio dve praćke: jednu od lastika sa rakljastim drvetom, i nju je upotrebljavao isključivo u dvorištu manastirskom protiv mnogobrojnih vrabaca, i drugu od kanapa, dugačku, pastirsku, kao ona što je ubila Golijata. Sa njom je provodio čitave dane, vitlajući je i hitajući oblo kamenje u zrak, ili gađajući svrake, čavke i druge krupnije štetočine. Sad će, tako lagano, gađajući usput senice, do svoje nove „simpatije", jer otkad se zakaluđeri, kidisaše oko njega žene i devojke, stadoše ga loviti, te mu ni na um ne dođe njegova stara, beskorisna, iskrena prijateljica... Ah, kaluđersko je srce tako nezahvalno, tako sebično i, kako veli Lj. Vuličević, *hladno, kao ledeno mramorje oltarsko*!...

Ljubomir se već beše odlučno uputio u svoju sobu, gde je mislio provesti oba dana u čitanju knjiga, što ih dobi od arhimandrita. Ali ga Velimir, lepim rečima, pridobi za svoju nameru: da se, po običaju, zajedno odšetaju „tamo gore", što je značilo do Vidina sela. Ljubomir je obično ostajao pod jednom ugnutom stenom, na kraju šume, tu s najvećim zadovoljstvom sedeo, mislio, sanjao, po nekoliko časova, dok se ne vrati veseo Velimir. On je na Velimirove odnose i namere s Vidom gledao sa snishodljivim sažaljenjem — što ne znaju u čemu se sastoji prava naslada života, ali je čistotu njihove odluke veoma uvažavao.

„I to je, doduše, po božjem zakonu", rekao bi Ljubomir, „ali tek... tek... nije ono pravo".

Drugovi, u živom razgovoru o budućnosti, dođoše do ugnute stene, sedoše na debeo sloj meka suva lišća i nastaviše započetu prepirku. Obojica behu saglasni, da je Velimirov postupak daleko pošteniji od postupaka sviju kaluđera. Ali Ljubomir ipak osuđivaše taj postupak, tvrdeći da bi Velimir mogao biti pravi kaluđer.

— Ala bih ti ja bio isposnik, moj bane, kad samo o njoj mislim! Danju, noću... jednako!...

— Čini ti se... Kad bi samo pročitao žitije Makarija Egipatskog, kako je on proveo celu noć, u jednoj sobi...

— Znam, pričao si — nasmeja se Velimir. — Ja bih mogao tako, ali prvo da me dobro uvežu konopcima... a, bogme, i nju!...

— Khh... ihi-hi... — začu se iza stene zagušeno žensko smejanje, kao kad se neko uzaludno uzdržava od smeha.

Ljubomir samo pogleda preplašeno, a Velimir skoči i zađe za stenu.

— A-a!... — oteže on radosnim glasom, kao da je našao sve što je tražio. — Zar vi tako... iz zasede!...

Kikot se produži još jače i zatim, kao po nečijem znaku, lišće zašušta i pred uzneverena Ljubomira stade Vida sa jednom, njenih godina, isto tako lepom, samo malo razvijenijom i slobodnijom devojkom. One se još smejahu, gledajući radoznalo Ljubomira, o kome su se, po celoj manastirskoj okolini, naročito među ženskim svetom, pričale najčudnije bajke. A Ljubomir, zverajući oko sebe plašljivo, kao zec koga su kerovi sagnali u ugao, gledaše samo kako bi se mogao izvući ispred ove nenadne sablazni. On se podiže i, onako ispod očiju, pogleda šarenu tkanu suknju sa zelenkastom, išaranom kupljenom keceljom, koja stajaše skoro uz sama njegova kolena.

— Je li ovo taj... Ljubomir? — zapita, smešeći se, Vidina druga.

Velimir klimnu glavom, gledajući radoznalo, šta će vragolasto devojče učiniti.

— Je li ono ti hoćeš u svece? — zapita devojka sa podsmehom, gledajući ga đavolastim, nemirno-smešljivim pogledom.

Ljubomira uvredi ovaj ton razgovora. On se htede uzdržati i prećutati, ali ne beše još dorastao velikim strpljivim inocima, nego planu:

— Jă... Kad ti budeš carica, i ja ću onda u svece!

— Što?... Ti si pobegô iz manastira, molio se u isposnici do mrtve glave... pa zar to nije svetački?

— Tako treba da radi svaki čovek... ko želi dobra svojoj duši — odgovori Ljubomir uzbuđeno.

— Zar i mi, devojke?

— Svi!... Tako se radilo u stara vremena.

— More... — oteže devojka đavolasto — lepše je nama 'vako stajati i... kô jedna mladina, šaliti se. Zar je za nas isposnica! Ha-ha-ha!... — zasmeja se ona i lagano, pažljivo, bojeći se da ne uvredi Ljubomira, gurnu ga prstima u rame.

Đak se strese od ovog neočekivanog dodira, koji izazva u njegovim nervima čitavu struju nekakve nove, nepoznate mu do sad topline ili zime... ni sam ne zna čega, tek nešto prozuja kroz njega i on uvuče vrat u ramena. Ovo sad nije onako, kao kad se jakao sa Mirom i Milkom... Onda nije ništa mario kad ga one stegnu svojim ručicama, a sad, gle: samo ga dohvati prstima!...

„Što li je to?...", misli Ljubomir, i lagano, krišom, podiže očne kapke ispod nadvijenih veđa i posmatra ovo punačko, jedro lice, po kome se viđahu podignute bledunjave malje, naježene od jesenje svežine. „Baš lepa!... A kako je đavolasta!..."

On ne opazi, kad se Velimir i Vida izmakoše, samo odjednom vide da su njih dvoje, on i ova devojčica, sami, da ga ona nekako strašno gleda, i da mu nije nemio taj pogled. On opazi čak da mu je milo što ih ostaviše same, i nikako ne može sad da mu dođe u glavu: zašto bi mu to bilo nepravo? Obuzet onom električnom toplinom ili zebnjom, on se samo stresa pod navalom nekih novih osećanja i zbunjeno gleda u one jasne plave oči, koje ga čudno gledaju...

— Kako ti je ime? — zapita on drhteći i čudeći se tolikoj svojoj smelosti.

— Jovanka. A što pitaš, kad ti to ne treba?... Ti bežiš od nas!...

— Jok, more... — promuca Ljubomir, saginjući glavu. — Eto, stojim s tobom.

— Odista, zar nećeš od mene bežati? — zapita devojče veoma živo, i htede ga pogledati pravo u oči, ali on opet obori glavu.

— Neću! — odgovori on odlučno.

Iznenađena ovakvim odgovorom, Jovanka se skoro naže na njega, i gurnu ga lagano prstom u čelo, da bi je pogledao pravo u oči... Devojka ne može dovoljno da se načudi: onaj isti, koga su pre nekoliko nedelja izvukli polumrtva iz isposnice, o kome se priča da sav miriše na tamnjan i da se već upola posvetio, on stoji uz nju i ovako joj govori! Ona bezrazložna, urođena ženska ljubopitnost, koja je podjednako razvijena i u selu i gradu, podstače je da produži započetu igru. Ne misleći mnogo da li je to baš u redu, devojka podiže svoju jedru, oblu, pocrvenelu ruku, u tankom, širokom, vezenom rukavu, i nasloni je na Ljubomirovo rame. Oboje se toga trenutka pogledaše...

Sevnuše munje u njihovim očima, Ljubomir se sav strese i već se povede... naže se k njoj, oseti njen dah i blizinu njena tela... i opet joj pogleda u oči... Preplašen, iznenađen, detinji pogled beše upravljen na njega...

„A zavet!?...", sevnu mu u glavi strašna slika svoga greha i on odskoči od devojke kao ožežen. Pogleda uplašeno, zbunjeno oko sebe, pa se okrete, i odjednom, ne govoreći ništa, iz sve snage, jurnu kroz proređeno štrkljasto bučje, krsteći se neprekidno i šapućući molitve... Lišće šušti, prevrće se i izbija u vis pod udarcima njegovih opanaka, suho granje pucka i krši se, a Ljubomiru se čini, da za njim lete čitavi legioni nečastive sile, i on se još jače upinje, trči, preskače, juri, ne gledajući gde gazi...

„Sveti Pahomije, Antonije, Makarije, Pavle Tivejski... i svi veliki ugodnici božji, smilujte se meni okorelom, smradnom grešniku...", izgovara u mislima isprekidanu molitvu zamoreni begunac, jer već ne može ni šaputati...

XX

Prošla je godina od dolaska Ljubomirova u manastir. Zimus, nekako pred Božić, premestiše oca Maksima u jedno veće, udaljeno bratstvo. Posle, po Novoj godini, dođe iguman siromašnog Preobraženskog manastira, koji je u susednom okrugu, da prosi hrane i drugih potreba za svoj ubogi samostan. Iguman, sa svojim đakom Đokom, fruškogorskim pitomcem, kao i sam što je, dotera, upravo dovuče jedno polumrtvo, mršavo kljuse, upregnuto u taljižice, na koje je iguman, na većoj nizbrdici sedao, a Đoka ih, odupirući o rudu, lagano puštao i pridržavao. Arhimandritu se veoma dopade snažan i lep glas Đokin, koji na opšte zadovoljstvo otpeva večernje sa Nićiforom. Arhimandrit se nešto razgovori sa Marom, i sutradan, kad se ostareli iguman, dočekan potpuno kaluđerski, kako se već i sam nadao, stade osvrtati za đakom i spremati za polazak, javiše mu najpre da je đaka nestalo, a posle mu Velimir, krijući se da ga ne opaze, saopšti da Đoka ostaje ovde. Starac se uplaši: kako će sam odvući kola — kljuse nije davalo nikakve nade — pa sa suzama zamoli, da mu dadu momka u pomoć do njegova samostana. Ali, momci se behu svi razišli...

Tako Ljubomir dobi mlađeg druga, ali se ne htede, kao Nićifor, koristiti pravom starešinstva, nego zamoli arhimandrita za dozvolu, da i dalje vrši svoj crkvenjački posao.

Još se uvede jedna novost u manastiru. Arhimandrit, od decembra, stade držati kaluđerima i đacima redovna predavanja iz liturgike i pomalo iz dogmatike. Veliki je zor bio, koji ga na taj korak prinudi. Vladika, rukopolažući Nićifora, opazi slučajno da ovaj nema ni pojma o crkvenim najprostijim pitanjima. Arhimandrit je već, na ranijoj liturgiji, na kojoj se Nićifor đakonio, dobio proizvodstvo. Vladika ga, u prvoj vatri ljutnje, grubo izgrdi i pripreti mu, da će ga na proleće, kad dođe u manastir, ako zateče ovakve neznalice, smesta izjuriti... Zato se jadni otac Sava, svako drugo veče, nenaviknut na umni rad, znoji, stenje, krha, proklinje, grmi i — predaje bogoslovsku nauku... A po jedno veče zanimaju se crkvenim pevanjem i uče se pravilno vršiti liturgiju i druge sveštene radnje.

Pred Božić se arhimandrit nečemu doseti. „More...", promrmlja on u sebi, „kad će ti on ovamo doći! Samo me plaši!... Onoga tunjavca treba naučiti dobro, njega će pitati zacelo... O-o-oh!..." Otac Sava s takvom nasladom predahnu, kao da odjednom spade sa njega ceo Šturac. „Nema više robovanja!... Opet da se pije, i samo 'nako... da se gleda u maglu!..."

Od tog srećnog dana prestadoše predavanja sasvim, a Ljubomir dobi i namesti na svoj sto sve Savine udžbenike, štampane i pisane, iz bogoslovije.

— Znaš... — reći će arhimandrit Ljubomiru — ja vidim da ti voliš čitati. A tu ti je, brajko, sve napisano mnogo bolje, nego što ja umem kazati. Pa sad gledaj... nauči sve...

Posle nekoliko nedelja, na svoju veliku i neopisanu radost, otac Sava opazi, da ne samo Ljubomir, no i svi kaluđeri, znaju prilično objasniti celu liturgiju. Učeći sebe, oduševljen novinom pročitanih objašnjenja, Ljubomir je odmah pričao svima šta je pročitao. Otac Sava, stade, naravno krišom, lebdeti nad svojim dragocenim „tunjavcem"...

„Tako će on njih, duše mi, i dogmatiku i, može biti, samo pastirsko... pa redom!", uzvikuje u sebi arhimandrit. „A ja potegoh uzalud onoliki zor! Ha-ha-ha!... Izvol'te sad, gospodin-vladiko!..."

Arhimandritovo proricanje ostvari se doslovce. Ljubomir je dobro naučio, a i drugove upoznao sa važnijim stvarima, koje treba da zna svako svešteno lice. Samo sa crkvenim pevanjem ostade nazadan: još nije znao okrenuti prvi glas...

U februaru Ljubomir dobi pismo od oca. Piše brat Svejo u ime očevo, kori ga što je tako tvrda srca, pa zaboravi svoju kuću, rodbinu, sve... Slučajno su, veli, doznali gde je, preko nekog Svetozarevog druga, učitelja iz okoline manastirske. Opisuje mu se, onim biranim, seljačkim, tužbaličkim izrazima, žudnja i tuga cele rodbine za njim, ponavlja mu se ranija molba: ako može, nek se ne kaluđeri... I, naposletku, otac mu opširno opisuje svoje žalosno stanje i naređuje mu, da odmah pošlje svu dosadanju uštedu, jer će morati prodati Belavku za prošlogodišnji porez.

Dešava se čoveku, naročito zimi na kakvom naoblačenom, vlažnom danu, kad je sav vazduh ispunjen nekom nemom tugom i crnom turobnošću, da mu odjednom sve onemili, da počne sasvim drugim očima gledati na svoj život i na sve... Svi dotadanji ideali izgledaju ništavni, smešni... Ljubav se čini žalosnom obmanom, oz-biljan rad — uzaludnom besposlicom, uzvišene težnje — glupom detinjarijom... I Ljubomir, toga dana, kad dobi pismo, beše u sličnom raspoloženju.

„Šta hoće ovi od mene, i šta ovo radim ja ovde?!...", zapita se on odjednom, pošto pročita pismo, kao da sad tek prvi put uviđa, da ne zna sam šta to čini ovde.

Tamna, teška, valovita tuga, kao plahovit povodanj, obuze mlada iskušenika, poplavi ga svega i prodre mu u svaki živac, u svaki atom što oseća... Ah, ala je sve pred njim crno, pusto, strahovito!...

I ovi mu pišu samo zbog novaca, on to zna, inače ga se još zadugo ne bi setili. I za kaluđerenje već popuštaju... I sve one žalostivne reči u pismu, koje su, on zna, celim skupom, seli i izmišljali, sve su prazne, samo onako... opet radi novaca... Sve je to sebično, ništavno, prosto!... I ovo njegovo bavljenje ovde zašto je, radi čega?... Zapita se, i obuze ga grozničava jeza, kad oseti da se i nad onim zavetnim, davno sređenim i osvetljenim idealima navukla ona ista crna, teška tamnina, sa koje mu ceo život postade prazan, ništavan.

„Da se ide odavde!", dođe mu odjednom u glavu, i on odmah oseti, kako je ovde sve tako strašno, tako užasno... A tamo... tamo napred, mora biti da je sve drukčije, svetlije, radosnije... Ljubomir oseti da se guši u ovoj turobnoj samoći, nešto ga priteže, ne da mu disati... A on je tako rad drugom životu... jer ovaj ubija, ništi... I rad bi dahnuti slobodno, punim grudima... Ah, života!... U svet!... Tamo, tamo!...

Skoči kao pomaman sa postelje, osvrte se oko sebe uzvereno i odjedanput, sasvim slučajno, pade mu pogled na krupne crne redove u otvorenoj knjizi, koju je još jutros čitao: *Uzmite jaram moj na sebe, i naučite se od mene; jer sam ja krotak i smeran u srcu, i naći ćete pokoj dušama svojima. Jer je jaram moj blag, i breme je moje lako...*

Šta je ovo sad?!... Ne razlazi se ona crna tamnina, što ga je omotala, i srce mu još ledeno, i sve je oko njega tamno, kao što je i bilo... I tuga mu se još svija na duši, ali gle: ovo je sad nekakva drukčija, toplija, svetlija, no jača tuga... Jer evo, sad živo oseća, kako mu se, pod uticajem ovih utešnih Spasiteljevih reči, sve menja pred očima... postaje tužno i blago, kao što su blage ove reči... I u grlu ga sve jače zadavljuje, i usne mu se razvlače... On plače gorko, neutešno, očajno...

I opet, sa nekim setnim, tužnim i ujedno blaženim osećanjem pobožna zadovoljstva, Ljubomir lagano uvlači vrat u ovaj „laki jaram", i oseća da se vraća sve isto, kako je i pre bilo... I svi pređašnji snovi i namere postaju uzvišeni i dragoceni, kao što behu pre ovog nenadnog, čudnog plamena, što odjednom buknu... I ona živa, vatrena žudnja za slobodom, za svetom, ugasi se isto onako, odjedared, kao što i poniče... Samo ostade jedna žudnja u njemu, koja sad beše jača od sviju: „Ah, kad će jednom biti kraj tome teškom kušanju!...”

XXI

Arhimandrit po drugi put pročita odlučno, u ljutini napisano, vladičino pismo, u kome mu se po treći put naređuje: da Ljubomira istog dana, kad primi pismo, smesta zakaluđeri i da ga odmah potom uputi k njemu radi posvećenja.

Otac Sava se počeša iza uha i u sebi promrmlja: „Nije vajde... više se ne može vrdati!... Bar posle da gledam, da uklonimo Arsenija...” Pa, onako u hodu, otvori vrata od Ljubomirove ćelije, koju mu je zimus ustupio i, hrknuvši svojim jakim grlom, progovori, gledajući iznenađena Ljubomira blago:

— Došlo od vladike — i on mahnu belom savijenom hartijicom pred sobom — da se večeras kaluđeriš.

Iako je svakog časa očekivao ovu vest, iako mu je to davnašnja zavetna želja, iako već odavno živi pravim isposničkim životom, Ljubomir se prepade na ove reči. On pogleda bojažljivo oca Savu i htede nešto reći, ali mu zastade reč u grlu... „Došlo!... Baš danas?... Ne može biti!... Je li to sija sunce odistine... ili je sve ovo san?...”, pomisli Ljubomir i napreže se da zadrži suze.

Nije se mladić uplašio kaluđerstva, kao Velimir, što mu je žao dosadanjeg života. Ne. On se uplašio same ove iznenadne pojave, samog fakta: da će on, koji šesnaest godina živi odmereno, jednim istim, mladićskim životom, kroz nekoliko časova postati sasvim drugi... biće od njega nešto novo. I njega plaši sama ta novina, koja odjednom menja sve... I, što je glavno, plaši ga ono „breme lako", što ga uzima na sebe... Žudeo za tim, i sad ga sve to plaši!...

Da li ste videli srećna, vesela mladića, koji je mesecima ili godinama nosio burnu, mladićsku, iskrenu ljubav u srcu svome prema obožavanoj devojci, kako grozničavo stupa stazicom, na kojoj će naći svoju draganu i na kojoj će se reći poslednja reč?... Mirišu, zanose crvenkaste majske ružice, treperi i opija raznobojni šeboj, leluja se grančica mirte nad klupicom i sunce veselo odsjajkuje i preliva se... On je stavio pitanje, i čini mu se da je izložen kocki ceo život mu... Čeka povoljan odgovor, kao jedini smisao života... „Da!", šapuće ona plašljivo, srećno, stidljivo... Dolaze njeni roditelji; blagosiljaju i gledaju nekako veselo-svečano... „A-a!... šta ovo bi?!...", budi se odjednom iz zanosa srećni mladoženja, i jasno oseća da se nešto sa njim svršilo, da je on prešao preko nekakve granice, koja je odvajala njegov život od nekakva druga, nepoznata mu života, da će zbog toga od sad sve biti drukčije, novo... U očekivanju toga nepoznatoga, njega obuzima neka sveža, hladovinasta jeza...

I Ljubomir se prepao od te nepoznate mu novine, zaprepastio se... Ali mu, sasvim slučajno, odjednom dođe u glavu jedna sitna, praktična misao, koju on, da bi se povratio, glasno izgovori:

— Danas!... A haljine?

— Hm... Nadam se ja, sinko, ovome kolaču odavno. Sve je spremno — odgovori Sava odsečno i htede zatvoriti vrata.

— Bar večeras... ovo veče... da se ispovedim, da čitam kanone... Da se spremim?

Arhimandrit se nasmeja, opet mahnu onom hartijicom i reče odlučno:

— Kažem... tako naređuju starešine!

Otac Sava zalupi vrata, i opet, onako isto odmereno i lagano, stadoše lupati potkovane cokule...

Duvala je danju topla jugovina, pa se spustilo tiho, lako prolećno veče. Mesec, u drugoj četvrti, već isplivao i preliva se svojom bledom, srebrnastom, nežnom svetlošću, bacajući svoje lake zrake na pozlaćeni krst i crvenkasto kube hrama. Neka beličasto-tamna svetlost prostrla se po vidiku, i lako treperi po mestima, koja su udaljena od šume...

Vratnice manastirske zatvorene su, a hram je neobično, kao uoči velikih praznika, osvetljen. Arhimandrit, u svečanom odelu, stoji u oltaru, pred otvorenim carskim dverima, okrenut hramu, preturajući tamne listove nekakve crkvene knjige. Sva braća-monasi, u prazničnom ruhu, sa nekim napregnuto ozbiljnim izrazom na licu, stoje uz pevnicu i nešto šapuću. Ljubomir, tamo u pritvoru, kod samih vrata, stoji s Velimirom i drhće... Čini mu se da ima pravu groznicu. On više ne misli, nego samo, u strahu, očekuje, kad će nastupiti *onaj* trenutak...

— Dovedi! — zagrmi iguman sa dveri.

Monasi se užurbaše... Velimir uze Ljubomira za ruku, više lakta, i povede ga oltaru... Malo zvono odjeknu kroz nemu tihu noć, monasi stadoše čitati „časove"... Ljubomir, po pravilu, učini „veliko metanije" pred dverima i pred svima prisutnima, pa se opet vrati u prepratu, gde skide svoje masne, pocepane đačke haljinice, otpasa se, izu se i ostade bos, gologlav, u dugoj seoskoj raspojasanoj košulji... Podiđe ga jeza od hladna crkvena poda, i on stade još jače drhtati...

Časovi se svršiše, a liturgije, po običaju potonjih dana, neće biti... Monasi složno, tihim, laganim glasom zapevaše tužnu pesmu: *zagrljaj Očev potrudih se otvoriti, proživeh moj bludni život...* Ljubomir oseti kako ga opet neko povede preko hladnog, kamenom popločanog, hrama, i osim toga jasnog, živog osećanja hladnoće, ne oseti ništa drugo. Kad se podiže, posle velikog i poslednjeg metanija, nad njim zagrme Savin glas, čitajući molitvu: *otvori srce tvoje... i čuj glas Gospodnji: hodite k meni svi, što ste opterećeni i namučeni, i ja ću vas odmoriti…*

— Radi čega si došao, brate?… — čuje Ljubomir oštro, jasno pitanje; vidi arhimandritov pogled upravljen na sebe, ali još ne razume smisao svega. „Šta to oni hoće?…", čudi se on u sebi. „Nekoga pitaju… a-a!… mene pitaju!…", i on napreže um, da se seti odgovora, koji treba da kaže.

— Želim isposnički živeti, časni oče — promuca on, i odjednom, kao da pređe preko nekakve velike prepone, dahnu dušom i prođe mu prijatna toplina kroz celo telo.

Arhimandrit nastavi redom druga pitanja, po pravilu: *Ima li želju udostojiti se anđelskog obraza i biti uvršćen u red monaha? Čini li to iz slobodne i dobre volje? Hoće li živeti u manastiru i isposnički do kraja života?…* itd. Na sva pitanja redom, Ljubomir odgovaraše zakletvom, da će tako činiti. Arhimandrit izređa sve one teške pogodbe, sa kojima se ulazi u red monaški, i Ljubomir se, sa živim, oduševljenim blaženstvom na licu, zakle, da će sve to ispuniti. Ta on je o takvom životu samo i sanjao!…

Na pognutu glavu Ljubomirovu, arhimandrit nasloni knjigu i stade čitati molitvu: *Gospode, Bože naš… primi slugu tvojega, Leontija…* otac Sava malo zastade; monasi se nasmešiše zadovoljno, a pognuti iskušenik, mrdajući glavom pod teškom knjigom, pomisli: „Šta ovo on?… Ko je to Leontije?… Jest, znam ko je… To je sad onaj drugi, onaj monah… Čekaj, nije!… to sam sad ja. A onaj drugi, što je pre bio i što se zvao Ljubomir, njega nema više. On je umro!…" On zagleda u svoju dušu: kako sad izgleda kao drugi, i na svoje veliko zaprepašćenje opazi, da je ostao onaj i onakav isti, kakav je bio i do sad. Nego čekaj, nije on još zakaluđeren…

Arhimandrit već pročitao dve molitve i, pošto poslednji put zakle zbunjena mladića: da svojevoljno stupa u anđelski red, naredi mu:

— Uzmi nožnice, i daj mi ih.

Mladić se osvrte zbunjeno... „Kakve nožnice?... gde su?...", pomisli, i ugleda kako mu svi pokazuju očima na jedno mesto. Triput je morao dodavati nožnice arhimandritu, koji ih je oturao od sebe. Naposletku otac Sava primi nožnice i, posle kratke molitve, režući na četiri mesta unakrst, meke, dugačke kose mladićeve, progovori svečanim, jasnim glasom:

— Brat naš Leontije postrigava vlasi glave svoje; recimo o njemu: Gospodi pomiluj!

— Gospodi pomiluj! — zagrme složan veseo odgovor monaha, kao molitva za novoga brata...

Iako beše u svetlom i blaženom raspoloženju, mladić oseti odjedanput i neobičnu tugu i slatko zadovoljstvo od ove složno ispevane molitve i od svega što se učini sa njim, pa mu grunuše suze...

— Brat naš Leontije oblači se u rizu radosti — reče arhimandrit, a neko, u isto vreme, ogrte novome bratu široku mantiju. Novi inok oseti onu običnu prijatnost, koju oseća svaki, kad se ogrne toplom odećom u hladnom prostoru.

Arhimandrit nastavi dalje oglašavati, da se novi brat opasuje silom istine; da se pokriva šlemom nade na spasenje; da prima paliju, kao obručenje velikog i anđelskog obraza; da se obuva u sandalije, radi pripreme za propoved mira... I kad se izređaše sva ova oglašenja, novi brat stade, potpuno odeven, u kaluđerskom odelu, sa svećom, jevanđeljem i krstom u rukama i izljubi se sa svojom, po Gospodu Isusu Hristu, braćom.

Nastade velika, silna po duhu, jektenija — molitva „o bratu našem Leontiju": da mu Bog pomogne neporočno dovršiti nameru monaškog obraza... ostati u pobožnosti i čistoti... odbaciti starog i obući se u novog, Bogom stvorenog čoveka...

Monasi pevahu tako lepo i zanosno, novom inoku beše tako toplo i prijatno, da mu se učini kao da je mali, kao da se odjednom vrati to vreme, pa ga majka iznela pred kuću, metnula ga na krilo i lagano ga ljuška... a sa Maljena tiho-tiho silazi lagani povijarac, i preleće mu preko rumenih obraščića... On i ne ču kad se pročita apostol; trže se iz zanosa od gromkog Savinog glasa, koji čitaše jevanđelje: *reče Gospod: ljubjaj otca ili mater pače mene, njest mene dostoin...*

Svrši se!

Brat Leontije, pošto se izljubi s novom braćom, čekajući dok arhimandrit skine odeždu i iziđe iz oltara, opet zagleda u sebe, u dubinu duše svoje, očekujući da oseti očiglednu, jasnu promenu u sebi, ali uvide odmah da, osim novog kaluđerskog odela, ne beše u njemu samom ništa novo. „Posle posvećenja... onda će biti!", pomisli u sebi umoran i ozebao monah, stajući na kraj, iza monahâ, koji lagano iđahu za arhimandritom...

XXII

Jeromonah Leontije, pri povratku sa posvećenja, donese ocu Savi pismo od vladike. Arhijerej preporučuje arhimandritu, da posveti najveću pažnju neobičnome mladome inoku. Izjavljuje mu da ima naročite namere i velike planove, odnosno budućnosti „ovoga deteta", pa mu preporučuje, da oslobodi novog brata od sviju poslova i da mu bude na ruci u njegovim strogo-isposničkim namerama...

— Šta si ti to namislio? — zapita Sava mladića, ne razumevajući završetak vladičina pisma. — Kakve su to tvoje isposničke namere?...

Leontija iznenadi i zbuni ovo pitanje. On je mislio, da je vladičino pismo od tako isto neporečne važnosti, kao i poslanica apostola Pavla, te se o njemu ne sme ni raspravljati.

— Gospodin... odobrio mi da živim u isposnici — odgovori on, krijući oči, jer se zastide od sećanja na svoj prvi neuspešni pokušaj.

— Kako... dokle da živiš?

— Pa, jednako!... — odgovori monah, gledajući začuđeno starešinu, misleći u sebi: „Što sam se kaluđerio!... To valjda znaš".

I arhimandrit se začudi:

— Šta ćeš jesti tamo?

— Pa... samo malko hleba da mi šaljete, drugo ništa... Gospodin veli...

— A-a... „Gospodin veli" — prekide ga Sava oporo i stade; zamisli se. — Hm... dobro, dobro... Idi pa se moli — odgovori smešeći se ironično i savijajući pismo.

A u sebi arhimandrit pomisli: „E, moj vladiko... Misliš, neko je lud da hrani gotovana. Ovi kaluđeri da se posatiru radeći, a on da dembeliše... ha-ha-ha... Ima neke „planove” sa njim: zacelo će ga u vladike! E baš te pozdravio zato arhimandrit Sava: on da bude vladika, a ja, njegov duhovni otac, da ga ljubim u ruku!... Ha-ha-ha... Spremiću ti ga ja, ne boj se... samo dok još malo odvrkne!... Ha-ha-ha!...” I Savin pakosni smeh ne prestajaše zvoniti kroz hodnik, jer on živo predstavi sebi sliku Leontijevih „podviga”, koji će, tamo kroz neku godinu, sami sobom nastupiti...

To veče Leontije, u svojoj ćeliji, provede u dugom razgovoru sa Velimirom. Njih dvojica su ostali neprekidno u iskrenim drugarskim odnosima, pa su voleli provesti koji trenutak u ovako usamljenom tihom razgovoru.

— Brate... nekako ne umem da ti kažem — stade Velimir izlagati svoje poglede. — I žao mi, zbog mene, kad te vidim takvog... i ja sam se za to spremao, pa et’!... Nekako mi onako znaš... kao da ste mi i ti i Nićifor nešto oteli, krivo mi... A već sam znaš da mi nije do kaluđerstva...

— Pa što ti je onda krivo?...

— Ama nije to! Nije meni krivo kako ti misliš... Čekaj... Teško mi što nisam i ja u vašem društvu...

— Pa ko ti brani ? Sutra možeš, samo ako hoćeš.

— He moj Leko, ne bih ja dao moju Vidu ni za vladičanstvo! — uzviknu mladić oduševljeno i zagleda se u prostor pred sobom. — I ti si pogrešio, te još kako! Eto, baš mislim danas, kako bi lepo bilo, da i ti uzmeš Jovanku...

— Ne, ne o tome, molim te! — uzviknu monah preplašeno, dignuvši ruke u vis, kao da se brani od nekakve napasti.

— Čekaj, brate... šta ti je! — uzviknu Velimir ozbiljno. — Ja ti kažem samo šta mislim. Pa što?... Zar ti misliš, sreće ti, da ćeš ostati do kraja kao Antonije i Makarije?

— Bog s tobom! Šta govoriš?

— Ama dok ti još uđeš u godine... Sad ti je sedamnaesta?

— Kroz dva meseca, punim.

— E... a kad zađeš sad po parohiji, pa te okupe one... one naučene, što se kinđure kaluđerskim novcem... A još kad ti bude dvadeset!...

— Neću ja u parohiju. Vladika odobrio da živim u isposnici jednako. I arhimandrit mi sad odobri...

— Arhimandrit... pričekaj malo! — nasmeši se Velimir. — Ne znaš ti njega!... Ti ćeš, moj bane, kroz koji nedeljak pravo u Prnjavor, a tamo te čeka cela družina... Znaš, opet je najbolje da si se oženio! — uzviknu đak odsečnim uverenim tonom.

— A ko bi se kaluđerio?

— Znaš, mislio sam — ali nemoj da se ljutiš, molim te — mislio sam, da sve ovo što se radi po manastirima, nije ono... znaš, ono kako treba. Ovo je jedno, a sve treba drukčije! Čini mi se, brate... ne znam kako da ti kažem... Ja mislim da nas je sve Bog stvorio radi onoga, što je rekao u *Sv. pismu: plodite se i napunite zemlju*... Čekaj, ne ljuti se... I ja sam u sedamnaestoj godini mislio skoro kao ti, i bio sam gotov zakaluđeriti se. Ali posle, brate, hm... posle sam osetio da sam za nešto drugo stvoren... Sad, ili da lažem Boga, ili da poslušam i pošteno izvršim njegovu zapovest?... Ja ću ovo drugo.

— E, a zaboravio si ono Hristovo: *ko hoće da ide za mnom... i* ono: *uzmite jaram moj!...*

— Nisam zaboravio. Vidiš... ja ti ne znam tu duboku nauku, ali mislim mnogo o svačemu... Kako mu je to: Bog veli jedno, a Hristos drugo...

— Jok, Hristos neće da svi tako žive, nego samo neki...

— Kao, na primer, ti! To baš ja i velim. A i tebe je Bog stvorio isto 'nako kao i mene... to ćeš videti, tako mi mladosti!... Nego znaš... ja sam mislio... najbolje je da se svi ljudi žene, pa kome, tamo posle pedesete, umre žena, nek se kaluđeri, ako hoće... Ko se, vala, onda zakaluđeri, biće zacelo bolji od ovih naših.

— Znam, a kako su Pahomije, Makarije i drugi? I oni su stvoreni kao ja i ti! — uzviknu Leontije veselo, držeći da mu drug ne može na ovo ništa odgovoriti.

— To ne znam. Zacelo su onda morali biti neki drukčiji ljudi, i sav narod... A ovo ti je kod nas drugo... More, kažem ti: videćeš!

Otac Leontije se najoduševljenije, kao ono prvi pioniri hrišćanskog asketizma, predade strogom i teškom isposničkom životu. Sad, kad nije imao uzroka da se krije, snabdeo je isposnicu najprečim potrebama: sveća, tamnjana, knjiga, bilo je dosta; a šumar, na dokolici, navukao mu dosta suva lišća u pećinu, da ima na šta leći. Mladić htede odbiti ovaj raskoš, ali se seti vladičina saveta: da ne preteruje suviše u svojoj revnosti, pa zadovoljno leže uveče na meku postelju. Spavao je, opet po savetu vladičinu, od ponoći do zore, ali ga je poneki put i sunce varalo. Jeo je dvaput dnevno hleba sa vodom. Ostalo vreme provodio je na molitvi, ili u pobožnom razmišljanju...

Ah, kako mu se dopao ovakav život!... To je *ono*, prâvo, za čim ga je srce vuklo, to su njegovi ideali, njegovi snovi... Pa sad samo nastavi tako cela života! A šta će biti posle? — Što rekne Bog. Jer on je kazao, da se ne brinemo mnogo o sutrašnjem danu...

Sve je oko uzbuđena mladića tako svetlo, radosno i blaženo, da on neki put u sebi pomisli: „Da li su bili ovako srećni Antonije i Makarije?... Zacelo nisu!...”

Desetog dana, rano izjutra, dođe Velimir u isposnicu.

— E, moj Leko... rekoh li ja tebi šta će da bude! Zove te arhimandrit, da ideš odmah sa mnom.

— Kako... Ja ovde moram živeti do smrti, ne smem izlaziti. Pročitao sam ovde i zavet — zakleo sam se na to Bogu... I... i Bog s vama, ja sam se zato i zakaluđerio.

— Znaš, nemamo kad da se razgovaramo mnogo... Poslao je i šumara; eno ga dole u potoku. Ako nećeš lepim, kazao mu je da te donese na leđima... Znaš da sam ti drug... hajdemo lepo zajedno.

Leontije, kao u snu, ne razumevajući više ništa, znajući samo da mora napustiti ovo omiljeno mesto, priđe k malom prestočiću, kleknu i stade jecati gorko... Na ponovljen poziv Velimirov, diže se uplakan, zanesen tugom i nenadnom nesrećom. Sećao se trećeg pravila (pogodbe), koje mu je otac Sava pročitao pri kaluđerenju — bezuslovna poslušnost prema starijima... On se, kao jagnje što se vodi na klanje, uputi k manastiru.

Arhimandrit beše kao ris. Naljutio ga otkaz vladičin da premesti Arsenija. Ispisao mu prota baš vladičine reči: *Trebaju mu ona tri monaha, a Leontija ćemo na jesen u školu*... Dosetio se otac Sava, da će i to školovanje koštati dosta...

Kad stadoše pred njega smerno kaluđer i đak, arhimandrit frknu nosom, promumla nekakvu pretnju i uzviknu oštro:

— U Jasenovac!... Posla ima dosta, Velimir zna... On će s tobom, da... da ti se nađe — preseče arhimandrit ironično, i cokule stadoše brzo lupati a nos češće frkati.

Drugovi se poslušno pokloniše i brzo za put spremiše. Posle četvrt časa, Leontije na konju a Velimir peške, odoše na put.

Ništa više ne osećaše mladi isposnik, niti mu se na licu moglo opaziti da ga što zanima. Kao ždral, koga, na seobi u tople krajeve, izbaci jato iz svoga kruga, pometen u letu i nameri, utučen nenadnom crnom sudbinom, gega se na dugačkim nogama i vrluda besciljno po livadama, dok ga čobani ne uhvate... I Leontije, pometen, zbunjen u započetu poslu, utučen, pregažen sudbinom, zajedno sa svima svojim snovima, iđaše nesvesno, kao pometeni ždral po livadi, ne osećajući ni tuge, ni bola, ni žalosti. Tamo negde, u najsakrivenijem krajiću njegove duše, svetlucaše slabačak plamičak nade: da će se sve to popraviti, da će sve biti, kao što beše juče, prekjuče... Ta nada sačuva ga od očajanja.

Jasenovac je brdsko selo, razbacano po kosama gorostasnih, gustih rudničkih ogranaka. Leontije, još đakom, voleo je pratiti ovamo koga kaluđera u poslu mu. Opominjaše ga ovo planinsko mesto na njegov Maljen... Gusta, zelena, kitnjasta pavitina od loze, ostruge i trnja, pružaše se kraj puta, prekidajući se ponegde sniskim, krivudavim čatalima starih, pocrnelih, polutrulih vrljika. A tamo opet iđaše ostruga, koji trn, pavitina i opet vrljike, ili jendeci sa ogradom od trnja. Sokakom se žuti osušena, čagljevita smonica, sa ponekom zaostalom baricom u duboku tragu od konjske kopite... još se oseća dah zemlje koja se suši. A tamo, izvan ograde, ozeleneli voćnjaci, pa veselo odsjakuju svojim mladim nerazvijenim lisjem, prema toplom, veselom sunčevom prigrevku. I još dalje, naviše, belasaju se čisti dimnjaci i crvene sniski krovovi u jasnom zelenilu beskrajnih voćnjaka. Ah, kako se slatko diše!...

Prvo se imalo izvršiti jedno prešno krštenje, zatim molitva nad jednom bolesnicom i potom se imala započeti uskršnja vodica po celom selu. Radi toga i vise dve veće kotarice iza Leontijevih leđa, preko bisaga, u koje će Velimir kupiti jaja...

Prva sveštena radnja! S kakvim pobožnim osećanjem, s kakvim strahom od važnosti svetoga akta pristupa novi jeromonah svome poslu. A kad uze golo, vruće, crveno, s raširenim ručicama, mekušno novorođenče, da ga po pravoslavnom obredu krsti „pogruženjem", uhvati ga kamena prepast. On je stotinu puta gledao, kako to kaluđeri brzo i vešto rade, ali je sad prvi put osetio slabačko i piktijasto telce u svojoj ruci... i to treba zamočiti celo u vodu! „Bog i duša, udaviću ga!", pomisli siromah i odmah se reši: zamoči dete s nogu, dokle mogaše ući u vodu. „Opet je ovo manji greh, nego da ga udavim!", reče u sebi i nastavi započeti rad.

Posle svršenog krštenja seti se da je čitao, kako treba odmah roditelje i kuma poučiti o značaju krštenja, o vaspitanju novokrštenoga. Istina, drugi kaluđeri to ne rade nikad, ali se on davno odlučio, da radi onako kako treba, a ne kako rade drugi. Ali kad pogleda prebledelu, ozbiljnu i malo zastiđenu porodilju, koja se juče razrešila od bremena, a sad stoji udaljena u uglu, sa pletivom u ruci; kad pogleda ozbiljna, dobro poznata mu oca detinjeg, zastide se i sam i uvide da sad ne sme ni usta otvoriti... Pobeže iz kuće i čak kod vratnica sačeka Velimira, koji ostade da uzme čarape, maramicu, groš u novcu i drugi kakav „prilog za zdravlje novokrštenoga"...

Prva sveštena radnja, pa sve — protiv crkvenih pravila! Beše mu krivo, ali se tešio što je to početak, koji nikome nije lak. Molitvu nad jednom slabom staricom izvrši malo bolje, ali se i tu zapletao i brzao pri čitanju poznatih mu molitava iz trebnika... Započe pronositi uskršnju vodicu s jednog kraja sela.

Ko nije zapamtio ono staro obnošenje vodice po selima! U svešteničkim parohijama, po jednom selu pođe popa, a u druga pošlje đake. Ako ima sinčića, onda šilje njega, jer ne mora davati „procenat" učitelju. Desetogodišnji, pupavi mališan, u masnoj, potpasanoj pamuklijici i šarenim nakrivo sašivenim „lažigaćama", od one iste tkanine, od koje popadija kroji sebi suknje, u iskrivljenim starim opančićima i srozanim velikim čarapama, dobivenim na krštenju, sa mednim, kalajisanim i spolja i iznutra kotlićem u ruci, u kome je osvećena vodica, krst i bosiljak, kreće se na put. Za njim veselo stupa, s velikom močagom u ruci i nabijenim kostrutnim bisagama na vratu, ili kotaricama preko ramena (kako je čemu vreme), vešt ovome poslu, momak. Po manastirskim parohijama raziđu se svi kaluđeri, sa ovakvom istom pratnjom.

Selo, obavešteno ranije o dolasku, zapurnjalo se od brisanja davno nepočišćene kuće i dvorišta, ribanja sniskih trpeza, na kojima će se svetiti vodica, čišćenja polica i dolapa... I sva ta prašina, struganje, istresanje, ribanje, snovanje vrednih žena — dočekuje i ispraća sveštenike i kaluđere, koji psuju nepažljive domaćice, i radi kazne traže, da se spusti što veći prilog u bisage ili kotaricu. Vešti momci nastavljaju prekore i tražnju priloga, pa se tako celim selom nosi vesela graja, šala, zadirkivanja i užasan, očajan lavež iznenađenih i drskih seoskih pasa...

Leontiju nije prvina da ide po vodici. Samo je do sad nosio kotaricu ili bisage, a sad, kao sveštenik, ulazi u domove i sam vrši osvećenje. Buni ga sve, što ga sreta u poslu: i ono usplahireno snovanje po kući stidljive domaćice, i ono živo brisanje i nameštanje dobro izribane trpeze, i onaj uobičajeni vrisak i beganje dečje od kaluđera čak u potok ili u planinu, i ono pobožno celivanje svetog krsta i njegove ruke, koja drži krst, i ono, u ponekoj kući, značajno streljanje očima, od strane kakve ugarene udovice, i ono prepiranje Velimirovo sa domaćicama zbog priloga...

— Snašo — uzvikuje đak — što je popovo nek je gotovo! Samo nećemo dva, nego u svakoj ruci po nekoliko.

Domaćica se smeje veselo, odvraća šalu i donosi pune ruke priloga.

U nekom ubogom kućerku, previla se suva, isceđena mukom i nemaštinom, stara domaćica, pa se izvinjava što nema čim darivati krst.

— Daće Bog, snašo... Od němana tvrđeg grada nema! — odgovara Velimir.

U drugoj kući zadrigla, razbarušena, u pocepanoj suknjeri, devojkara, polegla sa metlom i briše dvorište, a iz kuće gudi potmuli glas kusture, koja hitro struže prljavu, krivu sofru i čuje se len promukao glas:

— Pričekaj, popo, očiju ti!... Sad će... sad će!...

U trećoj, otresitijoj kući, odmah posle pozdrava, nameste i kaluđera i đaka na ranije spremljene visoke stolice, sa jastucima za sedenje, mole ih da pričekaju, i onda se žene ustumaraju. Šilju decu da zovu domaćina, koji je sa plugom negde na njivi, spremaju džezvice za kafu i pristavljaju ih uz vatru, po deseti put zagledaju sofru, tamnjan, kadionicu, je li sve spremno. Leontije se oseća kao na žeravici: prodangubiće čitav čas, a možda i više. Ali, tako su stariji udesili, i on nema kud... Maksim i Arsenije još unapred su uživali, kad je dolazio red na ovakve kuće. Posle osvećene vodice, popiju se nekoliko kafa i rakija, i domaćin upravlja obično pitanje:

— Da niste gladni, oče? De, da pojedemo malo lepca... dao ga je Bog!

— Ta-a... — oteže Arsenije, sevajući očima zadovoljno — prihvatismo se malo jutros... Ako se što našlo... možemo!

Leontije se smeška, sećajući se, kako je prošlog uskršnjeg posta, prateći Arsenija po vodici, morao sedam puta jesti sa kaluđerom, jednog dana...

Najgore će biti za prenoćište. O tome se, još od jutros, zabrinuo mladi monah. U svakom selu ima nekoliko domaćinskih kuća, gde kaluđeri vazda noćivaju, kad su u velikom poslu. A Leontiju sad prenoćište u kućama, gde ima ženskih, izgleda strašnije od mnogih muka. Ali mora se. I on zna gde će ga zateći noć: tamo oko Radojevića kuća...

Srećno prođoše Boškovića kuće, gde su žene jezične i bestidne. Leontije iđaše kao preko živa ognja. Onakvih zadirkivanja nije čuo ni među ljudima. Poneka slobodnija snaša upilji mu u oči i uzvikne:

— Ih, kako si mlad i lep, slava te ne ubila!...

A Leontije zatvara oči, šapuće molitvu i bega, ostavljajući često nedovršen posao.

A kod Radojevića se nadali, pa dočekaše goste domaćinski. Večera prođe lepo i veselo, ali posle nastade ono, čega se Leontije najviše plašio. Na znak domaćinov priđe najmlađa, sad o mesojeđu dovedena, snaha da izuje Leontija.

— Neka... neka... — zamuca kaluđer, vrdajući glavom i braneći se rukama. — Ja ću sam...

— Popo — utače se domaćin malo jačim glasom — kad dođem kod vas u manastir, ja se vladam po vašem redu i običaju, a ko dođe u moju kuću, mora se vladati po našem običaju.

Leontije pruži nogu s takvim osećanjem, s kakvim je bolesnik pruža pod hirurgovu testericu. „Ej, kukavcu, sad će da se vide onako kaljave!... Eno... eno!... Mora da je i njoj odvratno, gadno!...", pomisli on i slučajno pogleda domaćinovu bosu nogu, koja nije bila čistija od njegove. To ga za časak umiri. Ali kad jedna devojčica pruži snahi karlicu s toplom vodom, i kad se mlâda spusti, dohvati njegovu nogu i stade je pažljivo, svojom mekom i vrelom rukom (to je osetio) prati i trljati između prstiju... mladi inok, s naduvenim do najveće mere plućima, samo izvi glavu i prevrte očima, kao da ga kolju, a u sebi pomisli: „Mučenici Hristovi, da li ste i vi ovoliko trpeli!?..."

Sutradan dođe Leontiju poruka od arhimandrita, da obiđe s vodicom još pet drugih sela, i da se ne vraća manastiru, dok ne svrši posao. Momak će manastirski dolaziti svako jutro, i odnositi pokupljene priloge.

— Najmanje još jedanaest dana — izračuna Velimir, na pitanje Leontijevo: koliko će se zabaviti u ovom poslu.

Monah pogleda očajno u nebo, uzdahnu i pognu glavu trpeljivo, uviđajući svoju nemoć da promeni što od onoga, što mu je određeno...

A dani prolaze jedan za drugim, sa jednim istim naličjem, sa istim okolnostima, samo poneki put poremeti opštu monotonost kakvo vezeno belo maramče od pargara, što ga Leontiju podnosi na dar kakva slobodna devojčura, naviknuta na ove poslove. Jedna udovica mu uvezala u maramu i pismo, u kome se iskazuje gruba strast i poziv na sastanak... Druga... treća... Ali tu već nastaju crne, strahotne slike, od kojih moramo begati, kao što učini i začuđeni, iznenađeni otac Leontije.

Dani prolaze... I sve što beše čudno i neobično, postaje snosno, te se može slobodnim okom gledati. Jedanaestog dana mladi inok osećaše veliko zadovoljstvo od pranja umornih, podbivenih nogu u toploj vodi... Toga dana mu i Jovanka dade vezeno maramče. I on ne odbi njen dar, kao što ni druge nije mogao odbiti. Ali je druge primao ravnodušno, kao što je nekad primao priloge u kotaricu, a od njena dara oseti, poznatu mu od jesenas,  tremu i laku zbunjenost... Kad stiže manastiru, Vasilijan ga dočeka veselo:

— Gotova ti kamilavka! Prava svetogorska, od sukna... samo da vidiš!...

I tetka ga zadovoljno pozdravi:

— Dobro si šiljao, dobro!... Ovi drugi nisu toliko dobivali. A ima li čarapa, peškira? — nastavi ona, zavirujući u kožne bisage, skinute s konja, i vadeći otud sve, što je pripadalo kući, odnosno njoj: čarape, peškire, šarene marame...

— Ene de... vezeni maramčići!... — uzviknu ona, vadeći nekoliko maramica, koje Leontije nije metnuo u svoj džep. —To li je onaj sveti!...

Leontije htede planuti, ali se Velimir brzo uplete u razgovor, pogledajući Vasilijana značajno.

— To su, bogme, poslale gospodinu arhimandritu... znaš, neke iz Jasenovca — saopšti joj on lagano, kao neku veliku tajnu.

Leontije ode u svoju ćeliju, a tetka pobaca i priloge i darove, stade ih gaziti nogama i praskati na sva usta, grdeći „matorog lisca" i preteći mu raznim, već uobičajenim, domaćim kaznama...

XXIII

Jedared u maju, kad ne beše nikog od kaluđera u manastiru — svi se, besposleni, razišli po potocima, Leontije se vrati iz šume, gde je do sad čitao jednu bogoslovsku knjigu. Videvši se usamljen u celom dvorištu, on priđe i sede na jednu klupu, ispod samog doksata, pred ćelijama, koja se tu slučajno zatekla. Predahnu, pogleda po dvorištu i stade se podavati onom lenom dremežu, što nastupa na ovakim pripekama... Tako prođe pola časa. Najzad se otrže od ovog dremanja, otvori knjigu, stade najpre razgledati redove i reči kako idu, pa se polako udube u čitanje... Nad njim gore otvoriše se nekoliko puta vrata, neko prođe hodnikom, ali on beše zauzet dubokom i novom za sebe mišlju, koju pročita u knjizi, pa i ne svrnu pažnju na obično otvaranje sobnih vrata. Dugo potraja tišina. Odjednom on čuje poznati mu glas nad sobom:

— Baš hoću da te pitam... znaš, odavno se kanim... A ne mogu više da slušam kojekakve razgovore. Hoću, brate, da znam, pa ako ne valja...

Leontije do sad mišljaše da je pitanje upravljeno njemu, i htede ustati da sasluša ozbiljnu tetku, ali se nad njim razli mek, nežan, milostiv, nikad do sad nečuven, pa ipak dobro poznat mu arhimandritov glas:

— He-he... dulečiću moj! Pitaj, rode, što god hoćeš...

Po svoj prilici otac Sava učini nekakav pokušaj rukom, jer tetka ozbiljno nastavi:

— Ostavi to sad... Nego, kaži ti mene: je li ovo veliki greh, što mi ovako živimo, a onaj tamo sam sa decom?... Ljudi govore svašta, a mene je žao one dece... da nešto Bog sa njima učini, radi mene... — zaplaka se tetka odjednom, i nastavi jecajući — ako je to Bogu mnogo krivo, reci mi, pa da idem deci...

Leontije se smrzao, okamenio, pa niti može usta otvoriti ni pomaći se s mesta. Ove iznenadne reči tako mu prikovaše pažnju, da nije ni pomislio krenuti se kud.

I Sava je, zacelo, bio iznenađen. Ali on ne odgovori odmah. Posle dužeg ćutanja on progovori:

— Čekaj! — i njegove cokule zalupaše hodnikom.

Kad se vrati i sede, čulo se da prevrće listove nekakve knjige.

— Vidiš... — iskašlja se on i oteže poslednji glas. — Ovo je *Sveto pismo*... tu ti je sva naša vera i nauka Hristova. Hm...

— Znam to... slušala sam.

— E, slušaj i sad... Aha! — opet se Sava iskašlja još jače i zatim stade čitati glasno:

— *Književnici i fariseji dovedoše k Isusu ženu uhvaćenu u preljubi, i postavivši je na sredu rekoše mu: učitelju, ova je žena uhvaćena sad u preljubi. A Mojsije nam u zakonu zapovedi da takove kamenjem ubijamo; a ti šta veliš?...*

Otac Sava pročita vrlo jasno celu priču jevanđelsku o grešnici, udarajući glasom naročito na Hristovim rečima: *koji je među vama bez greha, neka najpre baci kamen na nju* i onim završnim: *ni ja te ne osuđujem.* Samo dosetljivi kaluđer ne pročita poslednju rečenicu: *idi, i odsele više ne greši.*

— Baš ti ja to iz knjige ne razumem dobro. Kaži ti to mene 'nako... — reče tetka.

— Pa, et'... doveli tako ženu, koja je grešila 'vako kâ mi... upravo nije grešila, nego njena zla batuna... zatekli je. Pitaju Hrista, čula si... a on šara po pesku... Pa im onda kaže: „Koji od vas nikad u životu nije učinio greh, što ga učini ova žena, nek se najpre baci kamenom na nju". Razumeš li?...

— Znam, brate... Baš mu tako i piše...

— E, posle si vid'la... Ko god je bio grešan, svaki pobegô napolje, dok ne ostade sam Hristos i pred njim žena. A kad to vide Hristos, on kaže toj ženi: „Nije vajde... svi su grešni, pa i ti moraš grešiti. A ja te, kaže, ne osuđujem za to; nego idi kući, pa gledaj svoja posla", kaže njoj Hristos.

— Očiju ti, zar baš sve tako piše?... — uzviknu obradovana žena veselim glasom.

— Evo ti knjige, pa teraj Leontija nek ti čita.

Leontije htede skočiti od iznenadna pomena svoga imena. Drhtao je od straha i od svega, što grešnim ušima sasluša... „Je li moguće!...", pitao se već deseti put. „Jest, znam... sećam se te priče. A ja sam je 'nako pročitao!... A ono vidiš: čudesa... čudesa!... I odista joj je Hristos oprostio!... I svi su oni ljudi doista bili grešni. Ali šta je to?... Je li moguće... takav greh, pa bez kazni?... Nije tu sve... ima tu nešto drugo... mora imati! Jer, što bi se onda mučili toliki isposnici?..."

Lagano, neosetno, udalji se sa svog mesta i pobeže u šumu. Sa novim, začuđeno-preplašenim, osećanjem baci se na meku planinsku postelju, obrte glavu u nebo, i zagleda se u meku, nežnô dubinu nebesnog plavetnila... Isto, kao što beše i na Maljenu, treperi i odsjajkuje lazurno plavetnilo, pod njim zaigra neka mlečno-bela, tanka kao paučina, providna izmaglica, koja sanjalačkoj duši uleva neki tajanstveni smisao...

Dokle, ah, dokle će se trpeti ove muke, ova neizvesnost?!... Gde je istina? U čemu je život? Gde je *ono*, prâvo?... ono, za čim se on neprestano goni i ne nalazi ga!?... Da li su Antonije i Pahomije zaista postojali, ili je to obična, pobožna priča?!...

Jer u svetim knjigama piše jedno, a u životu je nešto sasvim drugo, drukčije... On je počeo živeti kao sveti Antonije, a ovamo ga zovu da privređuje kući, koja ga hrani, jer i njemu treba jesti. I najgore je to, što se mora jesti!... Smišljao je da beži u kakvu pustinju, ili u opšte udaljeno mesto od sveta, ali se nekako sam, na osnovu stečenog znanja u školi doseti, da u Srbiji nema nikakve pustinje... A da ode u kakvu neprolaznu ogromnu planinu, kako će se hraniti?...

Ah, prokleto telo, ova grešna obloga duše čovekove, kako ga nazivaju sveti isposnici, ono je uzrok svemu! Ono ne da čoveku živeti kako bi trebalo!... Ali kako su toliki isposnici savladali, umrtvili ovo slabo, podložno truležu, ništavilo? Ta nisu zar sve to gatke?!...

I vladika mu sad poručio da se ne udaljuje mnogo iz manastira, hoće da ga upiše u školu, da ga uvede u svet, koga se sam inok odrekao... I otac Sava, ono lani u podrumu, sa protom, što izgovori o svetu, pa danas ovo sa tetkom, pa Velimir ono veče, pa onaj gospodin na ručku!... A ovamo strašna zakletva, i pravila, i ugled na tolike isposnike!... Kako je to? Sve se pomešalo, pa se ne vidi ništa!... A mladić bi hteo videti pravu istinu, pravi život...

A veselo, sjajano plavetnilo nad njim čisto se smeška, preliva se i blista, pozivajući sva mlađana srca, da se pod njegovim svetlim pokrovom vesele, raduju i — žive...

XXIV

Evo ga opet u čudnom, varljivom svetu, za čim ga je negda srce toliko vuklo! Sa grubom kamilavčicom na glavi, obučen u neku usku, nespretnu mantiju, previo se naš smerni Leontije u dvorištu bogoslovijskom, sa isto onako, kao i u gimnaziji, potuljenim, duboko sakrivenim očima, i oborenom glavom. Oko njega se gurkaju, zagledaju ga s čuđenjem njegovi drugovi iz gimnazije, sada bogoslovi, podsećajući ga na njegovo cenzorstvo, na svoje nestašice, i zapitkujući ga o manastiru, o kaluđerstvu, o mnogim veselim stvarima...

Gle, kako se ovde burno živi, i kako je ovaj život sasvim drukčiji!... I ovde svaki zna šta hoće, i niko ne razmišlja mnogo o životu. Sve se to kreće samo, po nekom, davno utvrđenom, poretku... I svaki je zadovoljan svojim stanjem (tako se njemu čini), i ne seća se da potraži što uzvišenije, svetije... Ali, oni su drugo... svi ovi mladići! Jer gle, zar ne izgleda on među njima kao vrana među golubovima! Zacrnio se sav, pokunjio se... a oni živo skakuću, prelću, vitlaju se... I njegov život mora biti drukčiji, po drugom redu. Zato ga i odvajaju u zasebnu sobu, određujući mu naročita pravila i dužnosti.

Proleću meseci za mesecima, a u glavi pobožna monaha vitlaju se sve nejasnije, sve tamnije slike, meša se nešto gusto i nerazgovetno kao testo, mute se pređašnje jasne, određene namere... Nekakva nepojmljiva predavanja iz logike i psihologije nevešta profesora, nekakva čudna, visokoučena istorija starozavetnog teksta, sa sipanjem neobičnih imena katoličkih i protestantskih bogoslova-naučenjaka, nekakva pričanja iz retorike i književnosti... sve se to meša u njegovoj glavi, postajući teže od olova, tamnije od noći...

Gle, i drugovi njegovi, koji imaju propisno školovanje, naprežu se i često puta dižu ruke od dosadnih, teških zadaća. A kako će on!... Nego, ima i lepih stvari, npr. bibliska istorija... to ga zanima veoma, i on je ipak zadovoljan...

I sve isto onako, kao što je pre nekoliko godina bilo: đaci jurnu posle predavanja u dvorište, skaču, smeju se, bacaju kamena s ramena, viču... kad lupne crkveno zvono, okupe se i onako isto, kao nekad što je gledao, ulaze smerno u crkvu... I sve to zaplivalo u opšti talas života, pa se veseli po njemu, radi i živi. A on, onako isto, kao nekadanje stidljivo đače, odvojio se u kraj i oseća se tuđinom u tome veselom, živahnom društvu...

I to večito gledanje primamljiva, vesela, mlada života, lagano stvara i u njegovoj duši tajnu žudnju za ovakvim životom... Zagleda se, a pred njim se sve tako veselo komeša, veseli i živi!... O, kako je lepo tako živeti!... Ali se on seća vazda, da takav život nije za njega... Ta on se zakleo samom Bogu! I on će održati zakletvu...

Odmor posle prve školske godine provede otac Leontije na putu, prateći svoga vladiku po eparhiji, iz manastira u manastir. Ovo ga putovanje toliko zbuni, i pomete mu i inače nejasne poglede na život i budućnost, da više skoro ni o čemu nije mislio. Ide tako lagano za vremenom, kao i sav svet manastirski, ne misleći šta će doneti sutrašnji dan, šta li poneti noć. Posmatra redom starešine i kaluđere po manastirima, i dolazi do zaključka, da je njegov manastir dosta odvojio, da se u njemu još pomalo zna za Boga... A ovo kud prođe... strah ga ponoviti u pameti sve ono, što vide i ču! I dahnu dušom kad stiže u Beograd, i nastavi svoj skromni, povučeni, mirni život... Druga godina, usled velikog posla u školi i u crkvi, prođe mu brzo, i on se začudi: kad pre dođe drugi odmor!...

Posle dve godine odsustvovanja, evo ga opet u svojoj kući. Sad je tek otac Leontije razumeo šta je njemu ovaj manastir, sad je shvatio značaj „postriga", kao jedinog svog utočišta... Kako se radovao, kad je na poslednjoj zavojici ugledao široki pozlaćeni krst na crvenom kubetu, kad se zabeleše zgrade i dograde, koje se lepe i gomilaju jedna uz drugu, jedna preko druge, kao gljive... kad se ukazaše prozori od ćelija i na jednome mrdnu kaluđersko lice, kad zatresoše i zagruvaše lake taljižice po pomošćenu ulasku ispod zvonare...

Šta je ovo... u dvorištu svi kaluđeri? Gle, i otac Sava stoji na doksatu, gleda radoznalo i rekao bih smeška se! Nije to, valjda, zbog njegova dolaska?... Gle, dvorište... sve ono isto!... Samo među kaluđerima stoji ogroman, ugojen ovan, sa debelim, veštački u vis upravljenim rogovima, i gleda pravo u oca Vasilijana. Leontije se doseti, da će to biti najnovija Vasilijanova pasija... Eno i tetke!... Smeši se onako isto glupo, s razjapljenim vilicama, zatim mu nešto govori i maše rukama.

Kad siđe s kola, drugovi se svi skloniše u stranu, dajući mu otvoren put. On se osmehnu na njih, i kao da im govoraše licem i očima: ja bih se sa svima sad izljubio, ali vidite!... i on žurno, veselo i skromno projuri pored njih, videći samo vesele osmehe, i priđe arhimandritu.

„Ala je osedeo!... gle, otkud ovo!... I kakav je ovo nov, starački glas, sa šuškanjem i promuklim kreštanjem!...", čudi se on, prilazeći svome duhovnom ocu, osećajući ovoga trenutka prema njemu neobičnu nežnost.

— A-a... gle, omaljavio!... Dobro, dobro... Hajde, pozdravi se i sa drugovima — prokrešta otac Sava slabim glasom.

Leontije se vrati drugovima. Kad prođe pored tetke, ona podiže ruku prema glavi mu, ali on promače brzo, a ona mu dobaci:

— Lolo!...

Vasilijan istrča napred, cerekajući se po svome običaju i pružajući ruke.

— Hi-hi-hi... bogoslov!...

A Leontije, poštujući crkveno pravilo: *vsja po činu da bivajet*, priđe prvo Arseniju, koji se obradova tolikoj pažnji prema sebi, i lepo se poljubi s mlađim bratom.

— Rode... dobro došao! — promuca on, stideći se učevna bogoslovca, koji sa samim vladikom putuje, kao što se obično svi seoski stanovnici zbune i ušeprtljaju, kad im dođe iz grada, posle dužeg odsustva, kakav član njihove porodice.

Izljubi se s Vasilijanom, Nićiforom, Velimirom; pozdravi se s Đokom, posle koga mu priđoše još dva nepoznata, neotesana seljačeta. Sve, kao što je i bilo!... Samo Velimirovi brčići postali gušći i crnji, i on se sad drži nekako sasvim drukčije... nezavisnije, ozbiljnije. Nema ničega đačkog...

— Kažem ja: neće Rogo na njega! A?... — uzvikuje zadovoljan Vasilijan, češkajući svoga ljubimca po usku čelu.

—Odista... gle! — potvrdi i Nićifor.

— Znaš... ovaj napada sve strance, makar bili i kaluđeri. A ja kažem da tebe neće. Pametniji je more... — i Vasilijan širetski baci oko na doksat — iako je ovan!

Leontiju sad, posle ovako ljubazna i neviđena u manastiru dočeka, ne beše ni ova Rogonjina pažnja prema njemu neobična. On se samo veselo i blaženo osvrtaše oko sebe, starajući se da samim očima pokaže drugovima koliko su mu mili, jer ne mogaše još reči prozboriti.

— A kvasiju si, rode, zaboravio kupiti, a?... — pita ga brižno otac Arsenije.

Leontije mu osmehom odgovara da nije zaboravio, i obrće se da ide arhimandritu na razgovor.

— Ih, nisi znao... koji praporac i mala zvonca, da okitim rogove ovom obešenjaku!... Ala, što se ne setih da ti poručim!...

— Odista! — ponovi Nićifor maloprešnje tvrđenje, i zatim se svi raziđoše po dvorištu...

Uveče, kad ostade sam u svojoj ćeliji, Leontije se stade pribirati. Ovakav doček iznenadio bi svakoga, a njega je sasvim pomeo. On je navikao na onaj opšti hladni, sebični ton, koji vlada u svima manastirima. Svaki živi za sebe, i nikoga se ne tiču radosti ili nevolje druga mu. Može ko odsustvovati godinama, pa kad se vrati, dočekaće ga hladni pogled sabrata mu, koji kao da govori: a, došao si! A ovo sad sve beše drukčije... I sam otac Sava iskreno ga dočeka. Omekšao starac, postao blag i pristupačan kao dete. Leontije se bojao prekora zbog novog odela, koje je u Beogradu, na račun manastirski, načinio. Otac Sava odobri taj izdatak. Sve je oko mlada gosta pristupačno, veselo, iskreno...

Neko lupnu o vrata, i začu se Velimirov glas:

— Laku noć, Leko!...

Leontije otvori vrata i stade pred drugom.

— Kud ćeš? — zapita ga čudeći se.

— Kući... — odgovori Velimir otežući, a Leontije ga tek sad pogleda s čuđenjem i nemim pitanjem: kakvoj kući? čijoj kući?...

— Zar ti nisu javili... oženio sam se proletos. Sad mi je Vida...

— Ti... ti se oženio!... Ko će mi javiti! Imaš svoju kuću!... Ovamo!... — i Leontije uvuče svoga druga u sobu, posadi ga da sedne, pa i sam sede i zagleda se u njega...

Izgleda mu sad kao neko neobično lice, o kome je mnogo slušao, ali ga do sad nije video. Zato mu on još danas izgleda drukčiji!

— Govori, zaboga, kako je to?... Ja još ne verujem. Šta sad radiš?

— Kako?... Venčao se, brate, kao sav svet, i sad slavim Boga. Nisam još napustio manastir... ne znam kako ću to. Žao mi.

— A gde ti je žena?

— I tamo i amo... Čas kod naše kuće, čas kod svoje majke. Nismo, znaš, još skućili...

— A žao ti manastira, a?

— Žao mi, što sam se navikao. I da mi je nekako da ovako ostane jednako...

— Pa kako... pričaj mi! Je li bolje tako, nego ovo što mi radimo?

— He, je li bolje!... Ti si se zavukô u svoju ćeliju, pa kunjaš tako doveka. I ne znaš ni sam šta radiš i zašto živiš... Tek tako samo da se proteraju godine, kâ otac Sava...

— A ti... zašto ti živiš? — uzviknu kaluđer grozničavo i upilji oči u druga, da bi mu iz same duše izvukao željeni odgovor.

Velimir polustidljivo obori glavu i odgovori:

— Čekaj.... kroz nekoliko meseci videćeš... ako Bog dâ.

— Kako... zar zbog toga živiš? — začudi se Leontije.

— A zbog čega ti živiš? — nasmeja mu se drug.

— Ja... ja, brate, sad ne znam.

Velimir se grohotom nasmeja. Nastade ćutanje.

— A Jovanka jednako raspituje za tebe. Nije se još udala — nasmeja se on dižući se.

— De ti... đavole! — odgovori monah, obarajući oči k zemlji.

„Hm... sad je omekšao... Ne praća se više!...", pomisli đak i pođe k vratima.

— Kud ćeš?... Sedi još.

— E-e... da ti znaš šta mene sad čeka! Meka postelja, mlada i zgodna ženica i... zgrčimo se tako zajedno, pa nit su nam vrele ilinske, ni hladne božićne noći!... A ti kunjaj tako! Laku noć!

„On, prost seljak, i zna se naći u životu, zna zašto živi...", stade misliti kaluđer. „A ja ne znam šta je ovo bilo do sad, i kome je sve to trebalo... Da li sam ja trebao Bogu?!... A vidiš tamo... i vladika i svi oni učevni kaluđeri... i ne pada im na um jaram Hristov!..."

Prošla je davno ponoć, a u mislima uzbuđena monaha preleću sve sablažnjivije slike iz Velimirova bračna života, meša se tu nešto i Jovanka, i on sam... I sve mu se više ne spava... Naposletku svede sav haos od noćnog razmišljanja na ovo: „Treba živeti — kako sam se Bogu zakleo. Ako ne mogu biti Antonije, mogu ostati pošten i pobožan kaluđer!"

XXV

Otac Sava priređuje iznenadno veliku gozbu. Jedan arhimandrit, njegov najbolji školski drug, starešina manastirski čak na drugom kraju Srbije, došao poslom u Kragujevac, pa svratio na viđenje starom drugu. Za arhimandritom pošli, kao naviknute ovčice na solilo, okružni prota i tri viša činovnika. Ručak je spravljen na brzu ruku, ali domaćinski: poklao se čitav čopor mladine.

U četiri časa, siti, pijani i veseli, otputovaše i gosti i otac Sava u susedni manastir, gde će prenoćiti, pa sutra se vratiti u grad.

Dan praznični. Sunce bije koso, ali ne dopire u hodnik, gde se ugibaju široki stolovi, pod teretom sudova, prepunih jelom i pićem. Kaluđeri, đaci, momci, čisto zanemeli od iznenađenja... Mislili su da će i ovaj lepi praznični dan proći dosadno, teško, jer otac Sava ne pokazivaše od jutros volje da se kud kreće. Ako i iziđe do mehane, da izigra sa mehandžijom i kojim trgovcem žandara, ipak se ne sme niko udaljavati čak u sela. Ali sudbina posla iznenada goste... i kaluđeri se čisto plaše, da ovo nije samo san?... Obilaze oko stolova, zgledaju se i smeškaju... dok otac Arsenije ne uskoči u začelje i brižno-slatkim pogledom privuče sebi jedan tanjir.

Kaluđeri, Velimir i tetka posedaše za stolove. Đaci i momci izneše na dvorište, pod hladovitu i senastu lipu, što dobiše za jelo, i punu kantu vina. Otpoče pravi, poverljivi, slobodni pir, gde se niko ne ustručava ni od reči ni od dela. Pir zatvorenih, usamljenih, povučenih u sebe, stegnutih strogošću uprave duša, koje odjednom dobiše nepreglednu, beskrajnu kao okean slobodu!...

— Likuj dnes, Sione!... — zavapi srećnim, oduševljenim glasom Vasilijan, sedajući do Leontija i tapkajući ga po plećima.

— Ovo, rode — uzviknu Arsenije novim jasnim glasom — da se proveselimo u čast našeg milog sabrata... oca Leontija! Hoćemo li?...

— Živeo!... — zagrmeše složni glasovi oko stola.

— Živeo!... — odjeknuše glasovi ispod lipe.

Leontije se samo zajapuri, pogleda s raširenim u blaženi smeh ustima drugove i ne umede ništa odgovoriti. Samo pomisli u sebi: „Bože... kako je divan ovaj Arsenije!... I svi... svi su mi kao braća! Eto života!...”

Vino se peni, preliva se, prosipa se!... Čaša za čašom obleće, a družina sve veselija... sve bešnja... sve pomamnija!... Već se otimaju oko mesta do tetke, prebace joj po dvojica ruku oko vrata i teraju je da peva iz sveg glasa... Veselje povezanih i odjednom puštenih na slobodu dvonožaca!...

Leontije se podade sav ovom iznenadnom, plahovitom povodnju, u koji zaplivaše svi njegovi drugovi. Ta okolnost, što jurnuše u vatru veselja svi odjednom, sačuva ga od razmišljanja. Kao da beše povezan za njih, povukoše ga u vrtlog mladićske burne pijanke. Oko njega huči, grmi i gudi razigrani talas besna povodnja, i on, usled ove huke, više ništa ne čuje i ne vidi, do neobična, iskrivljena i zanesena veseljem i pićem lica svojih drugova...

U neko doba Vasilijan dozva šumara i vodeničara, i posla ih nekud. Kaluđeri svi, osim Leontija, veselim namigivanjem i klimanjem glave, odobriše taj postupak. Velimir se nekoliko puta značajno pogleda s Nićiforom pa sa Vasilijanom. Moglo se opaziti, da se sprema izvršenje nekakvog opšteg, ranije smišljenog plana, s kojim se, kako izgleda, Velimir ne saglašava potpuno...

Ali vino ne da dugo misliti... Velimir mahnu rukom bezbrižno i veselo, i opet se nastavi pijanka... Tetku izdadoše i glava i noge. Jedva je odvukoše na njenu postelju.

A Leontiju sve igra pred očima veselo, sjajno, sa nekom lakom, paučinastom izmaglicom. On još razaznaje sve oko sebe, vidi šta se radi i razume da je pijan. I to ga saznanje sad nimalo ne žalosti i ne buni. Naprotiv, on se sve više čudi prijatnom, razdraganom, beskrajno srećnom osećanju, koje ga obuzelo cela. Kakva protivnost njegovom dosadanjem dremljivom, večno praznom, polumrtvom životu!...

Gle, kako krv vri, ključa... kako biju damari jako... kako se srce razigralo, pa mu tesan dosadanji skučeni prostor!... A duša se nadima i hoće širine, prostora, svetlosti...

A ona paučinasta izmaglica postaje sve gušća i vlažnija, u glavi se oseća sve jače stezanje, kao procepom, snaga počinje slabiti... Brkaju se u pameti reči drugova, ne raspoznaju se više jasno njihova lica, sve se pomešalo i pretvorilo u nekakav veliki osvetljen krug, koji se prevrće po stolu, pa onda igra... igra... igra...

Leontije ne razume i ne vidi ništa više. Podupro oslabelim rukama tešku glavu, pa poslušno ispije čašu što mu podnesu i opet se podupre i gleda kako se ovaj pod od cigalja (on ne zna da je to pod od cigalja) pretvorio u vatreno, izdubeno kao sač, nebo, pa se obrće, igra... I oseća kako se njegova stolica ponese nekud u stranu, pa ode, ode... i njega nosi, nakrivljena u stranu... I glava sve niže pada, a onaj vatreni sač počinje tamneti... I neko ga diže u visinu sa celom stolicom, pa ljulja, ljulja... A u glavi sve teže...

Duboka noć... Razlila se jasna letnja mesečina, pa se i kroz gustu šumu vidi putovati kao na oblačnu danu. Spustila se laka noćna hladovina pa uspavljuje i ljude i životinje i bubice... I cvrčku livadskom sad nije do pesme; treba se odmoriti, pa će opet na posao...

Nekakva neobična crna družina izlazi iz šume i stupa na livade. Treperi srebrna svetlost preko čista obrađena polja, a ovo tajanstveno-slatko svetlucanje i ovaj pogled na nemo osvetljeno pokrivalo, što se spustilo na zemlju, mami dušu nekud napred, i sve se čoveku tada nešto hoće... i on bi tiho i veselo poleteo tamo... u tu tajanstvenu, nemu, osvetljenu tišinu...

Ali družina ide lagano i veselo, nikoga ne zanose divni prizori, nikome nije do noćnog maštanja.... Vide se pred njima kotarevi; tamo su sadenuta sena, gumna i stogovi slame. Tamo su se braća uputila...

Leontije retko kad oseti da staje nogama na zemlju. Vode ga, upravo nose na rukama, Vasilijan i Nićifor, a otac Arsenije pred njima, sa nakrivljenom šubarom na glavi i podignutim u vis rukama, pucka prstima, okreće se oko sebe i veselo podigrava... Odjednom nanese vetar miris sveže slame.

Leontije samo oseća da se zemlja pod njim jednako ljulja i da ga ovaj miris skorašnje slame sve više privlači. A-a... tu će da se spava! Ali ga drugovi naslanjaju na vrljike razgrađena kotara, i on stoji tako i mrtvački obara pijanu glavu... On ne zna da li što čuje ili oseća, ali mu se čini da spava i u snu oseća lep miris slame i čuje nekakav neobičan razgovor...

„Otkud ovde ženske?", čudi se on u snu, i sve više oseća onaj praznični miris namazane devojačke kose, koji je zapamtio od svojih sestara. I taj ga miris zanosi, opija... i sve bliže prilazi i sve jače steže...

I vidi u snu, da blizu njega zaudara iz grla pijana čoveka... i promiče jedna kamilavka, šta li je... A zemlja se sve više ljulja... ljulja... i onaj miris kose zanosi... i čatal, o koji se odupro, popušta unatrag i leti... leti...

Leontije pruža ruke napred i u strahu hvata se za nešto pokretno, mirišljavo, vrelo, u snu ne može da razazna šta je... Svu težinu tela prenosi napred... I odjednom oseća da pod njim nestaje zemlje... on leti ili pada, a oko njega šušti i miriše slama i namazana kosa...

Tišina... Samo poneki cvrčak zrikne, i zaleluja se tihi, sanjivi noćni lahor, uspavljujući uzbuđene, pijane glave...

Zora! Belasa se gusta rosa po potesu, a tamo iza gromadnih, tajanstveno-crnih planina, obeležava se sjajni kotur, koji će zamalo, kroz nekoliko trenutaka, prsnuti blistavim kao vatra, divnim kao rubin rumenilom...

Leontije se prenu i odmah se strese od jutrenje studi, koja ga obuze svega... Sanjivo pogleda oko sebe, trljajući oči pesnicom, i najedared zaprepašćeno otvori oči. „Šta je ovo?... Gde sam ja?!...", zapita se preplašen monah, gledajući okamenjenim pogledom kako se pretura i spada slama sa njega, kako šušti zloslutno... i on već predoseća nekakvo veliko zlo...

„Ali šta je ovo?... Otkud!...", i on napreže pamćenje... Nekakve nejasne, odelite slike noćašnjih snova — šta li su!... — proleteše u mislima... On se zadube... nasmeši se blaženo, kao u snu, na nekakvu prijatnu sliku i odjednom se trže... Setio se!

„Bilo!... Propao!...", sevnu mu u glavi, i on skoči sa slame kao posut žeravicom. Još jednom ponovi sećanje, kao da još sumnja u ono, što je bilo daleko od njega kao nebo, i što je strašnije od sviju zemaljskih užasa. Oslušnu... nema nikoga. Pred njim, u slami, valja se nekakva šarena krpa, tkanina... Nešto se navuče na oči, na grudi pade nešto teško... On se oseća potpuno kao ranjena zver, koja odjednom saznaje svoju propast... I htela bi da nije ranjena, i da se vrati sve kako je bilo pre, i uviđa da je svršeno sve...

Kroz tiho, bledo, maglovito pojutarje razleže se gromovit, strahotan, nečovečji zverski urlik... Daleka brda odbijaju od sebe nenadan očajni glas, šaljući odjek rečnoj dolini, kroz koju se oteže i zamire njegov poslednji zvuk... Da li to beše natčovečanski jauk za iščupanim srcem, ili očajno rikanje ranjena zvera, ili strahovito guđenje razvitlana orkana?!...

Ponovi se zagušena, užasna rika još očajnije, a preko ravna polja leti, ne dodirujući nogama zemlju, sa raširenom, zavitlanom unazad mantijom, sa golim razbarušenim i zaljuljanim dugim vlasima, sa podignutim rukama u vis, nečovečja izgleda kaluđer... Vetar pirka i leprša njegove meke osvećene vlasi, a on dočepa obema rukama čitave pramenove, kida ih i urla besno, strahovito... da bi tim ugušio nečuveni, užasni bol, što se savio na duši mu...

„Nestaje sveta!... Propast!...", ponavlja se u njemu munjevita misao... On sagleda samo krajičak onoga strašnoga, i opet se iz mladih grudi otme i razlegne zverski krik...

A noge nose, lete preko ravna polja, skaču kroz gustu šumu i preskaču snisko šipražje... Dalje, samo dalje od strašna, najgrešnija mesta na svetu!... Dalje... jer je i Sodom čistiji od njega!... Evo potoka! Napred... skači preko virića i kamenja, a iz usahla grla još se razleže zagušena rika... Naviše, uz stenovite krševe... eno ih — tamne se, a crni otvor pećinski zjapi i tajanstveno bruje vrhovi bučja oko njega. Tamo... tamo!... Poslednji put zastenja očajno, a u grudima zaklokota iznemoglo, promuklo urlanje...

Grešnik ulete u pećinu i, onako u trku, pade pred presto i lupi vrelom glavom o hladnu kamenu ploču. Odjednom se umiri, postade nepomičan i neosetljiv kao stena... Ne beše više fizičke mogućnosti da se nastave ovi čudni izlivi duševna bola. On se zanese i zanemi... Ni uzdaha, ni jauka, ni stenjanja, ni glasa!...

Tek posle dva časa kaluđer se diže na kolena i pogleda u mračni hrapavi svod pećinski... Bolan, očajan prekor beše u tom pogledu, koji je prodirao kroz kamene svodove i hitao pravo visoku nebu...

— Što dopusti?!... — prekorevaše on nekoga u bolnom zanosu.

— I sad nisam više onaj, koji sam bio do juče!... I neću umreti onako, kako sam mislio!...

I odjednom, kao plaha letnja kiša, grunuše suze mladom grešniku, potekoše obilnim mlazom niz usijano lice mu, i stadoše lagano vidati ljute očajne bole... Razleže se po mračnoj pećini isprekidano, gorko jecanje i pravi detinji neutešni plač.

U mislima stoji samo jedna crna, užasna slika, i u tome groznom prizoru, kao u snu, promiče Jovanka...

Ah, od sviju njegovih ideala i snova ostade mu samo to jedno, ta poslednja uteha, pomisao na svoju detinju čistotu, s kojom je mislio u grob poći!... Svi drugi ideali razbiše se u varljivom svetskom metežu, salomi ih i raznese bura životna, kao slabačku slamčicu... I gle: svrši se!...

XXVI

Jeromonah Leontije mirno dovrši svoje školovanje. Sa njim otac Sava, treće godine, posla i Nićifora da uči školu. Sastavi se u bogosloviji čitava kaluđerska družina iz raznih manastira, koja odmah zavede svoj odeliti način i pravac života. I rad, i odmor, i veselje, sve beše zajedničko. Leontije se podade tome kolu neosetno, bez razmišljanja. Što valja drugima, dobro je i njemu!

Istina, on još nije mogao ugušiti staru večnu svoju misao: da on nije ono isto, što su drugi kaluđeri; ali se ipak podao opštem životu i činio sve što čine i drugi. Samo se i u tim prilikama nigda nije mogla ugušiti njegova urođena pobožnost i skromnost, koja se vazda jasno ogledala na licu mu.

Poslednje godine školovanja poseti fruškogorske manastire. Odavno je goreo živom željom uveriti se: nema li tamo onih idealnih monaha, o kakvima je on doskora sanjao. I otud se vrati razočaran. „Ovo su, brate, gospoda-kaluđeri!", govoraše on u sebi. „Plemići, spahije, šta li su!... Stolovi im blistaju srebrnim posuđem, kuhinje raskošne, gospodske, a crkvene odežde dronjave, svećnjaci prljavi, pozeleneli, i tako!..." Ipak on zapazi i dobro razgleda pohvalno, neviđeno u Srbiji, gazdovanje manastirsko...

Dve godine posle školovanja provede u manastiru tiho, nečujno, kao da i nije živ. I kakav je to život iz večno praznog dremeža, ili monotonog mehaničkog čitanja i molitvanja u crkvi! Bar da ostadoše parohije, pa bi se čovek opet imao čim zaneti.

Još pre nekoliko godina učini se velika promena u crkvi. Da li je to, prirodnim i istorijom obeleženim putem, odživljavalo staro dobro vreme i uklanjalo se ispred novog, stvorenog raznim uslovima, već dozrelog za život, vremena i pravca?... Tek sve se odjednom izmeni. Doneše se važni crkveni zakoni, urediše se mnoga crkvena praktična pitanja na novoj osnovi i — oduzeše se manastirima parohije...

— Popovi neka popuju, a kaluđeri u — manastir! — uzviknulo se tada gromko.

I odjednom kao čarobnom rukom doneseno, nastade sasvim drugo, novo vreme, drugi život, drugi izgled manastira, drugo sve... sve!...

I tužni i sumorni postadoše samostani srpski u novom vremenu! Nema života, ni rada, ničega!... Ču se uzvik: manastiri propadaju!...

U takvom vremenu ocu Leontiju bi suđeno da otpočne ozbiljno, zrelo živeti, da za svoju pokretljivu dušu izmisli kakav bilo cilj života...

Čim nastupi duboka močarna jesen, otac Sava zanemože. Prvog dana obuze ga lomljava, jeza, pa onda ga obuze i vatra. Ne pomože mu ni najstarija kristalna šljivovica, sa kojom je do sada od šale isterivao ovakve napade. Sutradan, zorom, privika spremnom kočijašu:

— Doktore!... dvojicu!

Tek uveče stigoše lekari, i odmah posle pregleda izjaviše zabrinutom „bratstvu", da će ih arhimandrit skoro ostaviti.

Do ovog časa braća se nisu ni interesovala „gospodinovom" bolešću. Znali su da to kod njega prođe brzo. Ali posle izjave lekarske njihova lica dobiše razne izraze: prvo strah od smrti, potom strah od neizvesne skore budućnosti, pa obično, tupo čovečje čuđenje nad neočekivanom pojavom koja nastupa...

A nikom ni na um ne pade, toga časa, jadni otac Sava; niko i ne pomisli o njegovim mukama i skorom kraju.

Arsenije se značajno uznemiri. Od vrata ćelije bolesnikove nije se više odmicao. Sve je piljio i motrio šta tetka otud iznosi. Mislio je samo o tome, kako je on najstariji, i kako će kroz koji dan brknuti u sve uglove Savine ututkane ćelije… I koliko će vremena trajati njegova privremena uprava?… I šta se može za to vreme učiniti?… I ko će posle doći za starešinu… možda on?… Ko zna?!… Eh, kad bi imao stotinu dukata, da ih ćušne gde treba!…

Vasilijan se samo zaprepašćeno pitao: ko li će sad?!… i strepeo od pomisli, da taj novi može biti gori od Save. Zabrinuo se još: da li mu ova promena neće omesti njegov omiljeni posao — vrćenje glavčina, tesanje palaca i naplataka za točkove.

Nićifor, koji se ovog leta vratio iz škole, nosio se nekom teškom, olovnom mišlju, koju je često krio i od sebe sama. Sad je uvideo da nastupa čas raspredanja svega, pa stade nestrpljivo očekivati kraj, ne misleći ni o čemu…

A Leontije?… On se i bez ovoga namislio dosta, pa sad samo predstavlja sebi, kako će to izgledati ova kuća posle smrti Savine. On se tako navikao svemu što je oko njega, navikao se gledati u Savi pravog oca zadruge, bez koga, čini mu se, ne može opstati ni ova kuća… I tek posle će biti sve drukčije, nastaće sasvim drugi svet!… I ljudi iz starog vremena odlaze, i svega, svega nestaje…

Petog dana tetka isprazni celu svoju sobu, natovari puna dvoja kola raznim pokućanstvom i posla svojoj kući.

Dođe ispovednik iz udaljenog manastira, te ispovedi i pričesti oca Savu. Sedmog dana bolesti arhimandrit umre…

U manastiru sve tiho. Niko ne plače, ne vidi se žalost ni na čijem licu. Rodbina arhimandritova podolazila; svi posedali za stolove, piju i gledaju nemarno oko sebe. Samo se najstariji član porodice, u ćeliji, kraj mrtva Save, koška i prepire sa Arsenijem, zbog jednog nađenog zamotuljka. Rođak predlaže mirnu deobu, „pa da niko ne zna", a Arsenije uporno tvrdi, da sve pripada manastiru... Tetka, kako izgleda, nemarno švrlja po sobama i stajama, gledajući tupo svakoga ko je sretne, ali je u potoku, ispod štale, jednako sačekuju deca i muž, i potom u trku, po jedan od njih, juri kući...

Stade grcati svet. Pojurila sva okolina, kao na vašar, sa izgledom na bogatu daću. Sve se živo smeje, šali... jer šta bi drugo radili: mrtva kaluđera ne valja žaliti!

— Daj vruću! Kuvaj u bakraču! — uzvikuju slobodni gosti, jer osećaju da su u punoj kući, u kojoj nema gazde, i sad se ne zna čija je... Ko ume zapovedati, on je i gazda.

„Vlast", duhovna i svetovna, koja je došla da sve „primi i pregleda" u toku od sedam-osam nedelja, namestila se u gostinske sobe, razbaškarila se, mahnula dlanovima preko brkova, pa samo naređuje...

— Za večeru gledajte koje debelo mlado ćure... — počinje naređivati policajac.

— I plovčica... nije zgoreg! — utače se žurno i gladno prota.

— Post je!... kako ćemo? — napomenu Arsenije.

— Ah! — uzdahnu prota žalobno i nezadovoljno.

— More... kakav post! — uzvikuje treći stariji činovnik.

A po hodniku i dvorištu sve veća larma, uzvici i čak nešto nalik pesme...

Leontije, pošto se svrši njegova čreda čitanja nad mrtvacem, prođe hodnikom i dvorištem, gledajući šta se radi. Zaviri i u sobe, u kuhinju, u trpezariju, i kao okamenjen, sa besmisleno upravljenim pogledom u prostranstvo, uđe u svoju ćeliju, leže na postelju i stade nesvesno šarati očima po tavanici. On ne može sad misliti o onome što je video, ali sve dobro razgleda, utuvi i ostade preneražen od čuda...

Opevaše mrtva kaluđera i sahraniše, uvijena u rogozinu, povezanu na tri mesta isečenim krajevima od mantije, u koju je uvijeno telo. Iz grube, široko savijene rogozine, viri polovina stare masne kamilavke, a na drugom kraju vise nove cokule... Baciše grešno telo u zemlju, od koje je i postalo, i vratiše se manastiru veselo, „slaveći Boga", kao što naređuje crkveno pravilo...

Posle dve nedelje, po naredbi duhovne vlasti, Leontije primi upravu manastirsku, kao novopostavljeni namesnik. Odmah sutradan iziđe pred njega veseo Nićifor.

— Sad nastaje ono... što će reći odmotavanje... Ho, brate! Do sad se samo motalo, a ne znaš šta ima u klupčetu...

Leontije ga pogleda čudno, ne razumevajući smisao govora mu.

— Ja se ženim! — uzviknu Nićifor smešeći se.

Leontije zinu, prekrsti se i odmače se korak-dva od njega.

— Sad polazim u Beograd... tamo je ceo Sabor na okupu. Moraju me raščiniti, pa da bi... da bi... hm! — on ne nađe zgodna izraza i zastade.

— Gospode Spasitelju i svi anđeli... pomozite mu!... — uzviknu preneražen Leontije. — Jesi ti lud! Ko će na to pristati?...

— Baciću im pred noge ove rite, pa mi posle ne treba ničiji pristanak... Ja i moja Jula: ona s njenom mašinom, a ja, što!... svršio sam bogosloviju... zaradićemo parče hleba.

Ne pomogoše nikakve molbe, saveti, preklinjanja sviju drugova da ne sramoti ime njihova postriga, njihove opšte kuće... Nićiforu kao da ne beše mnogo stalo do svega toga. On otputova veselo, kao na kakvu gozbu...

— Hi-hi... Osetio Švabo da nema više masla u manastirima! — uzviknu Vasilijan. — Sad se više rentira ortačka radnja sa krojačicom!... Hi-hi...

Posle dva meseca dođe glas manastiru da je Nićifor raščinjen, a malo zatim — da se venčao...

Nekako naodmah po odlasku Nićiforovu, Leontije otputova u okružni grad. Čim odsede u mehani, saopštiše mu novost:

— Ubio se vaš Maksim! Gazda-Mirković išao tamo za građu i sad se vratio... Video čovek očima sve!...

Leontije odjuri u stovarište Mirkovićevo. Tamo zastade čitavu gomilu radoznalih slušalaca... Ispriča mu trgovac ispotekar sve što je znao i video.

Pre dve godine Maksim je postavljen za starešinu manastira T. U celoj Srbiji, nigde se u tolikoj meri ne izrađuje i ne prodaje drvena građa, kao u čuvenim stružnicama T-nskog manastira. Novac se grtao velikim kašikama...

Bogzna šta je radio i kako je upravljao otac Maksim tolikim prihodom, tek u godišnjim računima on iznosi, umesto pređašnjih šezdeset-sedamdeset, čistih dvanaest hiljada prihoda... Jednog lepog dana banuše iznenada neki ljudi, objaviše glupo-preneraženom Maksimu da se oni zovu „komisija", popečatiše mu kasu, dnevnike, račune i stadoše zivkati i saslušavati jednog po jednog čoveka iz okoline... Obelodaniše se nečuvene, ogromne zloupotrebe...

Otac Maksim najpre oproba obična sredstva: ponudi svakom članu najpre dvesta, pa četiri, pa pet stotina... Ne ide! Đavolski sastavljena komisija, pa svaki član zazire od drugova. Aha!... pa ovo je nešto strašno!... Šta se ovo približuje?... Evo svakome cela hiljada cekina!... Ne, opet ne ide!... Hoćete li novaca?... Kažite samo koliko hoćete?... Ni marjaša! Pa šta hoćete?... Maksim opazi neobičan, neljudski pogled predsednikov, koji ga seče kao sabljom... Čini mu se, da mu taj pogled veli: svršio si! najpre ćemo bradu — fik-fik... pa onda za kolac: dan-dan!...

— Je li vi nećete ni para, ni imanja, ni kuća, ni stoke, ništa... a?... Je li vi baš naročito hoćete da me upropastite? — pita Maksim nekim zloslutim glasom, u kome se čuje i očajanje i — pretnja...

— Kako si drobio, onako i kusaj! — odgovaraju mu.

— A-a-a!... — oteže Maksim tupo i iziđe.

Šta li se tada kuvalo u onoj praznoj, večno mračnoj duši, koja je za sve dosadanje slučajeve u životu imala jednu stalnu podlogu — naviku... Sve se radilo onako, kako se naviklo, kako se videlo da i drugi rade. Tako se Maksim zakaluđerio, tako je živeo, tako poče upravljati manastirom. Video je da drugi „dižu", pa ne misleći kako i u kojoj se srazmeri to čini, stao je i on dizati bez računa, bez smisla, glupo... I sve je išlo dobro... Ali šta je ovo sad?!... Za ovo nema nikakve druge navike ni uputstva, sem onoga što je oprobao...

Moralo se odjedared sasvim pomračiti u inače mračnoj duši Maksimovoj. On je izgledao kao kurjak, koga su lovci sjurili u ćošak. Vidi samo jedno: neizbežnu propast — ili: jurnuti napred, poklati zubima one što su pružili puške i hoće njegov život... pa u šumu!...

Posle nekoliko trenutaka kako iziđe Maksim od „komisije", opet se otvoriše ona ista vrata, i na njima stade bled, zabezeknut, preplašen, sa blesavo-tupim pogledom, Maksim, pružajući revolver u celu grupu odjednom, ne gledajući ni u koga naročito. Predsednik, koji je sedeo prema vratima, samo ugleda kako se onaj iglasti revolverski obarač diže... diže... i — dum... dum... dum... dum... Zadimi se soba, zamirisa barut, sva četiri člana skočiše nepovređeni, nagoše da beže... a u hodniku, dalje od vrata, opet prasnu: dum... dum!...

Kroz sivobeli, uskolutan dim, ugledaše na podu široku, moćnu figuru Maksimovu, sa raširenim uplašenim pogledom, kako ispušta poslednji dah...

Posle kratkog vremena Leontiju dođe nalog, da uputi oca Arsenija u manastir T-n, kamo je određen za starešinu.

— Ih, rode, kako ću... ojađenik sinji!... Posle samoubilca!... — uzviknu Arsenije s bolesno-zabrinutim izrazom. Pa se tek posle nečemu priseti:

— A-a... tamo ima hajdučice sa žutim cvetom!... Kako je ono zovu?... Oh, kakav li će biti Arso kroz pola godine, dok se nasrče teja!... — I on ode veseo na novo mesto, ne misleći više o samoubici.

Đaci i neki momci behu još ranije otpušteni, i sad, od onolike zadruge, ostadoše sami Leontije i Vasilijan. Ali... beše i novih lica.

Tetka, drugog dana po smrti arhimandritovoj, predade Arseniju ključeve od staja i sve čime je ona rukovala, pa ode svojoj kući. Uvidela je ona odmah, da je njeno vreme prošlo, da ona ne može mlađim kaluđerima biti ono, što je bila Savi. Oprosti se lepo sa svima, darova svakom bratu ubrus i čarape, pa ode zadovoljna.

Kuća ostade bez ženske ruke... živa muka! Puno živih ljudi, naviknutih na izvestan red, a sad nema koga da taj red nastavi. Momci, nenaviknuti i zbunjeni, snuju po kuhinji i svaki čas zapitkuju Arsenija ili druge kaluđere: šta će se kuhati?... u čemu, kako?... Šta će s donesenim mlekom? Ko će siriti ono iz karlica? Gde će se ostaviti doneseno brašno? Šta će sa neopranim trpezarijskim rubinama?... Kaluđeri samo gledaju tupo, promrmljaju nekakav nejasan odgovor i uklanjaju se žurno, da ne čuju još kakvo pitanje.

Čim Leontije primi starešinstvo, Velimir mu napomenu, da kuća ne može biti bez žene... Nego mu savetova, da preda svu stoku i polje Jovankinom mužu pod najam, a Jovanka da primi sve ono, o čemu se brinula tetka Mara.

Leontije se smeškao na sablažnjiv predlog, i kao predomišljao se. „Baš odmah, prvog dana... pa kao svi drugi!... I sve onako... sve mora teći po starim, davno izdubenim jazićima, baš sve... iako sam ja tu!...” Iz njegovih potuljenih, poluzakrivenih očiju, sevnula bi radosna varnica, ali se on starao da sakrije svoje osećanje od svakoga, pa i od Velimira.

Ne prođe nedelja dana, a Jovanka zdrava, jedra i puna kao jabuka, nakicošena, nameštena, sa zasukanim vezenim rukavima, iz kojih se pružile dve oble, crvenkaste ruke, snuje po hodniku, po sobama, po dvorištu. Pod njenim zdravim živim stupanjem trese se pod, a ona veselo i srčano podigla glavu, gleda oko sebe radoznalo, i kad ugleda zastiđena Leontija, nasmeši se đavolasto, pa i sama vrdne očima u stranu, kao da se stidi njega... Ona odmah, bez ikakva uputstva, zauze onaj isti položaj u manastiru, kakav je zauzimala tetka. Uze i njenu sobu, namesti je stvarima iz gostinskih soba, a muž će živeti na trlu kod stoke. Leontije proba da protestuje:

— Uh, brate... nezgodno! — reče on, tresući prstima bradicu i krijući oči. — Dolazi svet, videće... žena do kaluđerskih ćelija!... Baš... mogla si i ti sa Živojinom na trlu...

— E-e!... pa da idem? — oteže ona i uzviknu tako značajno i smelo, da se kaluđer prenu.

— Pa-a... — oteže i on, ali meko, popustljivo, zbunjeno i pobeže u sobu.

Tako ostade nedirnut ceo zatečeni red posle tetke.

XXVII

Opet se našla duši zabava, opet se mili uspavanu čoveku živeti! Evo rada!... Zauzeta poslom duša, nema kad da sumnja ni da tuguje... Leontije se dade na posao. Toliko je prenaglio žudnjom za radinošću, da u početku nije znao čega pre da se dohvati. Srećom, beše zima, pa se nije mogao nikakav veći rad započeti. Imalo se kad razmišljati o svemu. U tome dosta pomože Velimir, svojom bistrom praktičnom uviđavnošću...

A imalo se o čemu smišljati. Manastir se, usled novog poreskog sistema, opteretio ogromnom porezom. Otac Sava, kao i sve ondašnje manastirske starešine, držeći da to „sve mora pasti", nije plaćao porezu tri godine. Ali ne pade ništa, a dođe trenutak da zalupa doboš u negda veličanstvenim a sad ubogim spomenicima srpskih kraljeva... Aman!... „Ne dajte da nam se beščaste svetinja i mili spomenici davne prošlosti!", začu se opšti uzvik. A zakon, hladan i nem kao stena, hoće svoje...

Podiže se oštra, ljuta čelična pila i sekira... zastade u vazduhu... kao da se predomišlja, da li da izvrši zločin. Odjeknuše česti udarci kroz svu Srbiju, i kao da svojim zloslutim glasom opominjahu nekoga: hej, ne daj!...

Manastirske šume se prorediše, manastiri isplatiše porezu, dugove, sitnice i kaluđeri se stadoše pitati: „A šta ćemo sad?..." Do sad je ove kuće izdržavao narod, a sad se iscrpe taj izvor. Šume zabraniše dalje seći... Kako će da se živi... treba jesti?... A šumadijski manastirski ktitori nisu ostavili svojim zadužbinama onakva sredstva, kakva imaju fruškogorski manastiri... *i dahom jemu (manastiru) dvadesjat tri vesi...* reklo se u povelji, i mislilo se da to ostade vekovima, dok sunce sija... Posle koje stotine godina, od neograničenog prava nad selima, manastirima ostade samo parohijsko pravo. Sad nestade i toga; ostadoše nepregledne, dobro očuvane, dragocene šume i pomalo polja...

Šta će se sad?... A ono večno, staro kao čovek, pravilo: da treba jesti, podstiče misao na jače, napregnuto delanje. Kaluđeri se prenuše. Svi se dadoše na privredni rad...

I Leontije pođe za opštim pokretom. Njemu dođe cela ova stvar, kao bolesniku u vatruštini gutljaj hladne bistre vode. I on i Vasilijan predadoše se poslu sa nekom novom za sebe, grozničavom žurbom... Stadoše nicati prosečeni ravni putovi kroz beskrajnu manastirsku šumu, te se iz mračnih i nepristupačnih dubodolina stadoše vući stotine kola drva, koja su do sad trunula... Pojavi se veliki uljanik u manastirskoj gradini, koji na svagda istrže oduševljena Vasilijana iz naručja kolarske veštine... Zašareniše se među stokom dve neobično velike žute krave, sa crvenkasto-žutim mrljama po koži, plaćene po trideset dukata. Uništeni filokserom vinogradi stadoše se prekopavati i zasađivati divljom lozom za kalemljenje... Sve buknu, kao uspavana trava posle prolećne kiše...

Samo polja ostadoše po starom. A i šta ćeš im? Šta možeš uneti novoga, a stvarnoga i korisnoga, u nekoliko manastirskih livada i njiva. Gvozdeni plug brazda po njima odavno, a u kopačice i druge poljodelske sprave još se nekako sumnja... Leontije se dobro seća što je gledao u Fruškoj gori, ali je tamo druga zemlja i, što je glavno, druga količina...

Sve vri u poslu, a mladi starešina zadovoljno prenosi oči s jedne nove tekovine na drugu. Sad mu i šuma izgleda kitnjastija i hladovitija, i gradina raznovrsnija i šarenija, i livade zelenije i stoka po njima tovnija, i voćnjaci gušći i samo dvorište manastirsko primamljivije, veselije, naročito kad propliva njime, sa večno zavrnutim rukavima i uzdignutom glavom, đavolasta Jovanka.

U ovako svetlim trenucima Leontije siđe u podrum, koji je davno i pečalno osiroteo, jer skoro svako bure žalosno zvoni, odajući nemu prazninu. Natoči u staro Savino staklo one iste, ukrćene kristalne šljivovice, pa odšeta ravnim prosečenim putem na vrh onoga visokog brega, sa koga je i Sava negda posmatrao svet...

Čaša za čašom sleva se neosetno — jer šta bi radio čovek u ovoj samoći — a u veseloj glavi mlada namesnika sve življe se i uzbuđenije ocrtavaju i kolutaju razni planovi za budući život... Sve će se uraditi, i znaće se opet zašto se živi!...

I sad se mladi monah seća svojih davno porušenih ideala onako isto, kao što se seća svoje davno pokopane dece roditelj, koji je u mlađoj, posle rođenoj, deci našao sreću, tihi domaći mir i zado-voljstvo...

Još jedna želja ostade na srcu Leontijevu. Tolike godine prođoše, a on ne vide više svoga starog gnezda, iz koga je poleteo u svet, ne vide ni svoga željenog Maljena!...

Kad preradi sve poslove, Leontije otputova svome kraju...

Kako se iznenadio, ulazeći u svoje selo! Sve ono isto, dobro poznato mu, i opet sve drukčije, neobičnije... Preko svega se navuklo paučinasto pokrivalo laka zaborava davno negledanih slika, pa sad sve niče pred njim u drugoj svetlosti i drugom obliku... Gle, zar ono kuća Stepovića! Nekad mu je izgledala kao dvor, a sad tako sniska, stara, i tako obična... Ovde se nekad pobadao vito... Kako mu se veliko činilo to polje, a sad...

— Čiji si, ti mali? — zapita jednog dečka, koji teraše kravu sokakom.

— Veljkov — ču se običan odgovor seoskog deteta, koje drži da je njegov Veljko znan celom svetu.

— Od kojih je tvoj Veljko? Gde su vam kuće?

— Tamo, više Markovića... one pod brdom.

— A-a!... Veljka Maksimovog? Je li živ čiča Maksim?

— Umro je.

— A Miloje vodnik? A Nenad Đakov?... — I kaluđer nestrpljivo izređa nekoliko starijih, zrelih ljudi, koje je znao... I svi pomrli, zajedno s njegovim ocem, i na njihovim pepelištima gospodare drugi ljudi i čuju se druga imena...

I ovde nestaje onog starog, na koji je on dobro naviknuo, sveta, a niče novi, nepoznati, mlađi svet. Njegovi vršnjaci već upravljaju porodicama, kućom i često predstavljaju čitavo pleme. A njemu se, iako i sam upravlja kućom, čini to neobično, pa čak i — nezgodno... Svi iz njegove vrste treba da su mlađi, to je u redu i obično... Ali gde su stariji?...

A šta je ono... čije su ono kuće?... I ona nova, visoka, gospodska, i ona ispod nje nakrivljena čatrljica... Jest... to je njegovo staro gnezdo, u kome se ispilio! On ne gleda visoku, sa crvenim krovom i belim zidovima kuću, koja je njegovim novcem podignuta, on i zaboravi na nju... Nego mu ostade prikovano oko, s nemim začuđenim izrazom, na onoj ubogoj, sniskoj, krivoj daščarici, čija su se brvna iskrivila, poizvaljivala, šindra pootpadala, i po izbušenu krovu preliva se beličasto-siva mahovina...

Zar to ona stara „naša kuća"?!...

A rodbina vesela... sve poiskakalo, istrčalo čak u voćnjak, pa se živo raduje tako važnu i milu gostu... Vujo starešina kućni, Svejo već kosač, sestara nema, razudale se, a okolo snuju neka nepoznata deca, i sa onim istim pokretima, sa istim načinom i izrazima lica, kako je i on sam radio, tapkaju preko dvorišta i kriju se sa smehom za trula ćerčiva stare kuće... Njemu se učini da je i on mali kao oni... Šta će ova tuđa deca ovde!... Ko se usudi zauzeti njegovo mesto iza ćerčiva!...

Ah, to su sve Vasići... Vujova deca. I kaluđeru se čini, da mu one žive i plašljive, vižljaste očice govore: naše je ovo ognjište!... i kad tebe, Vuja i Sveja zakopamo, onda ćemo ovde mi gospodariti tako, kao vi sad...

A Maljen odozgo veličanstveno i moćno izbija u svetli nedogledni zrak, i nemim ćutanjem pozdravlja stara znanca...

— Pisali smo ti... — reče Vujo, kad stadoše u dvorištu. — Babo te na samrti pozdravio i oprostio se lepo...

Leontije brzo okrete leđa svima, glava mu se zatrese i ču se zagušeni hropac, a potom jecanje...

Poizdolaziše mu na viđenje sve sestre, tetke, cela rodbina. Svi se raduju njegovu dolasku, svi se, kao naročito, utrkuju, ko će mu se prikazati miliji, bliži... I kao da u ovome on opazi nešto neprijatno. Povede razgovor sa sestrama. Njegova razdragana, meka, sanjalačka duša htela bi se baviti svetlom prošlošću.

— Sećaš li se, kad se ono jednom ja sakrio onde za ćerčivo, a ti ideš, uveče, s kravljačom mleka, pa te ja uplaših, a ti prosu mleko?

Sestra se smeši, odgovara da se seća, iako joj se iz očiju vidi nemarno raspoloženje prema tim „zaludnicama”. Ona vešto obrće razgovor i počinje pričati o teškim vremenima, velikim dacijama i, onako uz reč, kako joj je kuća oveštala, mora se dizati druga... ne treba mnogo novaca, ali nema gde da se uzme... Ona završi govor tako slatkim sestrinskim pogledom, da se Leontije namršti.

— Moj Ljubo — završuje razgovor druga sestra, posle onako isto poetična početka. — Dao nam je Bog dece i zdravlja, ali eto, nemam sa čim da ih mrsim... A prodaje se do same naše kuće jedna livadica... i druga bi jedna žena prodala dve kravice...

I tetke, i strine, i braća od stričeva... svi okupili jedno, svi imaju neku nevoljicu...

— Ovi su svi podolazili da što iskamče — reče mu Vujo nasamo. — Da imaš kapetan-Mišino blago, ne bi ih zajazio. Nego... ako veliš, ja ću im reći... da se ne mraziš?... Znaš... oni misle, kad si takvi gospodin, da imaš pun kazan dukata...

— A ti ne misliš tako?!... — pogleda ga Leontije oštro i prekorno.

Vujo, stidljivo i širetski, sa onim istim, urođenim obojici, potuljenim pogledom, obori glavu...

Dođe na viđenje i stara drugarica s Maljena, vodeći sinčića za ruku. Gle, prava žena!... razvijena, čista, obična pocrnela lica. Leontije ožive. Sad će se ponoviti sve stare, divne uspomene...

— Znaš... kad onako ja legnem kraj studenca, ti nešto deljkaš, a tek Paponja zavreči čak u drugim kosama!... — Leontije se htede ovim podsetiti na svoje sanjalačko gledanje plava neba.

— Jä. Ti si se dobro izležavao, a ja se jednako bola po trnju i ranjavila noge...

— A kad ono pođoh u svet, onako preplašen i mali, znaš kako smo se gledali i ćutali na kosi?...

— Pa ja uveče izvukoh batine i za tebe!

— A jarca... jakanja!... Ih, bolan... sećaš li se kako si se preturala? — zapita Leontije stidljivo i obori oči.

— Tss... dečurlija! — odgovori Mira nemarno i pogleda u stranu. — Nismo imali druga posla.

— Pa onako bosi oboje... sevaju nam butine!

— A vi'š... ovaj moj mali neće da se mrdne bez obuće i jeleka. Dođe teško vreme!...

— Ah!... — Leontije gorko uzdahnu i očajno, kao ostavljeni u pustinji putnik, pogleda u plavo nebo. Zar svi jedno isto!?...

Samo ga pop Svetozar, koji je sad paroh u njegovu selu, obradova. On ga iskreno dočeka i nije se odvajao od Leontija, dok god se ovaj bavio kod kuće. On ga najbolje obavesti o svima promenama, koje se dogodiše u celom kraju za ovih sedam-osam godina. On mu saopšti i za Milku, da se udala za jednog sreskog pisara — i dosta drugih rado znanih vesti...

I seljani Leontijevi učiniše prijatan utisak na njega. I ono ozbiljno poštovanje čina njegova, i ono svesrdno prilaženje ruci mu i starih i mladih, i ona iskrena radost njihova, što im se sija u oku, jer su dočekali da vide dva „gospodina” iz njihova uboga sela: njega i Svetozara — sve ga to raduje, veseli i baca laku koprenu zaborava na doček rodbine mu.

Ali mu je od svega bio najmiliji, najzanosniji doček stare, davno neviđene okoline, visoka Maljena i cela, svetlo ocrtana jasnim zracima, neravna vidika... Gle, ona ista, iskrivudana, uska i duboka rečna dolina, po kojoj se jutrom nosi i koluta mlečnosivasta magla, a kad opeče sunce, zelene se livade, žute se njive zrela kukuruza i promiču mlade živahne pralje... I oni goli sniski humovi, po kojima se žute strnjaci, ili zelene voćnjaci i crne ili crvene kućni krovovi... I oni veći bregovi, okićeni gustom šumom... I daleko tamo na istoku, ej-hej... diže se ponosno od zemlje, uvijena u tamnosivkastu maglu, divna, plastasta Bukulja... A za leđima visi, nepomičan i svetao, mio kao sunce, zeleni Maljen... Ah, kad zagudi velikan vrhovima gusta jelašja, i kad zasvira iglasto borje, i kad zašumi gusto bučje... kaluđer dršće. Čini mu se da to Maljen njega pozdravlja...

— Zdravo, druže stari!... Da li ćemo se još kad videti? — uzvikuje setni monah, ostavljajući najmiliji kutić na svetu...

— Zbogom! zbogom!...

— Sve je prolazno i ništavno, moj Maljene; sve je tako sebično i tako grubo; sve je udešeno, izmajstorisano, nameišteno... sve je hladno kao led, bez srca... Samo si ti jedan stalan, nepomičan, mio i svetao!...

— Zbogom! zbogom!...

XXVIII

Prošlo je deset godina. U manastiru se za to vreme učiniše mnoge promene. Kroz šumu možeš provući nekoliko plastova u redu, da ne zakačiš o drvo; uljanik zarastao u korovu, i još poneka pčelica prozuji nad ovom usamljenom divljinom; po livadama čupkaju sprženu travu kržljava goveda i jedno staro, splatičeno kljuse; detelinište zaraslo aptovinom, povrće u gradini ne vidi se od trave...

A ćelije manastirske, sa ulaska, dosta liče na nišan od platna, u koji je cela četa osula nekoliko plotuna. Žune i detlići, na jakoj studeni, tražeći hrane i zaklona, izbušili su bezbrojne rupe na prljavu zidu, a niko i ne pomisli da te rupe čudno izgledaju... Velika parčeta lepa pootpadala, temeljci poizvirivali i počeli truliti, osuo se zid ispod temelja, pa se to sve šareni, sumorno crni i baca na dušu gledaočevu neko tužno, setno osećanje.

A u dvorištu i po stajama pustoš, zanemarenost i nema sanjivost...

Od momaka i posluge nikoga, osim Jovanke i njena muža. Nema ni đaka ni kaluđera, osim igumana. Sve se, kao po mahu čarobna štapića, izmenilo, izumrlo, otuđilo...

U početku je, kao što videsmo, ceo manastir Leontijev ličio na skorašnji roj, koji je s velikom žurbom i hukom kidisao da svoju praznu košnicu popuni, da se med preliva do jeseni... Mililo se čoveku živeti, kad pogleda kako oko njega sve ključa i brizga životom, kako se sve menja nabolje, kako je sve primamljivije i lepše...

A u kući se živelo starinski. Beše svega u izobilju...

Jednog dana Leontije opazi, da se dobici manastirski nikako ne mogu izravnati sa izdacima. Kako koja godina, deficit sve ogromniji... Bio se jadnik kao riba o zemlju, radio s najupornijom žurbom, mučio se, dovijao se i obrtao od svake ruke, ali stanje sve očajnije... Šta je to?

Smanjili se, upravo nestalo sviju pređašnjih manastirskih dobitaka, a izdaci se povećali ogromnom porezom i dugom. Što je bilo gotovine u Upravi fondova, to je Sava izuzeo i potrošio, a Leontije se, po savetima umnih ljudi, zaduži, da bi mogao učiniti one promene koje videsmo — da bi mogao pametno gazdovati. Trebalo je sad otplaćivati taj dug, oduživati porezu i snositi veće izdatke kućevne... A uljanik i krave i gradine i njive jedva podmirivahu domaću potrebu; a vinograd se morao napustiti zbog skupa rada... I, da bi se dovršilo zlo, jednog proleća udari strahovit povodanj, zasu sve manastirske vodenice, a posle nekoliko nedelja prohuja čuveni ciklon rudnički, poobara šumu, razvali sve vodenice i odnese, satre sve pod sobom... Sad se moglo životariti jedino prodajom oborene gore; drugih dobitaka ne beše...

Šta... zar toliki rad, pa sve uzalud!?...

Leontije najpre držaše da je to neka pogreška, da tu mora biti nešto drugo, nešto što on ne razume... Očekivaše da se to sve nekako ispravi. Ali ga poslednje nedaće salomiše, istrgoše mu svaku nadu na bolje dane, ubiše mu odjednom svu volju i oduševljenje za radom.

Leontije se povuče u sobe, i odjednom zanemari sve ono, što ga je do sad oduševljavalo, što je davalo smisla životu. Prestade i misliti. Nego se tako zagleda negde, pa sedi po čitave časove kao okamenjen. Oko mu prikovano za sivu daljinu, ne kreće se. Ali u njemu nema smisla, prazno je, kao od stakleta. I samo poneki uzdah, što se otme iz salomljene duše, pokazuje da tu ima još života.

Jedne posne nedelje Leontije ne ode u crkvu. A i što će!... Tamo služe parohijski sveštenici, koji su davno preoteli hram (zbog njih Vasilijan pobeže u drugi manastir), pa mu se sad ne mili ni crkva.

Mladi iguman sedi na doksatu, zaklonjen za drveni stub, i posmatra kako izlazi pričešćen narod iz hrama. Odjednom iziđe čisto i lepo odevena, primamljiva grupa: čovek i žena sa dva mala muškarčeta, koji se jedva prekreću i ljuljuškaju na truntavim nesigurnim nogama, a uz njih se uspravio visok, trinaestogodišnji dečko. Leontije dobro poznaje svako ovo lice, ali mu se sad cela grupa učini tako nepoznata, tamna... Kao da sad prvi put viđa ne samu grupu, nego ono, što mu se sad učinilo novo u njoj... Odjednom mu pade na pamet davnašnji prostački razgovor sa Velimirom o cilju života, kad mu ovaj stidljivo nagovesti očekivanje podmlatka... I zlobna zavist, i očajna, nemoćna tuga sevnuše u oku mu... Ali se to oko brzo ovlaži, i iz njega zakapaše vrele suze... Kroz pomućene suzama oči, ukaza mu se još jedared Velimirova porodica kao u nekoj sjajnoj magli...

Iguman skoči, uze staklo s rakijom, što stajaše pred njim i, drugim izlaskom, pobeže na svoj omiljeni zaravanj, na bregu više manastira...

Ah, kako divno greje toplo sunašce, kako pirka i zadiše hladovinom senasto bučje, kako se sjaji, šareni i preliva raznovrsnim bojama daleki prostrani vidik, nad kojim treperi čisto svetlo nebo; kako se veselo vitla u vazduhu par golubova, odsjajkujući prema suncu svojim divotnim perjem; kako je sve unaokolo svetlo, milo, toplo, vedro i veselo!...

A usamljeni iguman, sumorniji od vlažne jeseni, turobniji od kišna oblaka, sedi na usečenu bukovu panju, naslonio previjene noge na trulu kladu pred sobom, iskrenuo, opustio glavu nemoćno u stranu i gleda besmisleno u prostrani šareni svet, koji se pred njegovim očima raširio...

Tek posle nekoliko dobrih gutljaja lice mu se razvedri, oči stadoše gledati smišljenije, a misli, jedna za drugom, sve brže i brže, stadoše nicati i proletati u rastresenoj glavi mu.

Ah, ove teške, mučne, pa ipak primamljive misli, more ga cela života!...

Neprestano mu igra pred očima slika Velimirove porodične sreće. Misli o drugome čemu, a ono jednako pred njim...

On zna zašto živi, i zato je srećan; a ja?!...

I našto ode ovaj život?... Kud proleteše tolike godine?... Šta bî od onolikih ideala, snova?... Zar se toliko mislilo i sanjalo samo radi toga, da bi duša imala zabave?... Zar su sve to bila samo priviđenja, senke?

Ne može biti!...

Je li on grešio?... ili nije razumeo zadaću života onako pravilno kao Velimir?... Ta on je hteo nešto daleko uzvišenije, hteo je živeti samom dušom, koja je bitna, suština u čoveku, ali mu ljudi ne dadoše. Ugasiše mu, porušiše i taj ideal, kao što on sam poruši svoje ranije ideale. I od sviju tih snova, od cele mučne prošlosti, od svega dosadanjeg života, ostade samo maglovito sećanje...

Leontije zagleda duboko u prošli život i, posle duga ćutanja, uzdahnu gorko...

O, kako je tamo, kud on zagleda, sve prazno, ništavno, be-smisleno, tamno!... Brr... kako mu je hladno! Obuzima ga užas... On zamišlja demona, kad je, pre stvorenja sveta, svojim oštrim krilima parao večnu, crnu, praznu noć, i čini mu se, da su i njegov život i njegova duša prazniji od te večne noći...

I nešto mu je najčudnije!... On je za sebe smišljao sve nešto oso-bito, neku naročitu stazu, kojom niko nije prolazio. A ono ispalo sve tako obično, tako prosto... On lagano i neprestano gazi po dobro utrvenu putu, po onom istom koloseku, kojim su hiljade pre njega prolazile... I tako će biti do kraja.

On jasno vidi ceo svoj život unapred, sećajući se života Savina, Maksimova i drugih. I on će za njima... neće biti ništa drukčije... I vidi jasno, da je taj život prazniji od prošlosti, da je besmislen, čemeran, užasan kao crna večnost...

I naposletku oko svega toga, oko sviju ideala i snova, oko prazne prošlosti i crne budućnosti, oko cela života i oko sebe sama, vidi obvijenu grubu rogozinu, isto onako kao oko Save... I s jedne strane viri masna kamilavka, a s druge vise nove, glatke cokule...

Svetolik Ranković, jedan od najznačajnijih predstavnika realizma u srpskoj književnosti, rođen je 1863. godine u Velikoj Moštanici, nedaleko od Beograda. Osnovnu školu pohađao je u selu Garaši, pored Aranđelovca. U ovo selo u kragujevačkom okrugu, porodica se preselila pošto je Svetolikov otac Pavle postao sveštenik.

Nižu gimnaziju i bogosloviju završava 1884. godine u Beogradu. Oženivši se iste godine, zajedno sa suprugom odlazi u Kijev gde izučava bogoslovsko-filozofske nauke sa istorijom ruske i svetske književnosti na Duhovnoj akademiji.

Dok je sa ženom i detetom bio na školskom raspustu u roditeljskom domu u Garašima 1886. godine, razbojnici su napali kuću, ubili oca Pavla, a majku i sestre mučili. Svetolik je uspeo da pobegne i dovede pomoć. Ovaj nemio događaj Ranković nikada nije mogao da zaboravi, a sama hajdučija bila je čest motiv njegovih književnih dela.

U Kijevu se zadržao četiri godine. Pošto je 1888. godine završio Duhovnu akedemiju, vraća se u Srbiju i počinje da radi kao nastavnik veronauke u kragujevačkoj gimnaziji. Godine 1892. prelazi u nišku učiteljsku školu, a ubrzo zatim, 1893. godine, postavljen je za profesora beogradske bogoslovije. Ponovo se vraća u Niš 1894. godine, ovaj put kao veroučitelj gimnazije. U Beograd definitivno prelazi tek 1897. godine, ali ne kao predavač na bogosloviji, kako je to želeo, nego kao gimnazijski veroučitelj. Na tom mestu ostaće do smrti.

Od tuberkuloze je oboleo 1897. godine. Tokom naredne dve godine pokušavao je da se oporavi od bolesti u rodnim Garašima, manastiru Bukovu i u Herceg Novom.

Preminuo je 1899. godine u Beogradu, u koji se nedugo pre toga vratio zbog smrti najmlađeg sina. Hroničari toga vremena zabeležili su da je „tog jutra poslednje godine prošloga veka, kada je po mrazu i cičoj zimi sahranjen Svetolik Ranković, sahranjen i devetnaesti vek u srpskoj književnosti".

Roman *Porušeni ideali* (1899) poslednji je roman iz trilogije srpskog realiste Svetolika Rankovića. Autor ga je pisao poslednjih nedelja života, u samrtnoj postelji, a prema dostupnim podacima dovršio 19. februara 1899. godine, samo mesec dana pred smrt. Rukopis je objavila „Srpska književna zadruga" posthumno, 1900. godine. U ovom psihološkom romanu, nadogradivši književnu tradiciju realizma intenzivnim pesimizmom, pisac prikazuje moralni život Srbije devedesetih godina 19. veka kada većina uvreženih patrijarhalnih normi pada pred pojavom sve mnogobrojnijih ljudskih slabosti. Otuđen i razočaran, glavni lik Ljubomir, kasnije kaluđer Leontije, čini se uzalud pokušava da pronađe poveznicu između nekad zamišljenih svetova punih ideala koje je istinski želeo da zatekne i u budućnosti, i realnosti koja je sve samo ne ispunjena idealima, nadom i verom.

Svetolik Ranković
PORUŠENI IDEALI

London, 2023

Izdavač
Globland Books
27 Old Gloucester Street
London, WC1N 3AX
United Kingdom
www.globlandbooks.com
info@globlandbooks.com

Naslovna fotografija
Pavel Neznanov
(https://unsplash.com/photos/Yw-pvuE1JIM)